MÉMOIRES

POUR SERVIR

A L'HISTOIRE

DE

NOTRE LITTÉRATURE,

DEPUIS

FRANÇOIS PREMIER

Juſqu'à nos jours.

Par M. PALISSOT.

NOUVELLE ÉDITION.

A GENÈVE,

Et ſe trouve à Paris,

Chez MOUTARD, Libraire de LA REINE,
Quai des Auguſtins, près le Pont St-Michel.
1775.

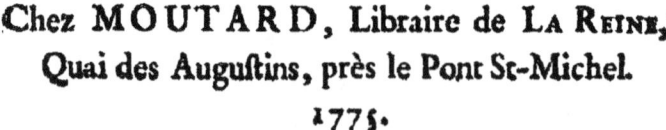

AVERTISSEMENT.

L'Auteur de ces Mémoires a moins cherché à les étendre par de nouveaux articles, qu'à revoir avec le plus grand foin ceux qu'il avait donnés dans l'Edition précédente. Il devait ce témoignage de fon refpect au Public, par reconnaiffance des encouragemens qu'il en a reçus.

On n'avait dédaigné aucune des plus petites reffources de l'intrigue, pour confpirer fourdement contre le fuccès de la Dunciade, ou du moins pour en faire évanouir la fenfation le plus promptement qu'il ferait poffible. Un manège moins rafiné avait fait jetter des cris lorfque la première Edition parut. Le reffentiment s'était même porté jufqu'à folliciter contre l'Auteur des ordres rigoureux. Mais quand la nouvelle Edition qu'on avait en vain tenté d'arrêter, commença à fe répandre,

l'orgueil mieux conseillé imposa silence
à l'orgueil. En cessant de faire du bruit,
on voulut faire croire que tout était
calme. Peut-être même quelques-unes
des personnes intéressées furent-elles
les dupes de leur propre stratagême :
à-peu-près comme cet oiseau qui,
dit-on, pense qu'on ne le voit point,
dès qu'il a caché sa tête sous son aîle,
& que lui-même ne voit pas.

Mais si par ces manœuvres qui n'ont
point échappé à la Capitale, on est
parvenu à diminuer un peu dans les
Provinces, l'effet de la Dunciade,
toutes les voix ont paru se réunir en
faveur de ces Mémoires. Les ennemis
mêmes ont été forcés de convenir (à
la vérité le plus bas qu'ils ont pu)
que si l'Auteur s'était montré trop rigoureux à l'égard de quelques vivans,
on ne pouvait lui refuser le mérite d'a-
voir parlé des morts en Littérateur très-
instruit.

Ces Messieurs, dans leurs petites

rufes, oubliaient que depuis longtems
la Dunciade était un ouvrage jugé,
& ne prenaient pas garde que leur filence actuel ne pouvait faire perdre
le fouvenir de leurs anciennes clameurs.
Les aveux qui leur échappaient invo-
lontairement en faveur des Mémoires
Littéraires, ne justifiaient que trop le
Poëme, à qui ces Mémoires ne fer-
vent, en quelque forte, que de preuve. Il faut convenir que l'amour-propre humilié n'eft pas heureux dans fes
reffources.

L'Auteur ofe fe flatter d'avoir rendu ces mêmes Mémoires plus dignes
encore de l'attention du Public. Dans un
Ouvrage, tel que celui-ci, ce n'était
point la nomenclature qu'il fallait augmenter : auffi ne s'eft-on permis d'a-
jouter que très-peu de nouveaux articles, & en a-t-on fupprimé un bien
plus grand nombre. Ce n'eft même
que par des confidérations particulières, qu'on n'en a pas retranché da-

vantage encore ; mais c'eſt par de nouvelles idées , par des développemens
plus approfondis , qu'on a tâché de
l'enrichir véritablement. C'eſt ſur-tout
par le ſoin qu'on a pris d'en écarter,
autant qu'il était poſſible , tous les traits
vagues , pour s'en tenir uniquement
à ceux qu'on a cru propres à caractériſer , de la manière la plus préciſe,
les Ecrivains dont on a parlé.

Ce n'eſt point ici une de ces compilations alphabétiques que l'ignorance
& la facilité de les rédiger ont rendu
ſi communes. C'eſt le travail de pluſieurs années. C'eſt une galerie de portraits où l'on s'eſt flatté de ſaiſir la
phyſionomie de nos Grands Hommes ,
& celle des Beaux Eſprits de nos jours ,
ſi pourtant ils en ont une. Cette entrepriſe n'avait point encore été tentée.
Nous ſommes accablés de Dictionnaires ; mais on ne voit pas que leurs Auteurs aient même eſſayé de caractériſer le génie & les talens. De ſimples

Compilateurs ne favent ni les appercevoir ni les fentir : comment hazar-
deraient-ils d'en donner l'idée ?

Nous avons dit qu'on avait reproché à l'Auteur trop de févérité à l'é-
gard de quelques vivans ; mais tout le
monde n'en a pas jugé ainfi, & la
poftérité, pour laquelle il a principalement écrit, ne le trouvera peut-être
encore que trop indulgent. Quoi qu'il
en foit, il a reçu, du moins à l'occafion de ce même Ouvrage, un encou-
ragement fi flatteur qu'il ne peut fe
réfoudre à le diffimuler. Un homme
d'un mérite fupérieur, & qui n'a pas
voulu fe faire connaître, a pris la peine
de lui faire parvenir anonymement un
grand nombre d'obfervations très-pré-
cieufes fur la plûpart des articles contenus
dans ces Mémoires. Ces obfervations ren-
fermaient à la fois des critiques pleines
de franchife, des éloges qui n'en avaient
que plus de prix, & des témoignages
d'eftime encore plus féduifans. Le ftyle

décelait une main très-exercée, une fineſſe de ſentiment très-rare, en un mot, beaucoup de talens, de lumières & de goût. L'Auteur ne s'attendait pas à cette récompenſe de ſon travail. Il n'en a reçu de ſa vie une plus honorable ; & l'uſage qu'il a tâché de faire de ces obſervations, prouvera mieux que tout ce qu'il pourrait dire, combien il en eſt reconnaiſſant.

LETTRE
DE L'AUTEUR
A
MONSIEUR VERNES,

Miniſtre & Paſteur de l'Egliſe de Genève.

JE vous envoie, mon reſpectable ami, mes Mémoires ſur la Littérature, puiſque vous en êtes curieux. Je n'ai rien à refuſer à un ami de vingt ans; mais permettez qu'en même tems je vous expoſe les raiſons qui m'ont fait entreprendre cet Ouvrage.

J'ai voulu donner un eſſai de la manière dont on aurait dû traiter, dans les Dictionnaires, les articles des Hommes célèbres. J'ai conſulté tous ces Dictionnaires ſi multipliés aujourd'hui, & à l'exception de celui de Bayle qui m'inſtruit, tous les autres ne m'apprennent rien. La plûpart des Ecrivains dont on y parle ont été, ou des Hommes fameux, ou de Grands Hommes, ou des Auteurs illuſtres ; voilà tout ce qu'on me dit, en termes vagues, ſans me donner la moindre idée ni de leur phyſionomie littéraire, ni du caractère de leur génie. Ces Dictionnaires reſſemblent à ces portiques de

nos Eglifes gothiques qu'on a furchargés de figures pefantes, inanimées, fans attitude, fans
expreffion, & qui fembleraient toutes avoir
été jettées dans un même moule.

J'apprends, dans ces prétendues archives de
la Littérature, combien de fois un Ecrivain a été
marié, combien il a eu d'enfans, les voyages
inutiles qu'il a faits, les noms de fes généreux
protecteurs, & quelquefois de fes tyrans. Je
fuis accablé de petits détails, & je ne fais rien
de ce que je voudrais favoir.

Que j'apprenne, par exemple, mon cher
ami, que vous avez été un très-digne Pafteur
de l'Eglife de Genève, un Théologien très-
éclairé, qu'on a de vous de favans Ouvrages,
dont on fe contentera de m'indiquer les titres,
& qu'enfuite on joigne à ces notions fuperficielles quelques anecdotes peu intéreffantes
de votre vie domeftique, pourrais-je me flatter de vous bien connaître ? Mais fi l'on me
dit qu'aux lumières que fuppofe la Théologie,
vous avez allié celles d'une Philofophie douce
& fenfible ; que fans vous embarquer dans les
difputes contentieufes du Dogme, vous vous
êtes contenté, en refpectant les objets de la
Foi, d'annoncer à vos femblables la Morale
Evangélique dans toute fa pureté ; cette Morale confolante, amie de la paix, qui ne
tend qu'au bonheur des hommes, qui les invite à l'indulgence les uns envers les autres,
& qui peut feule développer ce grand principe de perfectibilité que le Créateur a mis
en nous, pour nous élever jufqu'à lui : fi l'on
me dit que vous annonciez ces vérités avec

l'éloquence du cœur, avec cette onction si rare qui est le don du sentiment, la qualité distinctive d'une ame pénétrée de ses devoirs, & moins occupée à définir la vertu qu'à la pratiquer : si l'on me dit enfin que dans vos troubles civils, uniquement affecté des dangers de votre Patrie, on vous a vu, dans un égal éloignement de toutes les factions, Citoyen sans autre passion que celle du bien public, employer tous vos talens à concilier les esprits, & libre de toute crainte, de toute politique, de tout intérêt, n'appliquer tous vos soins & l'ascendant de votre ministère qu'à prévenir le naufrage de la République, certes alors on m'aura donné une idée de votre caractère ; & en vous rendant la justice qui vous est due, on donnerait, en même tems, un exemple utile à vos Concitoyens. On leur ferait sentir que tout sentiment personnel doit céder à l'amour de la Patrie ; que toute division est funeste, & ne peut qu'entraîner la ruine de l'Etat ; & que lorsqu'il s'agit d'un intérêt si pressant, tout esprit de parti doit disparaître. En leur rappellant fortement l'idée de leur bonheur passé, on les porterait, peut-être, à abolir jusqu'au souvenir de ces dénominations odieuses, de *Négatifs*, de *Représentans*, & l'on ne verrait plus à Genève que de vrais Citoyens. Pardonnez-moi, mon ami, cet écart de mon cœur. Il y a longtems que j'ai reçu dans votre Patrie des marques de bienveillance qui me la rendront toujours chère. Votre amitié seule m'eût inspiré ce sentiment ; mais d'ailleurs, pour s'intéresser au

fort de Genève, il fuffit d'avoir le goût des
fciences, l'amour des lettres, des talens &
de la liberté.

Je vous ai fuffifamment expliqué ce que je
defirerais d'apprendre dans la vie des Hommes
célèbres, qui ont mérité l'attention de leur
fiècle & de la poftérité. C'eft ce qui m'a fait
naître l'idée de tâcher de caractérifer moi-
même quelques-uns de nos illuftres morts,
& de fuppléer, à leur égard, à l infuffifance
de nos Dictionnaires.

D'autres motifs m'ont engagé à parler des
Auteurs vivans. Le premier de tous eft le plaifir
d'être jufte envers ceux de mes contemporains qui ont foutenu la gloire de la Nation
par de bons Ouvrages. Le fecond eft l'envie
d'apprécier, fans partialité, les Ecrivains mêmes dont j'ai pù bleffer la vanité dans ma
Dunciade. Au jugement de bien des Lecteurs,
une plaifanterie n'eft pas une raifon, & la
Dunciade ne leur prouverait rien. Auffi, dans
mes Mémoires Littéraires, j'ai prefque toujours facrifié le penchant qu'on me fuppofe
pour la fatyre au defir d'être utile. J'ai mo-
tivé férieufement ce que je penfe de plufieurs
Gens de Lettres. Sur des matières auffi indifférentes, je me fuis cru libre de penfer à mes
rifques, & cette liberté que je me fuis donnée, appartient évidemment à tout le monde.
Autant que la faibleffe humaine a pu me le
permettre, je me fuis défendu de toute prévention, même contre mes plus grands ennemis. Si j'ai été quelquefois un peu trop févère à l'égard de certains Auteurs qui me

paraiſſent avoir plus de réputation que de mérite, ce ſont les meilleurs Ecrivains du ſiècle
de Louis XIV, qui m'ont rendu plus difficile que je ne voudrais l'être. Il me ſemble
que ce n'eſt point à ceux qui poſſèdent des
tréſors, de ſe paſſionner pour de petites fortunes. Les arts d'agrément n'étant qu'un luxe,
je crois avec Boileau,

. . . . . . que ſur le mont ſacré
Qui ne vole au ſommet, tombe au plus bas degré.

&, comme vous le lirez dans mes Mémoires, que quiconque n'enrichit point la Littérature, l'appauvrit.

Je m'attends bien, mon ami, que malgré
les précautions que j'ai priſes, les Beaux Eſprits
de nos jours ne manqueront pas de m'accuſer
de partialité; mais ce n'eſt point à eux, c'eſt
à la poſtérité de me juger; c'eſt aux étrangers,
c'eſt, ſur-tout aux jeunes gens, qui n'ayant
encore épouſé aucun parti, n'en ſont que plus
capables d'apprécier avec équité la juſteſſe
de mes obſervations.

Nous avons tous notre chimère. La mienne,
je vous l'avoue, ferait de voir renaître dans
tout ſon éclat, notre gloire littéraire. Ne pou-
vant moi-même augmenter cette gloire par mes
Ouvrages, je tâche du moins de montrer le but;
& ſi je l'élève un peu trop haut, c'eſt qu'il
me ſemble que l'Etat n'a déjà que trop de Citoyens oiſifs, & qu'on ne devrait ſouffrir dans
la carrière des Lettres que ceux qui peuvent
véritablement l'honorer. J'ai été flatté de l'ef-

poir de rendre le ridicule utile à ma Patrie.
Eh ! dans quel tems, mon ami, ce ridicule
pouvait-il être mieux employé ? Vous êtes témoin de l'anarchie déplorable à laquelle notre
Littérature est réduite. Vous voyez la scène de
Corneille & de Molière profanée, & la con-
somption s'introduire en France par ces tristes
Drames imités de l'Anglais, que les Anglais
eux-mêmes sont pourtant bien éloignés de comparer aux bonnes Pièces de leur Shakespear,
ou de leur Vicherley. Vous voyez de prétendus Philosophes, que l'on n'estime plus guères
que dans quelques sociétés de Paris, s'élever
avec une orgueilleuse ignorance contre tous
les principes qui nous distinguent des Nations
barbares, couvrir du masque de la vertu la
licence la plus odieuse, briser tous les liens
de la société, sapper tous les fondemens de
la morale, écrire enfin des libelles en parlant de tolérance & d'humanité. Vous voyez...
mais il est, dans ce siècle surchargé de prétentions & de ridicules, des abus sur lesquels
on ne doit s'arrêter que légérement, dans la
crainte de paraître licentieux soi-même. Ce
sont ces abus si multipliés qui me font dire
avec Juvenal :

Difficile est satyram non scribere, nam quis ineptæ
Tam patiens gentis, tam ferreus ut teneat se ?

Avouez ceependant que ce n'est pas pousser
la passion trop loin, que de n'en faire que
rire.

Adieu, mon cher ami. En lisant mes Mé-

moires, vous remarquerez bien qu'ils ne font
véritablement qu'un effai de ce qu'on aurait
dû faire. J'ai remonté jufqu'à François Premier, mais les feuls Gens de Lettres entraient
dans le projet de mon Ouvrage, & je n'ai
parlé que d'un très-petit nombre de Savans.
Parmi les Gens de Lettres même, j'ai fait plutôt un choix de fantaifie, que je ne me fuis af-
treint à n'omettre aucun de ceux qui auraient
pu me fournir des obfervations intéreffantes.
Je me fuis rappellé de mémoire, les Auteurs
fur lefquels il m'a femblé que je trouverais
à dire quelque chofe qui valût la peine d'être
écrit. Je ne me fuis pas impofé plus de gêne
pour les Auteurs vivans. Il en eft pour qui
j'ai le plus grand refpect, & dont je n'ai rien
dit, ou parce qu'ils ne fe font pas préfentés
à mon fouvenir, ou parce que je ne me fuis
pas cru capable de les apprécier. Il en eft
d'autres que je n'eftime point, & dont il m'a
été plus facile encore de me taire. Le mérite des Ecrivains que je me fuis permis de
juger, a prefque toujours déterminé l'étendue
de leur article. Vous imaginez bien que les
imitateurs, par exemple, ne tiennent pas autant de place que leurs modèles. Tous les
Grands Hommes ont fait des élèves plus ou
moins eftimables ; mais ceux de ces élèves
qui n'ont eu que le talent de bien imiter,
n'appartiendront jamais à la claffe des hommes de génie.

Mandez-moi ce que vous aurez penfé de
ces Mémoires, mandez-le moi, dis-je, à la
Génevoife & fans compliment. Continuez

d'être un digne Pasteur, un vertueux Citoyen,
un Père tendre, un heureux Mari; & puisque
dans nos vœux il doit toujours entrer quelque sentiment d'intérêt personnel, aimez-moi
comme vous savez que je vous aime.

A Argenteuil ce 25 Juillet 1769.

MEMOIRES

MÉMOIRES

POUR

SERVIR A L'HISTOIRE

DE NOTRE LITTÉRATURE,

DEPUIS

FRANÇOIS PREMIER

JUSQU'A NOS JOURS.

A.

ALEMBERT (Jean le Rond
d') de l'Académie Françaiſe
& de celle des Sciences. Il
paſſe pour un des plus fameux
Géomètres de l'Europe , &
ſous ce rapport, il ſerait abſolument étranger à nos Mémoires. Un Poëte
eſt rarement à portée de calculer le mérite
d'un Géomètre, mais il eſt plus rare encore
qu'un homme habitué au Compas ſoit capable de ſentir les beautés de la Poéſie. Paſ-

Tome II.   **B**

cal lui-même a prouvé combien on s'égare lorfqu'on veut juger d'un art qu'on n'entend point, & M. de Voltaire l'en a repris avec raifon. Ce grand exemple devait engager M. d'Alembert à prodiguer moins fes refléxions fur la Poéfie dans fes Mélanges de Littérature.

Depuis la première édition de nos Mémoires, nous avons relu fcrupuleufement ces Mélanges. Nous favons qu'en partant du principe févère, que tout ce qui n'ajoute pas infiniment à la réputation d'un homme célèbre, doit être à peu près regardé comme nul, quelques efprits difficiles prétendent que M. d'Alembert pouvait fe difpenfer, pour fa gloire, d'allier la Littérature aux Sciences exactes ; mais ce jugement nous paraît trop rigoureux.

Si les productions de cet Ecrivain n'annoncent pas toujours un grand caractère, fi l'on y trouve plutôt la finefle & les vues délicates du bel efprit métaphyficien, que les idées mâles & profondes du génie, fi fa manière enfin n'eft fouvent qu'une copie trop étudiée de celle de M. de Voltaire, on ne peut cependant lui refufer le mérite, très-rare de nos jours pour un Philofophe, d'avoir écrit avec clarté, & fans dénaturer, comme tant d'autres, l'élégante fimplicité de notre langue. Nous redifons encore (ainfi que nous l'avions dit dans notre édition précédente) que fes Réflexions fur l'abus de la critique en matière de Religion, & fur-tout fon Effai fur les Gens de Lettres, font les ouvrages d'un homme de beaucoup d'efprit, & qui a bien mérité de la

Littérature, en parlant d'elle avec une décence noble & courageuse.

M. d'Alembert, d'ailleurs, se retranchera toujours avec avantage dans la réputation distinguée qu'il s'est faite dans les hautes sciences, & que vraisemblablement il ne perdra point. On sait qu'il a enrichi le Dictionnaire. Encyclopédique d'une Préface très-estimée, & de plusieurs articles qui lui font honneur; mais, quoiqu'il ait été secondé par des mains habiles, ce grand monument est demeuré fort au dessous des espérances fastueuses que l'on en avait données. Une des principales causes de l'imperfection de ce vaste Ouvrage, c'est qu'il a eu trop de coopérateurs d'un mérite trop inégal. De cette bisarre association du génie, du bel esprit & des talens les plus médiocres, il ne pouvait résulter qu'un mauvais ensemble.

AMYOT (Jacques) né à Melun en 1513. Il y a plus de deux cens ans qu'il a écrit, & cependant on préfère encore avec justice sa Traduction de Plutarque à toutes celles qui ont paru jusqu'à nos jours. Cet Ouvrage fut une époque pour notre langue. A l'ancienne rudesse, Amyot substitua la douceur, la naïveté; & son style, quoique très-simple, n'est dépourvu, ni d'élégance, ni de graces. La langue a acquis depuis plus de force, plus de noblesse, plus d'harmonie; mais tant que l'ingénuité aura de quoi plaire, cette Traduction de Plutarque, & celle de la Pastorale, connue sous le titre de Daphnis & Chloé, ren-

dront la mémoire d'Amyot, précieufe à toutes les perfonnes d'un goût délicat.

On doit mettre cet Écrivain dans le petit
nombre de ceux pour qui la Littérature n'a
pas été une profeſſion ſtérile. Abbé de Bello-
zane ſous François I, Précepteur des Enfans
de France ſous Henri II, Evêque d'Auxerre
& grand Aumônier ſous Charles IX , enfin
décoré de l'Ordre du Saint-Eſprit ſous Henri
III, il mourut en 1593 chargé de gloire &
d'honneurs.

Par une fatalité bien étrange, le ſiècle de
François I, fut à la fois , un ſiècle de politeſſe & de barbarie. La plûpart des Savans,
contemporains d'Amyot, furent , ou magni-
fiquement récompenſés, ou les victimes des
bûchers allumés par le fanatiſme.

ARNAUD (l'Abbé) de l'Académie Françaiſe, & de celle des Inſcriptions, né à Car-
pentras. Il eſt diſtingué parmi le petit nombre de Savans qui ont conſervé, dans ce ſiècle
ſuperficiel, le goût de la véritable érudition.
On ne peut lui refuſer beaucoup d'eſprit &
de chaleur, mérite qui s'allie rarement à des
connaiſſances très-étendues, mais qui ne ſuppoſe pas toujours un goût parfaitement ſûr.
Il avait travaillé longtems au Journal Etranger & à la Gazette Littéraire de l'Europe. Il
eſt à regretter que tandis que les Ecrits pé-
riodiques les plus inſipides ſe multiplient juſqu'au dégoût, ces deux Ouvrages utiles n'aient
pu ſe ſoutenir. On ne doit en accuſer que le
caractère frivole de la Nation.

AUBERT (l'Abbé Jean-Louis) né à Paris en 1731. Il a donné un volume de Fables, dans lequel on en trouve plusieurs qu'on peut lire avec plaisir, même après celles de la Fontaine, & ce n'est point un éloge médiocre. Il a ordinairement assez de goût pour qu'on soit étonné que dans une de ses Fables, il ait choisi pour interlocuteurs un billet de Mariage & un billet d'Enterrement. Il ne faut qu'une bizarrerie de cette espèce pour jetter du ridicule sur un Recueil. Mais il y a dans celui de M. l'Abbé Aubert, des sujets d'un choix plus heureux, & qui doivent faire excuser ceux dont l'invention a moins de mérite.

Il a mis en vers, d'après le Roman de la Fontaine, les Aventures de Psyché. Cet Ouvrage lui fait honneur, quoiqu'il y ait dans le Roman des détails bien supérieurs aux meilleurs endroits du Poëme. On ne peut disconvenir que cet Ecrivain ne soit facile, naturel, pur & correct, qualités d'autant plus estimables, qu'elles sont devenues plus rares. Nous pensons que Mr. l'Abbé Aubert devrait enfin quitter le personnage d'imitateur, qui ne donne jamais l'avantage d'être imité soi-même. Il pourrait essayer ses propres forces, & ne plus s'appuyer sur un modèle avec qui toute comparaison ne saurait être que dangereuse.

B.

BACULARD (François-Marie d'Arnaud de) né à Paris en 1709. Il dit lui-même dans la Préface de sa Tragédie de Fayel, que l'é-

B iij

dition de fes Poéfics en trois volumes, *n'eſt qu'un vrai chef-d'œuvre de fottiſes & d'impertinences..* L'aveu eſt modeſte, mais il ſuppoſe beaucoup d'impartialité & de courage.

Pavillon s'eſt fait moins de tort par ſa Métamorphoſe du Cu d'Iris en Aſtre, que Mr. d'Arnaud par l'Epître qu'il a adreſſée au Cu de Manon. C'eſt que la Piéce de Pavillon ne paraît qu'un badinage auquel il n'attache aucune prétention, & que M. d'Arnaud, indépendamment de la paſſion qu'il a miſe dans ſon Epître, eſt revenu trop ſouvent à cette bagatelle, comme s'il eût eu peur qu'on ne l'oubliât.

Cet Auteur ſemble regretter à préſent le tems qu'il a perdu dans ſa jeuneſſe, à traiter les ſujets galans qui forment, en grande partie, le Recueil intitulé *Œuvres Diverſes de M. d'Arnaud*, & aujourd'hui ſous le nom de M. Baculard, il s'eſt dévoué à un genre ſombre & lugubre, dont il eſt flatté qu'on le regarde comme l'inventeur. Ses Eſſais en ce genre, font les Tragédies du Comte de Comminge & d'Euphémie, qui n'ont jamais été repréſentées. Il n'a pas pris garde que dans ces Piéces ſingulières, il ſubſtituait l'horreur au pathétique. En effet, des cercueils, des foſſes entr'ouvertes, des oſſemens, des têtes de mort, tout cet appareil funéraire dont Mr. Baculard voudrait charger la ſcène, pourrait former, ſans doute un ſpectacle horrible, dégoûtant même, mais qui ne ferait que mieux ſentir le défaut de génie d'un Auteur qui ne ſe croit tragique qu'avec de pareilles reſſources. L'éloquente douleur de Phèdre, un ſeul

vers d'Iphigénie porte dans l'ame des fpectateurs un faififfement bien plus terrible que
tout cet attirail de foffoyeurs, trop férieux
pour une Parade, & trop ridicule pour une
Tragédie. Nous avouons fincérement que nous
préférons encore les Œuvres Diverfes de Mr.
d'Arnaud, à ces étranges productions de Mr.
Baculard.

BALZAC (Jean-Louis Guez, Seigneur
de) né à Angoulême en 1594, mort en
1654. Le père de l'éloquence Françaife, comme Malherbe le fut de la Poéfie. Avant lui
Rabelais, Amyot & Montagne étaient à peu
près nos feuls Ecrivains en profe. Leur mérite ne confiftait principalement que dans une
naïveté fouvent piquante, mais auffi trop fouvent groffière. Montagne fe diftingua par fon
énergie, & ne fut imité que par Charron fon
ami. Au refte, on ne trouvait, dans ces différens Auteurs, ni élégance continue, ni correction, ni harmonie. Malherbe prédit de
Balzac, jeune encore, qu'il ferait, à cet
égard, le réformateur de la langue, & l'événement juftifia fa prédiction.

On doit en effet regarder Balzac comme le
précurfeur des bons Ecrivains de Port-Royal.
Il avait puifé dans la lecture de Cicéron, la
véritable idée de l'éloquence, & le goût de
ces périodes harmonieufes & foutenues qui
donnent encore à fes écrits un caractère de
nobleffe très-fenfible. Mais par un fort commun à ceux qui dans tous les genres, ofent
tenter les premiers pas, Balzac paffa le but

B iv

qu'il voulait atteindre , & la crainte de déshonorer fon ftyle par des expreffions trop familières , le fit tomber dans l'hyperbole & dans l'enflure. Auffi lui-même , ne favait-il pas s'il devait prendre pour un éloge , ou pour une raillerie, ce vers mis au bas de fon portrait par le Poëte Maynard :

Il n'eft pas de mortel qui parle comme lui.

Ses Lettres , fes Differtations , fes Traités , trop négligés par nos jeunes Auteurs peu jaloux de s'inftruire , prouvent qu'il avait un mérite plus réel & plus folide que celui de Voiture , qui ne fut guères qu'un très-bel efprit pour fon tems.

Comme il faut être exaê , même dans les petites chofes , il n'eft peut-être pas inutile d'obferver que le mot *bienfaifance* , attribué par Mr. de Voltaire à l'Abbé de Saint-Pierre , eft de Balzac.

BARTHELEMY (l'Abbé Jean-Jacques) né à Marfeille. Homme d'une érudition , d'une modeftie & d'un défintéreffement très-rares. On lui doit de favantes conjeêures , fur l'Alphabet de Palmire. Nous difons des conjectures , car il en eft fouvent de ces matières d'érudition , comme de celles de Phyfique; il faut fe borner à deviner. Mr. l'Abbé Barthelemy a d'ailleurs enrichi de plufieurs Mémoires intéreffans le Recueil précieux de l'Académie des Infcriptions dont il eft Membre.

BAYLE (Pierre) né au Carlat en 1647 ,

mort à Rotterdam en 1706. L'un de nos plus célèbres Philosophes. C'est un des pièges les plus adroits que la secte de nos Esprits forts ait pu tendre à la crédulité du peuple, que de faire passer ce Grand Homme pour un de leurs Coryphées. Cette ruse, qu'ils ont souvent répétée depuis, n'en a pas imposé seulement à leurs prosélytes, mais à quelques ames timorées, qui peu capables de saisir l'esprit de Bayle dans son ensemble, ont pris l'habitude de le regarder comme un Ecrivain très-dangereux.

Il est vrai que ce Philosophe discutant avec impartialité, toutes les opinions humaines, sans dissimuler ni les difficultés ni les preuves, semblerait donner contre lui quelque prise à ceux qui, d'après les différens systêmes qu'il expose, voudraient tirer des conclusions téméraires que lui-même n'a jamais tirées. Mais les Sophistes de nos jours ont eu l'injustice ou la prudence de ne pas dire que Bayle a toujours présenté à ses Lecteurs le fil qui doit les guider dans ce labyrinthe de raisonnemens qu'il oppose sans cesse l'un à l'autre. Il est certain qu'il établit partout, sur l'insuffisance & l'incertitude de nos lumières naturelles, les argumens les plus propres à démontrer la nécessité indispensable d'une révélation.

Loin d'approuver cette manie audacieuse du raisonnement, cette Philosophie téméraire dont on n'a que trop abusé dans ce siècle pour détruire tous les fondemens de la morale, voici le jugement qu'il porte lui-même

de cette prétendue force d'esprit qui a fait
de nos jours de si dangereux progrès ; » il
» n'y a personne, dit-il, qui en se servant de sa
» raison, n'ait besoin de l'assistance de Dieu ;
» car sans cela, c'est un guide qui s'égare ;
» & l'on peut comparer la Philosophie à ces
» poudres si corrosives, qu'après avoir con-
» sumé les chairs mortes d'une plaie, elles
» rongeraient la chair vive, carieraient les
» os, & perceraient jusqu'aux moëlles. La
» Philosophie réfute d'abord les erreurs, mais
» si on ne l'arrête point là, elle attaque les
» vérités : & quand on la laisse faire à sa
» fantaisie, elle va si loin qu'elle ne sait
» plus où elle est, ni ne trouve plus où
» s'asseoir. «

Nous savons qu'on a reproché à Bayle de
s'être fait un plaisir malin de prêter de la
force aux systèmes les plus erronnés, & de
donner du poids aux objections impies de
quelques hérétiques, tels que les Pauliciens,
les Manichéens, &c. Mais est-il donc permis d'interpréter & d'empoisonner ainsi les
intentions d'un Auteur ? Il nous semble que
Bayle n'a voulu par-là que nous armer contre l'orgueil & l'intolérance de notre raison.
Il n'a pas connu de meilleur remède à une
certaine maladie d'opinion, à laquelle nous
sommes tous plus ou moins sujets. On nous
fait des exposés infidèles de presque toutes
les doctrines qui paraissent contrarier la doctrine dominante. On impute à ceux dont les
sentimens diffèrent des nôtres, des contradictions si manifestes, ou des conséquences

fi révoltantes , que fur la parole de nos
Maîtres , nous ferions tentés de prendre les
défenfeurs de ces doctrines pour des fanatiques imbécilles , à peine dignes du nom
d'hommes , & qui ne méritent pas que l'on
s'abaiffe à raifonner avec eux. Cette façon
de penfer nous enorgueillit , & nous difpo-
fe à l'intolérance , ou du moins au mépris
pour tous ceux qui ne penfent pas comme
nous. Nous devrions cependant être arrêtés ,
à cet égard , par une réflexion bien fimple :
c'eft qu'il n'eft guères de fecte qui n'ait eu
pour partifans des gens de très-bonne foi ,
& qui plus eft , très-éclairés.

Tel eft le ridicule préjugé dont Bayle a
voulu nous défendre , en nous faifant voir
combien on rifque de fe tromper en ne con-
fultant que les Docteurs de fon propre parti ;
combien on a calomnié & perfécuté de certains hommes que l'on taxait d'opiniâtreté
dans des erreurs évidemment abfurdes , parce que l'on ne fe donnait pas la peine d'examiner les raifons fpécieufes qui les retenaient
invinciblement dans ces erreurs. Cette intention de Bayle eft très-digne d'un vrai Philofophe , d'un ami du genre humain. Elle ne tend
qu'à nous rendre plus réfervés , plus circonf-
pects dans ces jugemens qui nous porteraient
à la haine envers nos femblables. Plaignons
les errans , mais écoutons - les. Soyons atta-
chés à la vérité , mais examinons impartiale-
ment & fans précipitation ce qui peut en
éloigner nos frères. Si nous réfléchiffons férieufement aux fauffes lueurs qui peuvent

égarer l'homme le plus raifonnable , & aux
nuages dont les plus grandes vérités font quelquefois enveloppées , nous ne perfécuterons
perfonne. Le ridicule, & non le glaive, devien-
dra le moyen de faire tomber fans violence
certaines erreurs qui pourraient inquiéter le
Gouvernement. C'était , fans doute , à ce fyftême de Tolérance que fe rapportaient toutes les intentions de Bayle , qui paraît n'a-
voir pas été bien entendu. Voilà , du moins ,
ce qu'un Lecteur attentif apperçoit dans fes
Ouvrages ; & alors il eft indigné de toutes
les calomnies qui fe font accréditées contre ce Grand Homme. Nous ofons croire qu'à
fon égard les faux Philofophes font venus à
bout d'en impofer aux Théologiens.

En juftifiant ici la mémoire de Bayle contre fes détracteurs , nous ne faifons que nous
conformer à une penfée très-judicieufe du
grand Racine , qui repouffait pareillement les
outrages faits à la mémoire du célèbre Fra-
Paolo. » Je ne fais , dit cet illuftre Ecrivain ,
» fi ce n'eft pas faire tort à la Religion , que
» de dire qu'un homme auffi généralement
» eftimé n'a point eu de Religion. « On a
fouvent répété cette réflexion vraiment philofophique de Racine , fans avoir l'attention
de le citer.

Quoi qu'il en foit , fi nos Sophiftes modernes ont cru véritablement honorer Bayle , en
le faifant le chef d'une fecte dont il n'était
pas, c'eft de leur part , du moins , un témoignage de reconnaiffance qu'ils ne pouvaient
lui refufer. Ses Ouvrages ont été pour eux

une mine féconde dans laquelle ils ont puisé tout ce qu'ils ont écrit de raisonnable, & sa vaste érudition les a dispensés d'en avoir eux-mêmes. On n'ignore plus aujourd'hui que leurs volumes se réduiraient à très - peu de chose, s'ils restituaient ce qu'ils ont dérobé, non-seulement à ce Philosophe, mais à Montagne, Charron, le Vayer, &c., &c.

Bayle fut Compilateur & Journaliste; & dans ces deux emplois si avilis de nos jours, il s'est acquis une gloire immortelle. C'est que par l'assemblage le plus rare, il joignait à l'immensité de ses connaissances un esprit lumineux, & même du génie. Son style incorrect & diffus plaît malgré ses négligences, parce qu'à l'exemple de Montagne, il converse avec ses Lecteurs, & que peu d'Ecrivains apprennent mieux à penser. Personne n'employa plus heureusement que lui les armes de la Dialectique, & ne sut raisonner d'une manière, à la fois, plus subtile & plus profonde. Mais ce qui le rend sur-tout admirable, c'est qu'il mérita véritablement le nom de sage. On ne l'entendit point, quoique réellement persécuté, crier à la persécution. Il ne déshonora point ses apologies par des libelles. Il n'eut point la vanité de se comparer à Socrate. Il ne prodigua point les grands mots d'*humanité* & de *vertu*, répétés si fréquemment, & avec un enthousiasme si factice, par les Charlatans de notre âge. Chaste dans ses mœurs, austère dans sa conduite, il put parler de morale sans craindre qu'on le fît rougir, en lui opposant le contraste humiliant de ſes actions & de ſes diſcours.

Il eſt étonnant que le ſiècle de Louis XIV ayant été illuſtré par les Deſcartes, les Paſcal, les Arnauld, les Gaſſendi, les Nicole, les Malbranche, & par Bayle lui-même, notre ſiècle ait oſé s'arroger, ſi faſtueuſement, le titre de ſiècle philoſophique, comme ſi quelques-uns de nos Philoſophes modernes pouvaient ſe flatter de balancer la gloire de ces Grands Hommes.

BEAUMARCHAIS (Charon de) né à Paris. On n'a encore que deux Drames de cet Auteur. Ils ſont écrits en proſe guindée, & partagés en cinq Actes. Mr. de Beaumarchais perſuadé que la perfection eſt l'ouvrage du temps, & qu'à bien des égards, notre Art Dramatique eſt encore dans l'enfance, paraît s'occuper uniquement de ſes progrès, & des moyens de plaire que Molière a eu, ſelon lui, le malheur de négliger.

Il a ſurpaſſé Mr. Diderot, par l'attention ſcrupuleuſe avec laquelle il décrit le lieu de la ſcène, & juſqu'à l'ameublement dont il convient de le décorer. Il a la bonté de noter avec le même ſoin les différentes inflexions de voix, les geſtes, les poſitions réciproques & les habillemens de ſes perſonnages. Dans ſa Comédie du *Père de famille*, Mr. Diderot s'était contenté de mettre les papillotes d'un valet au rang des convenances théatrales qu'il ne fallait point oublier. M. de Beaumarchais, dans ſa Comédie des *Deux Amis*, a cru devoir ajouter à ces papillotes, une vefte de matin, & un balay de plumes. On voit combien les reffources du génie fe multiplient entre les mains des Grands Hommes, & la merveilleufe influence de l'efprit philofophique fur tous les Arts.

Pour facrifier davantage au naturel, Mr. de Beaumarchais a encore imaginé d'introduire, dans la même Pièce, un valet bien bête, ce qui eft d'une commodité admirable pour les Auteurs qui voudront fe difpenfer d'avoir de l'efprit. Mais une découverte plus fingulière, plus heureufe, & dont toute la gloire appartient à Mr. de Beaumarchais, c'eft le projet qu'il a développé, dans la préface * de fon Drame d'*Eugénie*, pour défennuyer les fpectateurs pendant les entre-actes. Il voudrait qu'alors le Théâtre, au lieu de demeurer vuide, fût rempli par des perfonnages pantomimes & muets, tels que des valets, par exemple, qui frotteraient un appartement, balayeraient une chambre, battraient des habits, ou régleraient une pendule : ce qui n'empêcherait pas l'accompagnement ordinaire des violons de l'orcheftre.

Nous penfons que Molière eût fait une fcène très-piquante de ces modernes légiflateurs du Théâtre, qui fe flattent de perfectionner l'Art dramatique par de pareils moyens, & qu'il n'eût pas manqué de joindre ces belles découvertes au fameux projet

---

* Cette préface eft d'ailleurs un modèle rare de ridicule, de faux goût, & de ftyle barbare.

de Mr. Caritidès, dans la Comédie des Fâcheux. Il n'y a rien d'auſſi plaiſant, peut-être, que l'air de prétention avec lequel nos réformateurs de la ſcène propoſent gravement des puérilités auſſi niaiſes ; & l'on ſerait tenté de s'écrier avec Maſcarille :

> Rare & ſublime effort d'une imaginative
> Qui ne cède en vigueur à perſonne qui vive !

BEAUMELLE (Laurent Angliviel de la) né en Languedoc en 1729. Il a publié les **Lettres de Madame de Maintenon**, & des **Mémoires** pour ſervir à l'hiſtoire de cette femme célèbre. Il eſt évident qu'on trouve dans ces Mémoires, quelques faits hazardés. Le ſtyle n'a pas toujours la décence & la dignité qui conviennent à l'hiſtoire ; mais, malgré ces défauts, on ne peut refuſer à l'Auteur beaucoup d'eſprit, de talent, de feu & d'énergie. Il a quelquefois la préciſion de Tacite, dont il a fait une étude particulière, & que même il a traduit. Nous nous rappellons avec plaiſir de lui avoir entendu lire le morceau intéreſſant & ſublime de la Mort de Germanicus. Ce ſerait un grand malheur pour Mr. de la Beaumelle, que de s'être acquis une triſte célébrité par un illuſtre ennemi (*) ; mais ce qui peut le conſoler, c'eſt qu'il a d'ailleurs des droits très-fondés à une réputation honorable.

(*) Mr. de Voltaire.

BELLOY

BELLOY (N. de) né à Paris. Il a mis
ses talens à l'abri, non de la critique, mais
de la satyre, par l'usage respectable qu'il en
a fait. Il a donné à tous nos Poëtes Dramatiques l'exemple de puiser leurs sujets dans
l'Histoire de la Nation, & de consacrer leurs
veilles à la gloire de leur Patrie. On ne peut
qu'applaudir à des vûes si nobles. Cet amour
de l'héroïsme Français suppose nécessairement
une ame élevée, qui donnera toujours à cet
Auteur un caractère très-distingué, même
aux yeux de ses contemporains. Nous de-
vions à Mr. de Belloy cette marque de notre estime. Nous n'examinons plus s'il aurait
besoin de soigner davantage sa versification,
& de la rapprocher un peu de ce beau naturel, de cette noble simplicité que lui-même a le mérite de sentir & d'admirer dans
Racine. C'est au tems & à la postérité de lui
adjuger la palme dramatique qui pourra lui
appartenir; mais on ne peut lui refuser dès-
à-présent la couronne civique.

BERGERAC (Cyrano de) né dans le Périgord en 1620, mort en 1655. Cet Auteur
qui est échappé au souvenir de Mr. de Voltaire dans sa liste des Ecrivains du siècle de
Louis XIV, peut-être regardé comme un
homme vraiment singulier, & qui se fût acquis une réputation distinguée, si une mort
prématurée ne l'eût pas enlevé à l'âge de
trente-cinq ans. Une bravoure qui tenait du
prodige, & qui l'exposa souvent à des affai-
res périlleuses, une éducation trop négli-

C

gée, une imagination fans frein, & qu'il ne
put jamais régler, furent les principaux obf-
tacles qui l'empêchèrent de perfectionner fes
talens. Mais malgré les vices de fon éducation, il favait tout ce qu'on pouvait favoir
alors en philofophie. Ses Ouvrages, quoique
défigurés par des équivoques & par des pointes, en font la preuve. On voit qu'il était parfaitement inftruit des principes de Defcartes;
& ce qu'il y a de plus remarquable, c'eft
qu'il a fourni à Mr. de Fontenelle, au Doc-
teur Swift, à M. de Voltaire, & à Molière
même, plufieurs idées dignes d'avoir été mifes en œuvre par ces hommes célèbres. Outre fa Comédie du Pédant joué, affez plaifante pour le tems, & meilleure que celle
des Vifionnaires de Defmarets, qui eut une
fi grande réputation, il a fait une Tragédie
de la Mort d'Agrippine, où il a donné,
dans le perfonnage de Séjan, le premier
exemple de ces maximes hardies, qui depuis
ont été affectées jufqu'au ridicule, dans plufieurs de nos Tragédies modernes.

BERNARD (N.) Garde des livres du
Cabinet du Roi à Choify, né dans le Dau-
phiné. On a de lui quelques Piéces fugitives
pleines de graces, de délicateffe & de légèreté. On fait qu'il a fait un *Art d'aimer*, d'a-
près celui d'Ovide, fort applaudi dans les
fociétés où l'Auteur l'a fait connaître, &
qui vraifemblablement, ne fera pas moins
accueilli du Public. Il a donné à l'Opéra les
Surprifes de l'Amour, & *Caftor & Pollux*. Il

ferait à fouhaiter que le génie de Rameau eût
été toujours auffi heureufement fecondé par
les Ouvrages qu'il a honorés de fa Mufique.

C'eft au Poëte aimable dont nous parlons
que fut adreffée cette jolie invitation de Mr.
de Voltaire, au nom de Madame la Ducheffe
de la Valière.

> Au nom du Pinde & de Cythère,
> Gentil Bernard eft averti,
> Que l'Art d'aimer doit Samedi
> Venir fouper chez l'Art de plaire.

B**** (le Comte François Joachim de
Pierre de) de l'Académie Françaife, né à
Saint-Marcel de Lardéche, en 1715, non
moins recommandable par fa gloire littéraire que par fes dignités, aux yeux de ceux
qui favent que le mérite réel eft le premier
de tous les titres. A l'exemple de l'illuftre
Rouffeau, il a enrichi fes vers par un ufage heureux & continuel de l'ancienne mythologie, de ces fictions charmantes contre
lefquelles il s'élève parmi nous, dit Mr. de
Voltaire, " une fecte de gens durs qui fe
" difent folides, d'efprits fombres qui préten-
" dent au jugement, parce qu'ils font dépour-
" vus d'imagination, d'hommes lettrés & en-
" nemis des Lettres, qui voudraient profcri-
" re la belle Antiquité & la Fable. "

Les Poéfies de Mr. L. C. D. B. refpirent
en général, l'élégance, l'harmonie & la facilité. Aucun Poëte ne paraît avoir mieux fenti
que toute la magie des vers ne confifte pré-

C ij

cifément que dans l'art de peindre. Quelle richeffe, quelle magnificence dans cette defcription du Soleil au milieu de fa courfe !

Ce grand Aftre, dont la lumière
Enflamme la voûte des Cieux,
Semble au milieu de fa carrière,
Sufpendre fon cours glorieux.
Fier d'être le flambeau du Monde,
Il contemple du haut des airs
L'Olympe, la terre & les mers
Remplis de fa clarté féconde ;
Et jufques au fond des enfers
Il fait rentrer la nuit profonde
Qui lui difputait l'Univers.

Mais ce qui affure à Mr. L. C. D. B. une gloire durable, c'eft qu'il a fu cacher fous des fleurs les préceptes de la morale la plus pure. Son Epitre à Mr. le Baron de Montmorency en eft un exemple. Elle eft en même-tems un témoignage bien eftimable du refpect de l'Auteur pour tout ce qu'on doit refpecter. Elle fait aimer la vertu, l'honneur, les loix, & fur-tout la précieufe fimplicité des mœurs antiques.

BERTAUD (Jean) Evêque de Séez, né à Condé en 1522, mort en 1611. L'un de ceux qui fauvèrent la langue Françaife du naufrage, dont le galimathias pédantefque de Ronfard femblait la menacer, & qui lui confervèrent fon génie. En parlant des paffions qui nous ont été données pour notre bonheur,

& qui deviennent, par l'abus que nous en faisons, l'instrument de toutes nos calamités, il s'est servi de cette comparaison aussi juste qu'ingénieuse :

> Ainsi du plumage qu'il eut
> Icare pervertit l'usage,
> Il le reçut pour son salut,
> Et s'en servit pour son dommage.

On connaît aussi ces belles Stances de Bertaud, dont les derniers vers font encore dans la bouche de tout le monde :

> Félicité passée,
> Qui ne peut revenir,
> Tourment de ma pensée ;
> Que n'ai-je, en te perdant, perdu le souvenir!

BLANC (l'Abbé Jean-Bernard le) né à Dijon en 1707. Sa Tragédie d'Aben-Said, représentée avec quelque succès en 1734, n'a jamais reparu depuis sur aucun Théâtre. Les succès éphémères de la plûpart des Pièces nouvelles tiennent souvent à de certaines circonstances ; par exemple, au talent d'un Acteur qui se distingue dans un rôle, à la cabale d'une Actrice, aux dispositions du Public qui se lasse quelquefois de siffler, &c.
On connaît les Lettres non Françaises de Mr. l'Abbé le Blanc sur les Anglais ; mais on ne sait pas qu'il a fait un volume d'Elégies, un Poëme sur l'Histoire des Gens de

C iij

Lettres de Bourgogne, une Traduction des Difcours Anglais de David Hume, & quelques autres Ouvrages, foit en profe, foit en rimes.

BLETTERIE (l'Abbé Jean-Philippe-René de la) de l'Académie des Infcriptions, né à Rennes, mort à Paris en 1772.

La vie de l'Empereur Julien eft le plus eftimé de fes Ouvrages. On fut gré à l'Auteur de ne s'être point livré à ce faux zèle qui ne permet pas qu'on rende juftice aux vertus d'un Prince, lorfqu'il a eu le malheur d'être ennemi de l'Eglife. Nous croyons cependant que Mr. l'Abbé de la Bletterie n'a pas tracé le caractère de Julien d'une main affez Philofophique. Il paraît penfer de bonne-foi, que cet Empereur fut véritablement attaché au Paganifme jufqu'à la fuperftition. C'eft ce que tout Lecteur un peu éclairé ne fe perfuadera jamais d'un Prince tel que Julien. On fait que ce Prince, né avec tant de lumieres naturelles, avait reçu d'ailleurs une éducation chrétienne par les plus habiles Maîtres qu'on eût pu choifir. L'expérience nous apprend il eft vrai, que malgré de pareils fecours, on peut s'égarer dans la foi, & même en perdre entierement l'habitude ; mais d'une éducation auffi foignée, on ne retombe point dans les chiméres de l'idolâtrie, & dans les abymes de la fuperftition. Julien, par une politique malheureufe, crut devoir préférer l'ancienne Religion de l'Empire à celle de Conftance fon perfécuteur. Il favait combien l'exemple du Prince a d'influence sur l'opinion publique. Il ne s'acquitta pas moins des fonctions de Pontife que de celles d'Empereur. Il parut se livrer, avec le plus grand zèle, aux pratiques d'un culte dont il voulait rétablir l'honneur dans l'esprit des peuples. En un mot, il se montra payen par déférence pour le système politique qu'il avait eu le malheur d'adopter ; mais il est absurde de penser qu'il l'ait jamais été par persuasion.

Nous avons encore de M. l'Abbé de la Bletterie une vie de Jovien, très-inférieure à celle de Julien, une traduction estimée des *Césars* & du *Misopogon* de ce dernier Empereur, enfin une Traduction complette de Tacite, qui en fait desirer une meilleure.

BOISSY, (Louis de) de l'Académie Française, né à Vic en Auvergne, en 1694, mort en 1758. Il a fait plus de trente Comédies, dont il n'est resté que les *Dehors Trompeurs*, le *Français à Londres*, & *le Babillard.*

Ses vers sont en général pleins d'esprit, & l'on pense qu'il eût pu se faire un nom dans la satyre, mais il n'eut que très-rarement la force comique. Il lui manquait la connaissance approfondie du cœur humain, celle du monde & celle de son art.

S'il est vrai comme on nous l'assure, qu'on lui ait donné le plan de la Comédie des *Dehors Trompeurs*, on ne trouvera plus chez lui aucune trace du génie d'invention.

C iv

Il ne fut ni placer, ni faire agir fur la fcène un caractère heureufement deffiné. Il n'eut jamais le talent du dialogue vrai, qui n'eft que l'imitation fidelle du meilleur genre de converfation ; & l'on ne faurait trop répéter à ce fujet , que ce dialogue qui ne doit être ni un affaut d'Epigrammes , ni un tiffu de Differtations, eft véritablement un des plus rares fecrets & une des principales illufions de la bonne Comédie.

Ce qui juftifie tout ce que nous venons de dire fur M. de Boiffy , c'eft l'empreffement puéril avec lequel il faififfait, même dans fa vieilleffe, tous les Vaudevilles de Paris , pour en faire des Comédies auffi paffagères que la folie du moment qui en était le fujet. De-là , dans fes Pièces , tant de perfonnages allégoriques, tels que le *Badinage*, la *Mode*, la *Frivolité* , la *Bagatelle*, le *Je ne fais quoi* , &c. On fent que ces perfonnages ne peuvent être qu'un abus de l'efprit, & qu'avec tout l'art du monde , ils demeurent toujours dans la claffe des Etres de raifon , froids & inanimés.

C'eft ce défaut de connaiffances & d'obfervations réfléchies qui rend Mr. de Boiffy prefque toujours glacial , malgré la vivacité de fon efprit & des talens très-diftingués. On a de lui neuf volumes *in*-8° , qui en formeraient à peine un bon.

BOISTEL (Jean-Baptifte-Robert) né à Amiens, Auteur d'une Tragédie d'Antoine & de Cléopatre , dans laquelle il y avait

une scène qui mérite qu'on en conserve le souvenir, & très-supérieure à toute la Tragédie que Mr. Marmontel a donnée depuis sur
le même sujet. Mr. Boistel n'a point assez
travaillé sa dernière Pièce d'Irène, & n'aurait pas dû négliger les heureuses dispositions
qu'il paraissait avoir pour le Théâtre.

BONNET, (Charles) né à Genève.
Un des plus grands Métaphysiciens de ce
siècle. Ses premiers goûts le portèrent vers
l'Histoire Naturelle, soit des insectes, soit
des plantes. Nous n'osons apprécier exacte-
ment son mérite à ces égards, il faudrait
que nous eussions nous-mêmes plus de connaissances physiques, & d'ailleurs ces détails
nous conduiraient trop loin. Ce que nous
pouvons assurer d'après notre impression, &
surtout celle des gens éclairés, c'est qu'aucun savant n'a peut être plus que notre Auteur, de cet esprit vraiment philosophique, nécessaire dans de pareilles recherches. Il suit la
nature pas à pas, il l'observe, il l'étudie avec
une sagacité, une justesse, une patience inconcevables. Il nous montre, autant qu'il est
possible, tous les degrés intermédiaires par
lesquels elle passe pour arriver à tel ou tel
résultat. Il cherche, comme elle, à ne point
faire de saut, à ne point laisser de lacune, à
distinguer toutes ces nuances si déliées, si im-
perceptibles à l'œil vulgaire, & que le génie seul peut saisir & marquer. Voyez sur-
tout, pour justifier ce que nous avançons,
les *Considérations sur les Corps organisés.*

On reproche avec raiſon à un grand nombre de Phyſiciens de former des ſyſtêmes d'i-
magination non moins frivoles que brillans.
Ils voient la nature, non pas telle qu'elle eſt,
mais telle qu'ils la veulent ; ils la tourmen-
tent, non pas pour lui arracher ſes ſecrets,
mais pour la plier de force à leurs idées, &
la rendent, ſi on l'oſe dire, complice de
leurs écarts. Nous croyons Mr. Bonnet bien
à l'abri de ce reproche. Il a pu s'égarer ſans
doute ; mais ſa marche eſt aſſurément la plus
méthodique, la plus circonſpeƈte, la plus
philoſophiquement modeſte qu'on ait pu ſuivre ; & ſi l'on s'égare ſur ſes traces, c'eſt
qu'après tout, ce ſont toujours des traces
humaines.

De l'Hiſtoire Naturelle notre Auteur paſſa
à la Métaphyſique, & cette tranſition, comme il le dit lui-même, n'a rien d'extraordi-
naire. En effet, le génie de l'obſervation em-
braſſe tout. La même force d'attention qui ſe
déploie ſur des pétales, ſur des germes, ou
des animalcules, peut s'exercer auſſi ſur les
opérations & les facultés de notre ame. Son
Eſſai analytique ſur ce dernier objet en eſt
la preuve. C'eſt ici ſur-tout où l'Auteur avait
à ſe tenir en garde contre une imagination
naturellement forte & brillante : auſſi nous
appellerions volontiers cet Eſſai un combat
perpétuel de l'Auteur contre lui-même,
combat que la viƈtoire a couronné ſelon
nous, car jamais il n'emploie d'images, de
ſentimens, de traits d'eſprit, là où le ſujet ne
demande que la plus rigoureuſe préciſion.

Si l'on observe, de tems en tems, quelques morceaux pleins de chaleur, c'est de cette chaleur qui naît du fond du sujet, qui s'étend du centre à la circonférence, & non de cette chaleur empruntée & superficielle qui n'affecte que pour l'instant.

L'Auteur du Livre de l'Esprit, dit que Fontenelle était un de ces génies lumineux qui ont su établir un pont de communication entre la science & l'ignorance. Tel est Mr. Bonnet dans tous ses Ouvrages, & principalement dans son Essai analytique. On n'y pouvait mettre, à la fois plus de profondeur & de clarté. Ce qui distingue encore ce Philosophe des autres Métaphysiciens, c'est son attention soutenue à présenter l'homme tel qu'il est, autant qu'il nous est possible de le connaître. Il ne l'envisage que comme un Etre mixte, comme le résultat de l'union d'une certaine ame à un certain corps.

Parmi les Métaphysiciens les plus célèbres, les uns, comme on l'a dit ingénieusement, ont voulu spiritualiser la Matière les autres ont au contraire matérialisé les Esprits. La vérité paraît devoir se trouver, ou nulle part ailleurs, dans la ligne qui sépare ces deux extrêmes; & c'est sur cette ligne que marche sans cesse notre Auteur. Qu'on ne l'accuse donc point de Matérialisme, puisqu'après tout on ne saurait bien parler de l'ame sans parler beaucoup du corps, vu la prodigieuse influence des deux substances l'une sur l'autre. On accusa Descartes d'Athéisme, lui qui donna de nouvelles démonstra-

tions contre cette horrible hypothèse : voilà ce qui doit confoler tous les Grands Hommes expofés avec autant d'injuftice aux mêmes imputations.

Enfin, ce qui diftingue avantageufement
Mr. Bonnet des prétendus Philofophes de nos
jours, c'eft qu'il eft véritablement un Philofophe Chrétien, quoi que puiffent en dire certains beaux efprits, qui ont décrété dans leurs
petits cerveaux que Chrétien & imbécille feraient dorénavant fynonimes. Voyez le dernier Ouvrage de Mr. Bonnet, intitulé *Recherches fur le Chriftianifme*, dans lequel il déploie tout ce que la Dialectique a de plus
fort & la Critique de plus impartial & de
plus exact.

Sa *Palingénéfie* renferme beaucoup de conjectures fur le rétabliffement futur de toutes
chofes. Il y en a quelques unes qu'on a jugé
un peu hazardées ; mais quoi qu'il en foit,
ce feront toujours les rêves d'un homme de
beaucoup d'efprit, comme on appellait les
Ouvrages politiques du bon Abbé de Saint-
Pierre, les rêves d'un homme de bien.

BOSSUET, (Jacques-Bénigne) Evêque
de Meaux, de l'Académie Françaife, né à
Dijon, en 1627, mort à Paris en 1704. Le
plus éloquent de nos Orateurs.

Il ne s'agit ici ni de fes Ouvrages de con-
troverfes, ni de fes autres Ecrits théologi-
ques, qui l'ont mis au rang des Pères de
l'Eglife. Mais quelle majefté, quelle véhémence de ftyle dans fes Oraifons funèbres, !

On le croirait animé d'un enthousiasme divin. Le sublime des pensées, l'énergie des tours, la noble simplicité de l'expression, la rapidité des mouvemens, la hardiesse des figures, l'harmonie soutenue & variée sans laquelle il n'est point d'Orateurs, tels sont les principaux traits qui caractérisent l'éloquence de cet homme de génie. Elle n'est point défigurée comme celle de nos Rhéteurs modernes, par une emphase étudiée ; elle ne doit rien à l'art ni à la symétrie des antithèses, ni à la fausse chaleur des apostrophes accumulées, encore moins à la pompeuse obscurité de ce jargon prétendu philosophique, que la décadence du goût a introduit de nos jours dans les harangues Académiques, & même dans la Chaire.

Le Discours sur *l'Histoire Universelle* porte l'empreinte du même génie. Peut-être la philosophie pourrait-elle cependant lui reprocher qu'en ne donnant pour cause à toutes les grandes révolutions des Empires, que les desseins secrets de Dieu sur la Nation Juive, il est tombé dans le même inconvénient que Ptolomée, qui dans son système du Monde, subordonnant tous les Astres à la Terre, faisait de cette petite Planette le centre unique de tous les mouvemens du Ciel. Mais ce reproche qui n'est que spécieux, & auquel la Théologie a solidement répondu, ne dérobe rien à la gloire de Mr. Bossuet, qui s'est frayé une route nouvelle, en appliquant au récit des faits historiques toute la noblesse & toute la rapidité de l'Eloquence.

Aucun Lecteur de goût peut-il se rappeller sans saisissement, l'impression qu'il a reçue en lisant, pour la première fois, ce morceau sublime où l'Auteur fait entendre à l'imagination le fracas effroyable des Empires qui meurent aussi-bien que les Rois, & tombent, pour ainsi dire, les uns sur les autres?

On doit regretter éternellement un siècle où les Condés avaient pour Panégyristes les Bossuets & les Bourdaloues; où la gloire de Turenne était célébrée par les Mascarons & les Fléchiers, où le brave Luxembourg recevait son immortalité de la plume de l'éloquent la Rue. Aussi c'est de ce beau siècle que Mr. de Voltaire a dit :

Français vous savez vaincre & chanter vos conquêtes.

BOURDALOUE (Louis) Jésuite, né à Bourges en 1632, mort à Paris en 1704. Corneille avait réformé la Scène, Bourdaloue réforma la Chaire en y ramenant la véritable éloquence. Il se distingua, sur-tout par la force de son raisonnement, & par la solidité de ses preuves; mais il négligea trop de parler au cœur, il prodigua trop les citations des Pères, enfin il énerva quelquefois son éloquence par un usage trop fréquent des divisions & des subdivisions : méthode qui ne semble imaginée que pour donner, mal-à-propos, des entraves au génie. Quoi qu'il en soit, Bourdaloue sera toujours regardé comme un excellent modèle parmi les Orateurs Chrétiens.

BOURSAULT (Edme) né à Muſſy-
l'Evêque en Bourgogne, en 1638, mort en
1701. Il n'avait aucunes Lettres, & cependant il a fait quelques Comédies reſtées au
Théatre, & dont le ſtyle eſt quelquefois du
plus grand naturel, & du meilleur goût Dramatique. On doit diſtinguer celles du *Mer-
cure galant*, d'*Eſope à la Ville*, mais principalement celle d'*Eſope à la Cour*, dans laquelle il y a une Scène très-intéreſſante qui
a pu donner l'idée, & qui devrait être le modèle de cette eſpèce de comique larmoyant,
auquel on n'a pas encore trouvé de nom convenable. Cette Scène ne plait à tout le monde, que parce que le pathétique en eſt vrai,
ſimple, momentané, & que d'ailleurs elle
n'eſt amenée par aucun moyen romaneſque.

C'eſt de quoi ne s'occupent guères tous
nos Ecrivains actuels dans le genre des Drames. On leur croirait le plus profond mépris
pour la vraiſemblance théatrale, tant ils ſemblent négliger de choiſir dans un ordre poſſible les incidens de leurs Pièces. C'eſt
moins dans la nature que dans les Romans
qu'ils vont puiſer leurs caractères : auſſi ce
ne ſont pas des hommes, mais des êtres purement fantaſtiques qu'ils nous repréſentent,
& c'eſt ainſi que nous ſommes retombés dans
l'enfance de l'art.

Bourſault eut le malheur d'offenſer Molière, qui le nomma dans l'*Impromptu de Ver-
ſailles*, & le livra au ridicule ſous les yeux
du Roi & de toute la Cour. Il n'appartenait
pas à Bourſault d'être jaloux de l'Auteur du

Misantrope ; mais sans l'approbation dont Louis XIV honora la Pièce de Molière, on ferait tenté de croire que ce dernier abusa un peu de la vengeance.

Boileau, qui ne pouvait estimer un Ecrivain sans Littérature, jetta aussi quelque ridicule sur le nom de Boursault. Celui-ci espérait de prendre sa revanche dans une Comédie intitulée la Satyre des Satyres. Boileau eut le crédit d'en empêcher la représentation, & c'est le seul tort que l'on connaisse à ce grand Poëte, qui devait plus que tout autre, ne point se défier de ses forces, & se prêter à la plaisanterie. On ne saurait trop redire aux Gens de Lettres que la liberté, qu'il faut soigneusement distinguer de la licence, est leur plus belle prérogative, & que tout Ecrit qui n'offense ni les loix, ni les mœurs ne peut être supprimé sans injustice.

Boursault, quelque tems après, eut l'avantage de se montrer supérieur à Despréaux, non par ses talens, mais par un procédé fort estimable. Il ne rougit point de faire des avances à ce même Satyrique dont il croyait avoir à se plaindre, & depuis leur réconciliation fut sincère.

BRÉBŒUF, (Guillaume) né à Rouen, en 1618, mort en 1671. Fortement épris de Virgile dans sa jeunesse, il se trouva avec Ségrais, son compatriote, qui s'était passionné pour Lucain, & qui se proposait d'en faire la traduction. Brébœuf, à force de lui vanter Virgile, lui fit abandonner la Pharfale

fale pour l'Enéide , & lui-même entraîné par
les louanges que Ségrais donnait à Lucain ,
quitta l'Enéide pour la Pharfale.

Cette aventure fingulière rapprocha Brébœuf du modèle qui était le plus analogue
au caractère de fon efprit. Ce qui peut lui
faire pardonner l'enthoufiafme dont il s'é-
chauffa tout-à-coup pour Lucain, c'eft qu'a-
lors le goût n'était qu'à fon aurore , Brébœuf était d'ailleurs dans l'âge où l'on fe paf-
fionne aifément pour les faux brillans. Son
imagination ardente était attifée encore par
les accès d'une fièvre opiniâtre qui ne l'a-
bandonna prefque jamais. Il n'eft pas étonnant que dans cette efpèce de délire il ait
confondu l'emphafe avec la grandeur, & l'enflure avec le fublime. Mais du moins il eut
le génie de fentir qu'un Poëte ne devait être
traduit qu'en vers, & les fiens ne font pas
très-inférieurs à ceux de fon original. On en
a retenu un grand nombre, & jamais on n'a
pu lire une page de la Pharfale en profe.

Si Brébœuf n'eût pas été enlevé par une
mort prématurée, & fi fes maladies lui avaient
laiffé le loifir de perfectionner fon goût ,
nous ofons croire qu'il eût été un des bons
Poëtes du fiècle de Louis XIV. On peut le
mettre dans le petit nombre d'Ecrivains que
Boileau a jugés peut-être avec un peu trop
de rigueur ; mais on fait que ce célèbre Satyrique avait moins d'éloignement pour Brébœuf,
que d'antipathie pour Lucain. Et en effet , on
ne peut difconvenir qu'il n'y ait une très-
grande diftance entre le ftyle de Brébœuf &

celui de Chapelain. Il se trouve souvent dans
la Pharsale Française, des vers que Corneille
lui-même n'eût pas désavoués.

BRET (Antoine) né à Dijon en 1717,
homme de beaucoup d'esprit & de goût,
Auteur d'une Vie intéressante de la célèbre
Ninon l'Enclos, & de plusieurs Comédies,
dont quelques-unes sont restées au Théatre.
Il serait à souhaiter que Mr. Bret ne se fût
jamais écarté, par complaisance pour le goût
du siècle, des vrais principes qu'il a sur son
Art. La *Double Extravagance*, pièce d'intrigue, & l'un de ses premiers Ouvrages, était
dans le bon genre comique ; mais depuis,
il semble que cet Auteur ait cru devoir faire
violence à ses propres talens, en faveur du
genre sérieux qui prenait de jour en jour
plus de crédit sur nos Théatres. Ce n'est pas
que Mr. Bret soit tombé dans les excès mons-
trueux où nous avons vu se précipiter quelques Dramatiques modernes. Si l'on trouve
dans son *Faux Généreux* des situations pathétiques, elles ne produisent que cette émotion naturelle & douce que les Maîtres de
l'art se sont quelquefois permis d'exciter dans
leurs meilleures Comédies ; mais en général
Mr. Bret est devenu, dans la plupart de ses
Pièces, trop réservé sur le comique, comme s'il eût craint qu'il ne fût plus possible
de ramener la Nation au bon goût. On
pourrait aussi lui reprocher de n'avoir pas
toujours assez travaillé ses vers ; mais cette négligence se fait moins sentir dans le

ftyle familier de la Comédie, que dans tout autre genre de poéfie.

Cet Auteur eft actuellement occupé d'un Ouvrage qui peut lui faire le plus grand honneur. Il travaille à un Commentaire de Molière. D'après les principes que nous lui avons connus, d'après fon goût naturel cultivé par d'excellentes études, enfin d'après quelques differtations qu'il a faites fur l'art de la Comédie, nous penfons qu'il eft très-digne de foutenir avec gloire cette honorable entreprife. Ce travail peut même ranimer fon amour pour un genre où le plus fûr moyen de réuffir eft d'obferver fans ceffe le génie & les reffources de Molière.

Michel Bret, père de l'Auteur dont nous parlons, joignait au mérite effentiel d'une probité généralement reconnue, les talens de fociété les plus agréables. On trouve fon nom dans la Bibliothèque de Bourgogne, mais fon article eft très-court, parce qu'il avait eu la modeftie de ne pas publier le Recueil de fes Poéfies : elles lui avaient fait beaucoup d'honneur dans une Ville où l'on remarque à peine l'efprit, tant cette qualité femble être devenue le caractère diftinctif de la plûpart de fes habitans.

BRUÉYS (David-Auguftin) né à Aix, en 1640, & non en Languedoc, comme l'a dit Mr. de Voltaire, mort à Montpellier en 1723.

Il avoit été dans fa jeuneffe de l'Eglife réformée, & même il avait fait une réponfe à l'Expofition de la Foi de Mr. de Boffuet, qui au lieu de lui repliquer, entreprit de lui faire adopter la Religion Romaine, & y réuffit. De Théologien controverfifte, Bruéys devint un Auteur comique très-eftimable. La feule Comédie du *Grondeur* fuffirait pour lui affurer une réputation diftinguée. Son *Muet* (imitation de l'*Eunuque* de Térence) eft demeuré au Théatre. On lui doit encore la petite Comédie de l'*Avocat Patelin*, d'après une ancienne facétie Françaife ; mais en confervant la gaîté naïve & franche de l'original, il l'a beaucoup embelli.

Il eft avéré que Palaprat , avec lequel il vécut longtems dans la fociété la plus intime, n'eut aucune part à fes bons ouvrages. On fait que Bruéys difait avec cette naïveté qui ne déplaît point dans un vrai talent : » le premier acte du *Grondeur* eft en- » tièrement de moi, il eft excellent. Le fe- » cond a été gâté par quelques fcènes de farce » de Palaprat, cet acte eft médiocre. Le troi- » fième eft prefque entièrement de lui, il eft » déteftable. «

On doit regarder cet auteur comme un de ceux qui ont confervé, parmi nous, le goût de la véritable Comédie. Il ne fut point de l'Académie Françaife.

BRUN (Denys le) né à Paris, Secrétaire des Commandemens de Mgr. le Prince de Conty, homme vraiment rare, dans ce fiècle où la grande Poéfie commençait à être méconnue. Ses Odes dont le Recueil eft prêt a paraître, font plus variées que celles du grand Rouffeau, & non moins poétiques que celles de Malherbe. Mr. le Brun a pris tour-à-tour le ton de Pindare, d'Anacréon & d'Horace.

Il partage avec Mr. de Voltaire la gloire d'avoir fecouru par fes bienfaits la petite Nièce de Corneille. Touché de fon extrême infortune, rempli de cette confiance géné-reufe que prend une ame élevée dans une ame fenfible à l'honneur, il adreffa une Ode pleine de nobleffe, à Mr. de Voltaire, par laquelle il le fommait, au nom de fa gloire, d'être le bienfaiteur de Mademoifelle Cor-neille. Sa confiance ne fut point trompée ; & Mr. de Voltaire dut ainfi à Mr. le Brun une des plus belles actions qu'il ait fai-tes.

Indépendamment de fes Odes, nous con-naiffons depuis longtems un Poëme de Mr. le Brun fur la *Nature*. Ce Poëme dont le plan eft plus riche & plus vafte que celui de Lu-crèce, eft en même-tems, ce qui nous a paru le plus digne d'être comparé dans notre langue à la belle Poéfie des Géorgiques.

BRUYÈRE (Jean de la) de l'Académie Françaife, né près de Dourdans, en 1639, mort en 1696. C'eft le Philofophe qui après Molière, a le mieux obfervé & connu les hommes. Ses *Caractères*, écrits d'un ftyle ner-veux, & dont il n'y avait pas de modèle avant lui, font l'ouvrage le plus précieux fur les Mœurs qui ait paru chez aucun Peuple.

D iij

Il ne difserte pas froidement & féchement
comme fes imitateurs; mais tout eft animé,
tout refpire fous fon pinceau. Il eft redevable de fa noble énergie à la hardiefse avec
laquelle il ofa peindre les hommes qu'il voyait.
Ce fut en vain que pour lui nuire, fes ennemis publièrent des clefs fatyriques de fon
Ouvrage. Ces Libelles téméraires font ou-
bliés, & le Livre de la Bruyère eft demeuré comme un des plus précieux monumens
du beau fiècle de Louis XIV.

Quelques perfonnes reprochent cependant
à la Bruyère un ton trop décifif & trop
dogmatique, des phrafes trop coupées, un
ftyle trop fententieux, trop recherché, qui
a égaré quelquefois fes imitateurs, tels que
MM. de Fontenelle & Duclos. En un mot,
elles le regardent comme le Sénèque Français.
Nous ne le jugeons pas avec cette févérité;
mais nous penfons qu'en effet il n'eft pas
exempt de quelques-unes de ces affeétations,
qui font devenues bien plus fenfibles dans
ceux qui les ont imitées, & qui n'avaient
pas fon génie.

BUFFON (Louis LE CLERC de) de l'Académie Françaife & de celle des Sciences, né
à Montbart, en Bourgogne, l'un des hommes par qui nous reconnaiffons avec bien
de la joie que le régne de Louis XV peut
balancer la gloire de l'autre fiècle. Il eft autant fupérieur à Pline que la faine Philofophie de nos jours l'emporte fur les erreurs
de l'ancienne Phyfique. Son Hiftoire Natu-

relle eft un monument d'éloquence & de génie que toute l'Europe nous envie , & dont
elle attend la continuation avec la plus grande
impatience.

Le plus grand éloge que nous puiffions
faire de Mr. de Buffon , eft de reconnaître
que par-tout il a été égal à fon fujet. Non-
feulement il eft admirable dans les plus petits
détails ; mais lorfqu'on lit *la première & la
feconde Vue* de cet homme fublime, on croirait que participant à l'intelligence fuprê-
me , il a furpris les fecrets du Créateur, pour
lever le plan de la Nature.

Le ftyle de Mr. de Buffon a paru trop
poétique à quelques efprits chagrins qui ont
prétendu qu'il avait écrit le Roman plutôt
que l'hiftoire de la Nature. Mais à qui con-
venait-il de peindre fi ce n'était pas à l'Hiftorien des merveilles de l'univers? Et le moyen
de peindre en maître fans dérober quelquefois le feu facré de la Poéfie ! Nous plaignons les barbares affez dénués d'imagination
pour être infenfibles aux couleurs magiques
dont Mr. de Buffon s'eft fervi pour animer
fon tableau.

C.

CAHUZAC (Louis de) mort en 1759 ;
à Charanton. Prefque tous fes Opéra ont été
mis en Mufique par l'illuftre Rameau, & ne
le méritaient guères. On ne peut nier cependant que Cahuzac n'eût du moins une forte d'intelligence dans la diftribution de fes plans ,
& qu'il ne fût quelquefois amener avec

art des fêtes ingénieuses. Il eut le malheur
de tomber dans des accès de frénéfie dont
il mourut ; & il femble qu'avec une imagination affez froide , il n'eût pas dû fe croire
menacé d'une pareille maladie.

Il avait donné un Traité hiftorique de la
Danfe , en trois volumes, dans lequel il y a
des recherches curieufes ; il eft cependant
très-loin des grandes vues que Mr. Noverre
a développées dans fes Lettres fur le même Art.

Mr. de Cahuzac a fourni plufieurs articles
à l'Encyclopédie ; mais c'était avant fa retraite à Charanton.

CAMPISTRON (Jean Galbert) de l'A-
cadémie Françaife , né à Touloufe en 1656,
mort dans fa Patrie en 1723. Toutes fes
Tragédies , à l'exeption de *Virginie* & de
Pompéïa , furent très-applaudies aux repréfentations. L'ordonnance en eft fage & ré-
gulière , le ftyle naturel , mais faible. Ses
plus belles fcènes n'excitent qu'une émotion
douce , & ne font pas animées de ce pathétique terrible qui doit être l'ame des Tragédies. Il a tâché d'imiter Racine , mais de
fort loin , & il n'a prefque emprunté que
fes négligences. Cependant *Andronic* & *Tiri-
date* , qui font demeurés au Théatre , doivent inconteftablement occuper le premier
rang parmi toutes nos Tragédies modernes ,
fi l'on en excepte celles de MM. de Voltaire & de Crébillon , la *Didon* de Mr. le
Franc , le *Manlius* de la Foffe & la Tragédie de *Warvick.*

La Comédie du *Jaloux défabufé*, qui eft auffi reftée au Théatre, prouve que Campiftron avait plus d'une forte de mérite. Il a donné encore quelques Opéra, celui d'*Acis & Galathée* entr'autres, le dernier que Lulli ait mis en mufique.

Campiftron donna des preuves de valeur à la bataille de Steinkerke : il y accompagnait le Duc de Vendôme, a qui il eut l'honneur d'être attaché toute fa vie.

CASTEL (Louis) Jéfuite, né à Montpellier en 1688, mort à Paris en 1757, homme à paradoxes, & d'un caractère fingulier, à peu-près femblable à celui de Bergerac. Tout le monde connaît la bizarre invention de fon Claveffin oculaire. Mr. de Montefquieu ne dédaignait pas de s'amufer de fes faillies, qui étaient quelquefois très-heureufes ; mais ce n'était pas lorfqu'il difait que *la vie eft une épigrâmme dont la mort eft la pointe.*

CERFVOL (N.) né à Paris , auteur de quelques ouvrages fur le Divorce, & fur l'Education des filles, écrits avec affez de chaleur, mais trop peu de folidité.

Dans le nombre étonnant de fyftêmes que l'enthoufiafme de l'économie domeftique a produits de nos jours, celui d'introduire l'ufage du divorce n'eft pas le moins fingulier. L'exemple de la Pologne dont le régime & les loix femblent favorifer cette liberté, ne conclut rien pour la France qui a des loix oppofées. Nous fommes très-perfuadés que chez une Nation inconftante & légère, telle que la nôtre, l'établiffement du divorce entraînerait bientôt les plus grands abus. Avant que de s'ériger en légiflateur dans fon cabinet, il faudrait du moins avoir un peu médité fur les différences fpécifiques que la nature a mifes dans le caractère des peuples; mais c'eft la première chofe que négligent dans leurs projets chimériques, la plûpart des œconomiftes.

L'Education des filles eft un objet que Mr. de Cerfvol a traité plus utilement dans fa *Gamalogie*. Les vûes en font très-fages & le but excellent. Nous l'invitons à fe livrer à ce genre de philofophie raifonnable, & non à s'égarer dans ces fpéculations chagrines & dangereu-fes que la licence du fiècle voudrait mettre en crédit. Qu'il abandonne tout ce fatras phi-lofophique aux Editeurs du *Syflême de la Na-ture*, & à cette foule d'Ecrivains téméraires

Qui n'ont d'efprit que pour fronder les loix.

CHAPELAIN (Jean) de l'Académie Fran-çaife, né à Paris en 1595, mort dans cet-te Ville en 1674. Balzac le mit en réputa-tion, & en effet Chapelain avait beaucoup de littérature. Son Poëme de la *Pucelle*, trop vanté avant de paraître, détruifit en un mo-ment la confidération prématurée qu'il avait eu l'adreffe d'ufurper.

Cet exemple doit effrayer tous ces Auteurs qui fe preffent de recueillir les fuffrages des

sociétés par des Ouvrages qu'ils gardent pru-
demment dans leurs porte-feuilles, & qui
devraient n'en sortir jamais.

Les douze derniers Livres de ce mauvais
Poëme sont restés manuscrits à la Bibliothèque du Roi, & aucun Libraire n'a voulu se
charger de les imprimer. Cependant le nom
de Chapelain avait été si imposant, que Racine daigna le consulter sur ses premiers
Ecrits, & qu'il fut choisi par l'Académie
pour rédiger la Critique du Cid.

Le moindre défaut de sa *Pucelle* est d'être
ennuyeuse. Le style d'ailleurs, à quelques
endroits près, en est si âpre, & hérissé d'in-
versions si dures, que Racine & Despréaux
s'imposaient pour punition, dans des jeux de
société, d'en lire quelques vers. Aujourd'hui
le Poëme de la Peinture de Mr. le Mière &
les Tragédies de Mr. Marmontel servent au
même usage.

CHAPELLE (Claude Emmanuel Luillier)
né à la Chapelle, près de Paris, en 1626,
mort en 1686. Poëte facile, naturel, volup-
tueux & négligé. Il est Auteur du Voyage
connu sous son nom , bagatelle agréable
qui a été imitée souvent & malheureusement.

Chapelle était homme du monde ; mais
il sut conserver dans la bonne compagnie de
son tems cette heureuse naïveté qui fait le
principal mérite de ses Ouvrages. Il joignait
à ce don de la Nature celui d'observer avec
finesse les ridicules de la société. Il y puisait
des scènes comiques qu'il rendait à son ami

Molière avec la plus grande vivacité ; mais ce feu l'abandonnait quand il voulait les écrire : tant il y a loin de l'esprit de conversation au talent de mettre en œuvre !

La méprise d'un Éditeur qui avait confondu l'écrivain dont nous parlons avec un auteur médiocre nommé de la Chapelle , donna occasion à cette épigramme de l'Abbé de Chaulieu.

> Lecteur , sans vouloir t'expliquer ,
> Dans cette Edition nouvelle ,
> Ce qui pourrait t'alambiquer
> Entre Chapelle & la Chapelle :
> Lis leurs vers , & dans le moment ,
> Tu verras que celui qui , si maussadement ,
> Fit parler Catulle & Lesbie ,
> N'est pas cet aimable génie
> Qui fit ce Voyage charmant ;
> Mais quelqu'un de l'Académie.

CHARRON (Pierre) né à Paris en 1541 , mort en 1603. Disciple & ami du célèbre Montagne. Quoiqu'il ait imité le style de ce Philosophe, il n'a pas écrit, comme lui, en homme du monde , & son Livre de la Sagesse est moins lu que les Essais de Montagne. On voit cependant que Charron avait une grande force d'esprit , & rien ne la caractérise mieux , à ce qu'il nous semble , que ce passage dans lequel cet Ecrivain a parlé de Dieu d'une manière sublime.

» Déité, c'est ce qui ne se peut connoître , ni seulement s'appercevoir. Du fini

» à l'infini n'y a aucune proportion, nul
» paffage : l'infinité eft du tout inacceffible,
» voire imperceptible. Dieu eft la même,
» vraie & feule infinité. Le plus haut efprit
» & le plus grand effort de l'imagination n'en
» approche plus près, que la plus baffe &
» infime conception. Le plus grand Philofo-
» phe & le plus favant Théologien ne con-
» naît pas plus ou mieux Dieu que le moin-
» dre Artifan. Où il n'y a point d'avenue, de
» chemin, d'abord, ne peut y avoir de loin
» ni de près... Dieu, Déité, Eternité, Tou-
» te-puiffance, Infinité, ce ne font que mots
» prononcés en l'air, & rien plus à nous.
» Ce ne font pas chofes maniables à l'enten-
» dement humain... Si tout ce que nous di-
» fons & proférons de Dieu était jugé à la
» rigueur, ce ne ferait que vanité & igno-
» rance. Dont, difait un grand & ancien
» Doéteur, que parler de Dieu, même di-
» fant chofes vraies, il eft très-dangereux.
» La raifon de ce dire eft, qu'outre que
» telles & fi hautes vérités fe corrompent
» paffantes par nos fens, nos intelligences
» & nos bouches, encore ne favons, & ne
» pouvons être certains qu'elles foient vraies.
» C'eft à l'hazard que nous rencontrons : car
» nous n'y voyons goute, & ne favons que
» c'eft, ni quel il y fait. Or parler de Dieu
» en doute & incertitude, & comme à tâ-
» tons, & par divination, il eft dangereux,
» & ne favons fi Dieu le trouve bon : fi
» ce n'eft que nous confions tant en fa bon-
» té, qu'il prend en bonne part tout ce qu'on

l

» dit de lui à bonne intention, & pour l'ho-
» norer tant que l'on peut. Mais encore, qui
» fait que cette confiance-là lui foit agréable ;
» & que la bonté divine eft de cette for-
» te ?..... C'eft bien l'office & le fait de la
» bonté humaine, créée & finie : mais qui
» fait que la divine incréée, infinie, foit de
» cette couleur ?... Par quoi le plus expé-
» dient, mais qu'il foit poffible à l'homme
» fe voulant mêler de penfer & concevoir
» la Déité, eft que l'ame, après une abf-
» traction univerfelle de toutes chofes, s'éle-
» vant pardeffus tout, comme en un vuide,
» vague & infini, avec un filence profond
» & chafte, un étonnement tout tranfi, une
» admiration toute pleine de craintive humi-
» lité, imagine un abyme lumineux, fans
» fond, fans rive & fans bord, fans haut,
» fans bas, fans fe prendre ni fe tenir à
» aucune chofe qui lui vient en imagination,
» finon fe perdre, fe noyer, & fe laiffer
» engloutir dans cet infini. A quoi reviennent
» à peu-près ces fentences anciennes. La
» vraye connaiffance de Dieu eft une par-
» faite ignorance de lui. S'approcher de Dieu
» eft le connaître lumière inacceffible, &
» d'icelle eft abforbé. C'eft aucunement le
» connaître que de fentir qu'étant pardeffus
» tout, l'on ne peut le connaître : éloquem-
» ment le louer, c'eft avec étonnement &
» effroi fe taire, & en filence l'adorer en
» l'ame. Mais pour ce qu'il eft très-difficile,
» & à peu-près impoffible à l'ame, de pou-
» voir fubfifter en un fi incertain & vague in-

» fini, (car elle demeurerait toute troublée &
» comme au rouet) semblable à celui qui de
» force de tourner sa tête, tout ébloui, ne
» sachant plus où il est, se laisse tomber :
» & quand bien elle le pourrait, demeurant
» transie, percluse, & ravie d'effroi & d'ad-
» miration, si ne pourrait-elle, en aucune
» façon, agir avec Dieu, le prier, l'invo-
» quer, le reconnaître, l'honorer, qui sont
» les premiers & principaux chefs de toute
» Religion : car en telles choses il est néces-
» sairement requis se le présenter avec quel-
» que qualité, bon, puissant, sage, enten-
» dant, acceptant nos intentions : il est for-
» ce & ne peut être autrement, en la con-
» dition présente de cette vie, que chacun
» se fasse & se peigne à soi-même une ima-
» ge de la Déïté, à laquelle il regarde, il
» s'adresse & se tienne, laquelle lui soit
» comme son Dieu. L'esprit se la fait en éle-
» vant son imagination pardessus tout, &
» concevant, de toute sa force, une sou-
» veraine bonté, puissance, perfection ; car
» le dernier & le plus haut degré où cha-
» cun peut monter & arriver par l'extrême
» effort de sa conception, lui est son Dieu,
» & lui sert d'image de la Déïté : image
» toute fois fausse ; c'est-à-dire, manquée
» & imparfaite : car étant la Déïté, comme
» dit est, inimaginable, infinie, à laquelle
» l'esprit ne peut, par aucune conception,
» ni près, ni loin approcher, ne peut faire
» aucune vraie image, non plus que d'une
» chose qu'il ne sait du tout que c'est ; il

» ſuffit qu'il la faſſe la moins fauſſe, moins
» vicieuſe, plus haute, plus pure qu'il peut. «

Le ſcepticiſme très-raiſonnable de Charron, mais très-hardi pour ſon ſiècle, le fit
accuſer fauſſement d'irréligion par quelques
fanatiques. Autant on a de reſpect pour une
Religion ſainte & épurée, qui n'excite les
hommes qu'à la douceur, à la paix, à la tolérance & à la charité, autant on a d'horreur pour le fanatiſme, qui a quelquefois
pris ſon maſque, mais qu'il eſt aiſé de reconnaître à ſes fureurs. Le fanatiſme eſt à la
Religion ce que l'Hypocriſie eſt à la Vertu.

CHAULIEU (Guillaume AMFRYE de)
Abbé d'Aumale, né dans le Vexin-Normand
en 1639, mort à Paris en 1720. Il fut l'élève & l'ami de Chapelle, négligé comme lui
dans ſon ſtyle ; mais ſupérieur peut-être par
la hardieſſe, le ſentiment & la volupté que
ſes Poéſies reſpirent. Mr. de Voltaire l'appelle
l'Anacréon du Temple, parce qu'en effet,
à l'exemple du Poëte Grec, & avec les mêmes graces, il a chanté juſques dans ſa vieil-
leſſe, les jeux, les amours & le vin ; & parce qu'il logeait au Temple chez Mr. le Duc
de Vendôme qui l'honorait de ſon amitié.

Les Critiques d'un goût ſévère obſervent
que la réputation de ce Poëte, portée de
ſon vivant au-deſſus de ſa valeur, commence à décroître un peu. Comme il n'eut aucune prétention littéraire, pas même celle
de l'Académie, il n'arma contre lui ni l'orgueil, ni la jalouſie des Gens de Lettres. On
pardonna

pardonna à l'homme aimable, à l'homme qui rassemblait chez lui la meilleure compagnie de son tems, des négligences qu'on ne pardonnerait aujourd'hui à aucun Poëte. Les Editeurs plus soigneux de sa gloire, n'auraient pas dû se permettre de grossir son Recueil d'un grand nombre de Pièces fort insipides. Le meilleur de ses Ouvrages, quoiqu'on y trouve encore beaucoup trop de licences & de longueurs, est celui qu'il adresse au Marquis de la Fare, & qui commence par ce vers :

Plus j'approche du terme, & moins je le redoute.

CHAUSSÉE (Pierre-Claude NIVELLE de la) de l'Académie Française, né à Paris en 1691, mort en 1754. Le premier qui mit en faveur sur notre Théatre le Comique larmoyant, ou la Tragédie domestique, genre si bien caractérisé par Mr. de Voltaire dans ces vers du pauvre Diable :

Souvent je bâille au Tragique bourgeois,
Aux vains efforts d'un Auteur amphibie,
Qui défigure & qui brave à la fois
Dans son jargon Melpomène & Thalie.

La *Mélanide* de Mr. de la Chaussée est incontestablement le chef-d'œuvre de ce mauvais genre, quoiqu'on ait donné depuis *Cénie*, le *Fils Naturel*, le *Pere de Famille*, le *Philosophe sans le savoir*, *Eugénie*, *Béverley*, *les deux Amis*, &c.

Tom. II. E

Il faut être juste, & reconnaître que Mr. de la Chauffée était infiniment supérieur à tous les Auteurs des Pièces que nous venons de citer. Il entendait très-bien l'art du Théatre. Il a peu de Pièces dans lefquelles on ne trouve de belles fcènes & beaucoup de vers heureux : car du moins il n'eut pas la maladreffe d'écrire des Drames communs en profe commune. Mais comme il n'était pas né plaifant, il s'entêta de fon trifte genre, flatté d'ailleurs du perfonnage de Novateur, & fûr de réuffir auprès de la multitude, parce qu'il avait, fi nous ofons le dire, la perfection de la médiocrité.

Il affecta pour paraître conféquent, les mœurs les plus graves; cependant on a de lui des Contes orduriers & des Parades fort indécentes. Qui croirait d'après cela, que ce fût lui, qui fe couvrant du manteau de la Morale, contribua toujours à faire exclure Mr. Piron de l'Académie, fous prétexte d'une Ode licentieufe échappée à la jeuneffe de ce dernier ? C'eft ainfi qu'avec l'hypocrifie de mœurs, plus commune aujourd'hui que celle de Religion, on vient à bout de faire réuffir & de fanctifier pour ainfi dire fes vengeances perfonnelles. La Chauffée haïffait Mr. Piron, qui s'était permis contre lui quelques Epigrammes très-plaifantes.

La foule des efprits fuperficiels regardait en effet la Chauffée comme l'inventeur de ce genre metis, qui n'était pourtant qu'une fottife renouvellée dont Scarron lui-même avait eu le bon goût de purger la fcène, &

qu'enfin le génie de Molière avait fait disparaître. Jusqu'alors nos Comédies n'avaient été
que de tristes Romans, tels que ceux qu'on
ose nous donner pour un nouveau genre. Ainsi
nous voyons que l'art, bien loin de se perfectionner, retombe précisément dans la barbarie de son origine ; & voilà les grands progrès de l'esprit Philosophique !

Rien ne caractérise mieux à notre gré
ces étranges innovations, dont tant de singes de la Chaussée font aujourd'hui leurs délices, que ces strophes que nous avions attri-
buées à Mr. Piron par méprise, & parce
qu'elles nous avaient semblé dignes de lui :

> Quel est ce Poëme fantasque,
> Dont le mélange mal-adroit
> Tient du tragique le plus flasque
> Et du comique le plus froid ?
> C'est toi, bâtarde Comédie,
> Avorton de la Tragédie,
> Qu'on voit triompher aujourd'hui ;
> Toi, dont le larmoyant comique
> N'a pris de la Muse tragique
> Que le ton pleureur & l'ennui.

> Ni la chaleur, ni l'élégance,
> Ni les mœurs, ni les passions,
> Ne rachetent l'extravagance
> De ces folles créations.
> Un nom caché dans la naissance,
> Quelque froide reconnaissance,

Voilà leur éternel refrein.
De cette Comédie étrange
Les plans semblent faits par la Grange ;
Les vers par l'Abbé Pellegrin.

Des caractères romanesques ;
Des incidens miraculeux,
Des vertus toujours gigantesques ,
Un fond d'intrigue fabuleux ;
Un intérêt faible & pénible
Qui sort d'un Roman impossible :
Que peignent ces tristes pastels ?
Molière connaissait les hommes ;
Il nous a peints tels que nous sommes.
Ses tableaux seront immortels.

Révérend Père la Chaussée ;
Prédicateur du saint Vallon ,
Porte ta morale glacée
Loin des neuf Sœurs & d'Apollon.
Ne croi pas , Cotin dramatique ,
A la Muse du vrai comique
Devoir tes passagers succès.
Non. La véritable Thalie ,
S'endormit à chaque homélie
Que tu fis prêcher aux Français.

CHOISEUL (Gilbert de) né en 1608,

Evêque de Comminge en 1644, & de Tour-
nay en 1670, mort en 1683. Notre amour
pour la gloire des Lettres nous fait faisir avec
empreffement l'occasion d'enrichir nos Mémoires d'un nom qui devient de jour en
jour plus cher à la Nation, & l'un des plus
illuftres qui foient en France. Nous trouvons
dans un Recueil du tems, ce beau Sonnet
de Gilbert de Choifeul, fur la pompe fu-
nébre d'Anne d'Autriche, Mère de Louis
XIV.

Superbes monumens d'une grandeur paffée,
Vous voilà defcendus du Trône au monument;
Que refte-t-il de vous dans ce grand changement,
Qu'un trifte fouvenir d'une gloire effacée ?

Mortels, dont la fortune eft toujours balancée,
Et qui des ris aux pleurs paffez en un moment,
Si vous voulez fortir de votre égarement,
Que ce terrible objet frappe votre penfée.

Anne vivait hier, & cette Majefté
Qui régnait fur les cœurs par fa rare bonté ;
Dans ces antres facrés n'eft plus qu'un peu de cendre.

Orateurs taifez-vous ; cette foule de Rois
Qui font ici comme elle, & fans force & fans voix,
Fait moins de bruit que vous, mais fe fait mieux
  entendre.

CLÉMENT (N.) né à Dijon, Auteur
de la Satyre inférée à la fin de notre pre-
E iij

mier volume. Quoiqu'il nous ait fait l'honneur de nous l'adreſſer, nous bravons le peNt ridicule attaché communément aux louanges que l'on oſe rendre à ceux dont on a été loué ſoi-même ; & nous nous empreſſons d'annoncer au Public un jeune imitateur de Boileau, qui dès ſes premiers Eſſais s'eſt approché de ſi près de la manière forte & correcte de ſon modèle. Il a le courage de le ſuivre dans une carrière bien délicate & bien épineuſe ; mais nous ne le détournerons pas d'un genre pour lequel il ſemble avoir des diſpoſitions auſſi marquées. Boileau lui-même, s'il eût cédé à des conſeils puſillanimes, eût perdu la plus brillante partie de ſa gloire. Il oſa dire la vérité à ſon ſiècle, & appeller des accuſations de ſes ennemis à l'intégrité de ſes mœurs. On lui rendit enfin juſtice. Ce ſera le ſort, & de Mr. Clément, s'il continue de faire d'utiles Satyres , & de tout homme de goût qui ſera doué des mêmes talens & du même courage.

Cet Auteur avait fait des Obſervations critiques ſur différens Poëmes qui ont paru depuis quelques années. Elles nous avaient paru remplies de modération, de politeſſe, & ſur-tout d'excellens principes. Elles avaient été approuvées par un Cenſeur, & par conſéquent autoriſées à paraître, ſelon toutes les loix de la Librairie. Cependant nous apprenons qu'à force de manège, les Auteurs critiqués ſont parvenus à en faire ſupprimer l'édition. C'eſt, il faut l'avouer, une plaiſante manière de répondre à la Critique. Il eſt

singulier que des Gens de Lettres se propo-
sent d'établir dans la Littérature l'intolérance
qu'ils proscrivent par-tout ailleurs ; mais malgré tous leurs efforts, elle ne s'y maintien-
dra jamais. Des Magistrats respectables peuvent être surpris. Ils sont néanmoins trop jaloux de leur gloire pour ne pas se rendre à
la voix puissante de la raison, toutes les fois
qu'elle leur sera présentée avec une généreuse confiance. Quel est le Magistrat qui
voudrait avoir persécuté Horace en faveur
de Crispinus, Pope en faveur de Blackmo-
re, Boileau en faveur de Cotin ? Mais en supposant même qu'un Auteur eût fait une critique chagrine & injuste des Ouvrages d'un
homme de mérite , comme en matière de
goût les opinions sont infiniment libres , il
serait encore contre le droit naturel d'inquiéter cet Auteur. Le plus beau privilège des
Ouvrages de génie , est précisément de ré-
sister à l'épreuve de la Critique. Loin de décourager les vrais talens , elle devient pour
eux un aiguillon nécessaire , ainsi que Boileau le disait à son ami Racine :

Le mérite en repos s'endort dans la paresse :
Mais par ses envieux un Génie excité
Au comble de son Art est mille fois monté.
Plus on veut l'affaiblir , plus il croît & s'élance.
Au Cid persécuté Cinna doit sa naissance ;
Et peut-être ta plume aux Censeurs de Pyrrhus
Doit les plus nobles traits dont tu peignis Burrhus.

Ce serait par conséquent être barbare ,

même envers les hommes de génie , que de vouloir leur ôter un principe d'émulation & de gloire. Ce ferait s'expofer à détruire tous les Arts , que d'interdire aux Gens de Lettres une liberté utile qui n'a rien de commun avec la licence. Les Magiftrats qui veulent fe mettre à l'abri des pièges que leur tend la médiocrité , ont une règle infaillible pour la diftinguer fur le champ. Les moyens humbles qu'elle emploie pour faire intervenir l'autorité dans ce qui n'eft pas de fon reffort , au rifque de la dégrader , la haine , l'impatience , la frayeur de toute critique , font les véritables traits auxquels la médiocrité fe fait toujours reconnaître. Si l'on avait eu pour elle la complaifance qu'elle ofe quelquefois exiger des hommes en place , Pradon eût fermé la bouche à Defpréaux. Nous n'aurions eu ni Régnier , ni Molière , ni Roufleau , ni Mr. de Voltaire lui - même , qui à leur exemple a fait tant de fois en faveur du goût un ufage fi courageux du ridicule.

N. B. Ce que nous avions prévu dans notre édition précédente eft arrivé. On a rendu juftice à la liberté courageufe de Mr. Clément, & on a levé la défenfe qu'on lui avait faite de publier fes Obfervations. Les Connaiffeurs fans être toujours de fon avis y ont remarqué en général le caractère d'un Ariftarque excellent, quelquefois d'une févérité un peu dure , mais néceffaire peut-être dans un tems où la licence , en matière de goût , ne reconnaît plus aucun frein. Ceux qui avaient follicité contre lui des ordres rigoureux ont été couverts de confufion, & les Magiftrats dont ils avaient furpris la juftice, en devenant eux-mêmes les protecteurs de Mr. Clément, fe font acquis une gloire nouvelle : ainfi l'indignation publique retombera toujours fur les perfécuteurs.

Cet Auteur a donné depuis une Epître de Boileau à Mr. de V... Cette Epître, quoiqu'on ait trouvé trop d'humeur à Boileau, quoiqu'elle ne foit pas tempérée par l'enjouement du grand homme qu'on y fait parler, & qu'elle ne foit pas d'accord avec l'idée que nous avons du mérite fupérieur de Mr. de V... en plufieurs genres, confirme cependant l'opinion diftinguée que Mr. Clément nous a donnée de fes talens pour le genre de la Satyre.

COGER (François - Marie) Profeffeur d'Eloquence au Collège Mazarin, né à Paris en 1723. On n'imitera pas ici l'injuftice de ceux qui lui ont reproché d'avoir fait beaucoup de vers latins. Cette occupation eft de fon état, & notre fiècle n'a pas à fe glorifier de ne plus produire ni de Rapin, ni de Commire, ni de Santeuil, ni de Vanière. Cette difette prouve feulement que nous avons dégénéré dans les deux langues. On a de Mr. Coger un Examen du *Bélifaire* de Mr. Marmontel, plein d'obfervations judicieufes.

COLARDEAU (N.) né à Janville près d'Orléans. Il débuta avec fuccès par une imitation en vers d'une Epître d'Héloïfe à Abai-

lard. L'original eft de Pope. Ce fut apparemment ce qui foutint Mr. Colardeau, qui fe
montra fort inférieur à lui-même dans une
Epître d'Armide à Renaud, qu'il publia quelque-tems après, & qui eft de la plus grande
faibleffe.

Ses Tragédies d'*Aftarbé* & de *Califte* an-
nonçaient plutôt le méchanifme d'une verfification heureufe, que le talent de la poéfie.
Il eft à regretter qu'il n'ait pas perfectionné
par le travail & par l'étude les dons que lui
avait fait la Nature. Mais la plupart de nos
jeunes Auteurs croient que l'efprit fupplée à
tout; & comme les Marquis de Molière,
ils favent tout fans avoir rien appris. Cette
négligence de s'inftruire a expofé Mr. Colardeau à d'étranges méprifes. On fait que dans
fon Poëme du *Patriotifme* il eut le malheur
de tranfporter la Crête à Colchos; ce qui
rappelle une bévue fingulière de Pradon,
qui ayant placé en Afie une Ville d'Europe,
difait pour s'excufer *qu'il ne favait pas la
chronologie.*

COLLÉ (Charles) né à Paris, Sécré-
taire ordinaire & Lecteur de Monfeigneur le
Duc d'Orléans. C'eft un de ceux qui dans
ce fiècle triftement raifonneur, ont eu le
mérite de conferver cette ancienne gaîté qui
était autrefois le caractère diftinctif de la Nation. Ses Vaudevilles ont plus de recherche,
de fineffe & d'énergie que ceux de Panard,
& annoncent davantage l'homme qui a vécu
dans un Monde choifi. Il y a d'excellentes

fcènes comiques dans fon Théatre de Société. Elles font regretter que l'Auteur, rebuté
apparemment par les dégoûts que ceux qui
fe dévouent à la bonne Comédie font forcés
de dévorer, n'ait pas enrichi comme il le
pouvait le Théatre de la Nation.

Sa Comédie de *Dupuis & Defronais*, quoiqu'elle excite quelquefois l'attendriffement &
même les larmes, eft bien éloignée par la
vérité des caractères & la fimplicité des incidens, de ces Drames romanefques, auffi peu
dignes d'eftime fous le nom de Tragédies Bour-
geoifes que fous celui de Comédies larmoyan-
tes. Mr. Collé a plufieurs fois manifefté fon
mépris pour ce mauvais genre. *Dupuis &
Defronais* eft véritablement une Pièce dans
le goût de celles de Térence. Les fentimens
en font vrais, les caractères bien foutenus,
le dialogue naturel & tel qu'il doit être.
L'auteur, qui fait très-bien des vers, en eût
peut-être foigné davantage la verfification,
s'il fe fût moins attaché à des parties plus
effentielles. C'eft lorfqu'on les a négligées
qu'on tâche de mafquer fes défauts par la richeffe du coloris.

CONDAMINE (Charles-Marie de la)
de l'Académie Françaife & de celle des Sciences, né à Paris en 1701. Voici ce que lui
dit Mr. de Buffon en réponfe au Difcours
qu'il prononça le jour de fon entrée à l'A-
cadémie Françaife.

» Du génie pour les Sciences, du goût
» pour la Littérature, du talent pour écrire,

» de l'ardeur pour entreprendre , du coura-
» ge pour exécuter , de la conſtance pour
» achever , de l'amitié pour vos rivaux , du
» zèle pour vos amis, de l'enthouſiaſme pour
» l'humanité ; voilà ce que vous connaît un
» ancien ami , un Confrère de trente ans ,
» qui ſe félicite aujourd'hui de le devenir
» pour la ſeconde fois. Avoir parcouru l'un
» & l'autre hémiſphère , traverſé les conti-
» nens & les mers , ſurmonté les ſommets
» ſourcilleux de ces montagnes embraſées ,
» où des glaces éternelles bravent également
» & les feux ſouterreins & les ardeurs du
» Midi ; s'être livré à la pente précipitée de
» ces cataractes écumantes dont les eaux ſuſ-
» pendues ſemblent moins rouler ſur la terre
» que deſcendre des nues ; avoir pénétré dans
» ces vaſtes déſerts , dans ces ſolitudes im-
» menſes , où l'on trouve à peine quelque
» veſtige de l'homme , où la nature accou-
» tumée au plus profond ſilence , dut être
» étonnée de s'entendre interroger pour la
» première fois ; avoir fait en un mot , par
» le ſeul motif de la gloire des Lettres , ce
» que l'on ne fit jamais par la ſoif de l'or ;
» voilà ce que connaît de vous l'Europe , &
» ce que dira la Poſtérité. «

CONDILLAC (l'Abbé Etienne BON-
NOT de) né à Grenoble. La Métaphyſique
n'était qu'un cahos ténébreux où les Deſcartes & les Malebranches s'étaient égarés , en
nous donnant , comme l'a dit Mr. de Voltaire , le Roman de l'ame au lieu de ſon Hiſ-

toire, lorſque l'illuſtre Locke, par ſon Eſſai ſur l'Entendement humain , répandit ſur ces matières abſtraites une lumière inattendue. Mr. l'Abbé de Condillac fut parmi nous un des premiers Diſciples de ce Philoſophe Anglais. Son eſſai ſur l'origine de nos connaiſſances , & ſon Traité des ſenſations ſont deux Ouvrages que ſon Maître n'eût pas déſavoués.

CORNEILLE (Pierre) de l'Académie Françaiſe , né à Rouen en 1606 , mort à Paris en 1684. Le Créateur de la Tragédie en France.

Quoique Mr. de Voltaire ait dit que l'on ne repréſente plus que ſix ou ſept Pièces de trente-trois qu'il a compoſées , cette fécondité du grand Corneille , loin de nuire à ſa gloire , ne prouve que l'étonnante variété des reſſources de ſon génie. Nous n'avons connu que par ſes chefs-d'œuvre la prétendue médiocrité de ſes derniers Ouvrages , dont les plus faibles feraient eux-mêmes des chefs-d'œuvre dans ce ſiècle de diſette. Les *Sophonisbe* , les *Sertorius* , les *Othon* ; ces Pièces que l'on affecte trop de rabaiſſer aujourd'hui , & que liſent à peine nos jeunes Ecrivains , demanderaient des Acteurs capables de les repréſenter , & des Spectateurs aſſez inſtruits pour les entendre. Alors on ferait étonné de l'immenſe intervalle qui ſépare ce Père du Théatre , même dans ſes Ouvrages les moins ſoignés , de la foule préſomptueuſe de nos Auteurs dramatiques. On peut appliquer à ce grand homme ce que Longin difait d'Homère : *Ses rêves font ceux de Ju-piter.*

Il paraît d'abord fingulier que Corneille n'ait pas eu plus d'influence fur le caractère de la Nation. Il femble qu'il était fait pour lui donner plus d'énergie & de grandeur; mais le génie du Cardinal de Richelieu prévalut fur celui de Corneille. Le Miniftre ayant affermi l'Autorité, de manière qu'elle n'eût plus rien à redouter des fecoufles d'une liberté expirante, le Poëte fut fublime & Romain en pure perte. Racine, par fon ftyle enchanteur, & par la route qu'il choifit, entièrement oppofée à celle de fon prédécefleur, acheva d'amollir la Nation. Corneille plus jaloux d'étonner que d'émouvoir, avait fait de l'admiration le principal reffort de fes Tragédies. Racine y fubftitua l'intérêt. L'ambition, la politique, l'amour de la liberté difparurent infenfiblement du Théatre, pour faire place à une paffion plus touchante, & le cœur donna des loix au génie.

Malgré cette révolution, Corneille fera toujours le plus impofant de nos Poëtes Tragiques. L'admiration qu'il mérite s'eft encore fortifiée, fi nous l'ofons dire, par une admiration de préjugé. Il femble à notre égard, avoir acquis déjà la Majefté d'une antique. L'Héroïfme des Romains lui devint fi familier en méditant leur hiftoire, qu'il a l'air de leur appartenir plutôt qu'à nous. Son génie fut fublime comme celui de la Fontaine fut naïf. Peut-être ces deux genres ne font-ils pas auffi oppofés qu'on pourrait d'abord le

penfer : fur-tout s'il eft vrai , comme nous
le croyons, que le fublime ne foit que le
naïf du grand.

CORNEILLE (Thomas) de l'Académie
Françaife, né en 1625 , mort en 1709. Le
grand nom de fon frere fut pour lui un honneur dangereux. Il eft un des premiers qui
ait altéré la fimplicité de la Tragédie par
des intrigues romanefques. C'eft en cela que
nos Tragiques modernes femblent l'avoir pris
pour modèle ; mais aucun d'eux n'a fait le
Comte d'Effex , ni Ariane.

COTIN (l'Abbé Charles) Prédicateur &
Poëte , l'un des quarante de l'Académie Françaife , né à Paris , mort en 1682. Son nom
immortalifé par Boileau, eft devenu prover-
bial pour défigner les plus mauvais Auteurs.
C'eft ainfi du moins que paraît en avoir jugé Mr. d'Arnaud, lorfqu'il a dit fi judicieu-
fement, en parlant de lui-même :

Il eft bien vrai que ma Mufe vulgaire
N'atteindra point au renom de Voltaire,
Que mis au rang des modernes Cotins,
Je fubirai d'auffi honteux deftins.
    Œuvres de Mr. d'Arnaud Tom. 1 pag. 294.

On doit obferver cependant que dans toutes les Pièces légères de Mr. d'Arnaud, il ne
s'en trouve pas une de comparable à ce joli
Madrigal de l'Abbé Cotin :

    Iris s'est rendue à ma foi.
    Qu'eût-elle fait pour sa défense ?
Nous n'étions que nous trois, elle, l'Amour & moi ;
    Et l'Amour fut d'intelligence.

Personne n'ignore que l'Abbé Cotin fut joué par Molière dans la Comédie des Femmes Savantes, sous le nom de *Tricotin* d'abord, & ensuite sous celui de *Trissotin*. On sait aussi que le Traiteur Mignot, pour se venger de Boileau qui l'avait appellé empoisonneur, eut recours à la plume du même Cotin, qui lui fournit une Satyre. Mignot en enveloppait ses biscuits, & par ce moyen il vint à bout de lui donner une sorte de publicité. Nous avons connu un Curieux qui avait conservé un exemplaire de cette Satyre originale. Voici comment on y traitait l'illustre Despreaux :

    Que ne peut point une étude constante !
    Sans feu sans verve & sans fécondité,
    Boileau copie. On croirait qu'il invente.
    Comme un miroir, il a tout répété, &c.

L'Auteur de l'Art Poétique sans verve ! L'Auteur du Lutrin sans fécondité ! Rien, à notre avis, n'est plus capable que ces vers de faire sentir à jamais toute la médiocrité du pauvre Cotin.

COYER (l'Abbé) né à Beaume-les-Nones, en Franche-Comté. Il a donné, sous le nom

nom très-judicieux de *bagatelles*, de petites
brochures morales qui toutes n'ont qu'une
même phyfionomie, un même ftyle, un même caractère, l'ironie. On fait combien à la
longue, l'uniformité de cette figure devient
faftidieufe quand elle n'eft pas accompagnée,
comme dans les Ouvrages de Swift, d'une
légéreté, d'une fineffe, d'une gaîté continues,
d'une grande variété de connaiffances, &
fur-tout d'une imagination vive, brillante,
originale & féconde.

Mr. l'Abbé Coyer a écrit une Hiftoire du
grand Sobieski du même ton que fes bagatelles. Un de fes derniers Ouvrages eft un
Difcours badin fur l'inutilité de la Prédica-
tion. Nous croirions à cette inutilité fi Mr.
l'Abbé eût fait des Sermons, & qu'il ne nous
en reftât pas d'autres.

N'oublions pas que dans un Difcours fait
pour une Académie de Province, le même
Abbé a traité très-cavaliérement l'illuftre la
Fontaine; mais ce Poëte lui avait répondu
d'avance par ces vers qui terminent fi heureufement une de fes Fables :

Ceci s'adreffe à vous, efprits du dernier ordre,
Qui n'étant bons à rien, cherchez fur-tout à mordre:
  Vous vous tourmentez vainement.
Croyez-vous que vos dents impriment leurs outrages
  Sur tant de beaux Ouvrages?
Ils font pour vous d'airain, d'acier, de diamant.

CRÉBILLON (Profper JOLYOT de) de
l'Académie Françaife, né à Dijon en 1674,
Tome II. F

mort à Paris en 1762. Par la force de son génie, il s'est rendu l'égal de nos meilleurs
Poëtes tragiques, sans les imiter. Il ouvrit
au Théatre une route nouvelle. Il n'éleva
point l'ame comme Corneille ; il ne parla
point au cœur comme Racine ; mais la ter-
reur devint entre ses mains le premier ressort
de la Tragédie. Son style, souvent inégal
& peu correct, étincelle de beautés mâles &
hardies, qui rachètent bien avantageusement
ses négligences.

Nous ne pouvons mieux louer ce grand
homme, qu'en empruntant les propres paroles de Mr. de Voltaire. » Je vois ici (dit-
» il dans son Discours à l'Académie Fran-
» çaise) ce génie véritablement tragique,
» qui m'a servi de Maître quand j'ai fait
» quelques pas dans la même carrière. Je le
» regarde avec une satisfaction mêlée de dou-
» leur, comme on voit sur les débris de sa
» patrie un héros qui l'a défendue. »

En effet, dans les caractères d'Atrée, de
Palamede, de Rhadamiste, de Pharasmane,
on admirera toujours le pinceau mâle de
Mr. de Crébillon. Quel caractère plus fortement tragique que celui de Rhadamiste, personnage dont le modèle hardi n'exista jamais
que dans l'imagination de l'Auteur ! Nous
le répétons, il est malheureux que le style
de cet homme de génie ne réponde que rarement à l'admiration qu'il inspire d'ailleurs.
Mais ce défaut dont nous ne dissimulons point
l'importance, ne doit pas être pour de petits beaux esprits qui ne lui vont pas à la

cheville, une raifon fuffifante d'aboyer fans
ceffe contre fa mémoire. Nous ne leur en-
vions pas la fatisfaction de fe complaire dans
leurs jolies phrafes; mais nous attendons qu'ils
nous montrent de l'invention & des idées.

CRÉBILLON (Claude-Profper JOLYOT
de) fils du précédent, né à Paris en 1707,
Ecrivain d'un mérite très-rare, & non moins
original que fon Père aux yeux de ceux qui
favent que le fublime des arts ne confifte que
dans l'imitation vraie de la nature. Il n'a fait
que des Romans, mais on y trouve la peinture la plus fidelle des mœurs corrompues de
ce qui s'appelle parmi nous la très-bonne
compagnie. La vérité ne faurait être plus
exacte, les caractères mieux tracés, les fituations filées & graduées avec plus d'art.

Ne l'accufons point de la licence des mœurs
qu'il a peintes : il peut dire à tout fon fiècle :
Eft-ce ma faute à moi fi ces mœurs font
les vôtres! Ne foyons au contraire frappés
que de l'art fingulier avec lequel il a fu
dire les chofes les plus libres, & préfenter
les images les plus voluptueufes. Il femble
qu'à l'exemple de la Fontaine il fe foit créé
une langue à lui feul pour exprimer en ftyle
décent des idées qui ne pouvaient fe paffer
de gaze. Peut-être même M. de Crébillon
a-t-il encore à cet égard plus de délicateffe
& d'enjouement que fon modèle : on ferait
tenté de croire que ce font les graces elles-
mêmes qui ont jetté leurs voiles fur fes nu-
dités,

On peut le regarder comme le Pétrone Français; mais après ce que nous venons de dire, on peut juger de combien il l'emporte sur l'Auteur Latin, dont la licence n'eft guères moins effrénée & moins groſſière que celle de la Cour de Néron qu'il a voulu peindre.

Le Comte Hamilton eſt le ſeul Ecrivain qu'on ait comparé à Mr. de Crébillon; mais il nous paraît que ce dernier lui eſt très-ſupérieur par le ton de légéreté, de nobleſſe, de gaîté & d'excellente plaiſanterie qui caractériſe la plupart de ſes Romans, & ſurtout par cette vérité dont nous avons parlé d'abord & qui ne meurt jamais.

Il eſt très-rare qu'un homme de génie ne dégénère pas dans ſa poſtérité. C'eſt un avantage qui diſtinguera feu Mr. de Crébillon. Rien n'eſt plus ſingulier peut-être que le contraſte de l'énergie du père & des graces du fils.

D

DANCOURT (Florent Carton) né à Fontainebleau en 1661, mort dans ſa terre de Courcelle-le-Roi en Berry en 1726. Le Chevalier à la Mode, les Bourgeoiſes de qualité, les trois Couſines, le Galant Jardinier & quelques autres Pièces de cet Auteur fécond ſont remplies de gaîté, & ne ſont pas indignes d'être repréſentées même après les chefs-d œuvre de Molière.

Le Dialogue de Dancourt eſt très-vif & très-enjoué; mais nous avions négligé d'obferver que l'Auteur s'écarte fouvent de l'objet de fa Scène pour avoir de l'efprit & pour courir après un bon mot. C'eft pécher contre le naturel dont la Comédie ne faurait trop fe rapprocher, & dans laquelle toute plaifanterie qui n'eft pas amenée par le fujet même nuit à l'illufion, précifément parce qu'elle eft déplacée.

Malheureufement toutes les Pièces de l'Auteur fe reffemblent un peu trop. Il n'a guères peint que des femmes d'intrigue & des Chevaliers d'induftrie ; mais c'eft toujours un rare mérite que de les avoir peints naturellement. Rien n'eft plus vrai que tous ces perfonnages de Dancourt qu'on pourrait regarder à quelques égards comme le Téniers de la Comédie.

Cet Auteur fi animé dans fa profe n'eft plus le même lorfqu'il écrit en vers. Il avait commencé par être Avocat ; & ce fut par une paffion violente pour une Comédienne, qu'il renonça au Barreau pour fe faire Comédien lui-même.

DESFONTAINES (l'Abbé Pierre-François GUYOT) né à Rouen en 1685, mort à Paris en 1749. Ecrivain de feuilles, trop fouvent prévenu, paffionné, expofé comme tous les autres Journaliftes à parler inconfidérément de matières qu'il n'entendait pas, & entraîné dans des jugemens précipités qui ont fait beaucoup de tort à fa réputation. Cependant il avait fait de bonnes études, & l'antidote eft du moins quelquefois dans fes

feuilles à côté du poifon. Par une forte d'inf-
tinct heureux, il fut un des plus courageux
adverfaires du néologifme, du faux bel efprit, du comique larmoyant & de toutes les
innovations abfurdes que de fon tems on ef-
fayait déjà de mettre en crédit. On pourrait prefque lui appliquer ces vers:

> Il a fait trop de bien pour en dire du mal,
> Il a fait trop de mal pour en dire du bien.

DESHOULIÉRES (Antoinette du Liger
de la Garde) née à Paris en 1630, morte
en 1694. Elle a fait beaucoup de petits vers,
dans lefquels il y a de la facilité, du naturel & des graces ; mais elle eut le malheur
de faire un Sonnet contre la Phèdre de Racine en faveur de celle de Pradon, ce qui
ne fait pas honneur à fon goût. Elle donna
une Tragédie de Genferic, qui lui attira le
confeil *de retourner à fes moutons*, par allufion à l'une de fes plus agréables Idylles. Au
refte elle a été foupçonnée comme la plupart des femmes beaux Efprits, d'avoir eu
peu de part aux Ouvrages qui portent fon
nom. On fait que le Poëte Hainault fut amou-
reux d'elle ; & ce fut lui, dit-on, qui lui
apprit à faire des vers. Quoi qu'il en foit,
il faut convenir avec Mr. de Voltaire que
de toutes les Dames Françaifes qui ont paru
s'adonner à la Poéfie, c'eft elle qui a le plus
réuffi.

DESMAHYS (Jofeph-François-Edouard

de COSSEMBLEU) né à Sully en 1722, mort en 1761. Sa petite Comédie de l'Impertinent eft remplie de détails agréables, mais elle n'eft point comique. Elle eut dans fa nouveauté un fuccès qui ne s'eft pas foutenu, parce qu'il n'y avait que de l'efprit. C'eft auffi l'agrément & le vice du petit nombre de fes Pièces fugitives que l'on a recueillies. Elles font fupérieures cependant à cette foule de bagatelles en vers que l'on nous a données depuis, & qu'il femble que Mr. Greffet avait prévues, lorfqu'il a dit :

De la joie & du cœur on quitte le langage
Pour l'abfurde talent d'un trifte perfifflage.

On trouve dans la Compilation encyclopédique deux ou trois articles de Mr. Defmahys, qui font très-agréables, mais très-déplacés dans ce Dictionnaire.

DESPORTES (Philippe) né à Chartres en 1555, mort en 1616, oncle du célèbre Regnier. Il eut comme Bertaud le mérite de dégager la langue Françaife du fatras Grec & latin fous lequel Ronfard avait penfé l'enfévelir. Ses Poéfies jugées par Malherbe avec trop de rigueur, méritent encore quelque eftime. Mais il eft vrai qu'avant Malherbe & Regnier, Marot fut le feul Poëte Français qui eut véritablement un caractère original qui le diftinguera toujours aux yeux de la poftérité. Defportes fut comblé des bienfaits d'Henri III.

DESPRÉAUX (Nicolas BOILEAU) de l'Académie Françaife, né au Village de Crône près Villeneuve-Saint-George en 1636, mort en 1711.

Les Étrangers ne l'ont appellé long - tems que le Poëte Français , & cette gloire était bien due à l'immortel Auteur de l'Art Poétique & du Lutrin. On doit regarder fes Satyres comme l'époque du bon goût. Elles fervirent à la fois à encourager les Grands Hommes & à humilier leurs ennemis. La France doit peut-être à Boileau les chefs - d'œuvre de Racine & de Molière , tant un feul homme peut avoir d'influence fur tout un fiecle ! Ses vers , *devenus prove bes en naiffant* , répandaient dans toute l'Europe la honte des Scudéri & la gloire des Corneille.

En vain l'ignorance & la haine osèrent murmurer de fa liberté courageufe ; on ne la confondit point avec la licence. On fe reffouvint que Regnier avait porté plus loin encore cette même liberté. On fut diflinguer la critique utile qui ne s'attache qu'aux Ecrits , du libelle fcandaleux qui offenfe les mœurs. Ni Madame de Montefpan , ni Louis XIV (quoique protecteurs de Quinault) ne furent bleffés des traits que Boileau avait lancés contre ce Poëte ; & Madame de Maintenon ne crut pas fa gloire intéreffée à venger fur lui la mémoire de Scarron. On ne vit point alors les Grands époufer ridiculement la querelle de leurs protégés littéraires. Auffi Boileau fut-il l'ami des Condé , des la Rochefoucauld , des Vivonne , des Lamoignon , des Termes, des Daguesseau, & de tous les Personnages illustres de son tems. Il eut à la vérité pour ennemis toute la populace des rimeurs, & rien n'était plus naturel ; car :

Si de tout tems & Satyre & bons mots
Ont attaqué les Méchans & les Sots,
C'est bien raison que nous voyons médire
Sots & Méchans, de bons mots & Satyre.

Il ne fallut pas moins qu'un ordre exprès de Louis XIV pour que Boileau fût de l'Académie. La Bruyère eut comme lui le singulier honneur de n'entrer dans ce Corps qu'à force ouverte.

DESTOUCHES (Philippe NÉRICAULT) de l'Académie Française, Poëte comique, né à Tours en 1680, mort en 1754. Il n'a eu ni la vigueur de style, ni la raison profonde, ni le sel de Molière, ni même la gaîté de Regnard ; mais il était fort supérieur à Boissy son contemporain. Il connaissait mieux son Art, avait plus étudié ses Maitres, & porté sur les caractères un coup d'œil plus observateur. Il est souvent un peu froid, mais rempli de sens, fidèle aux bienséances, & le ton de ses Ouvrages décèle l'éducation cultivée d'un homme du Monde.

On lui reproche cependant d'avoir mal saisi, dans quelques-unes de ses Pièces, le ton des gens de qualité. Le Glorieux, par exemple, paraît souvent grossier, non-seulement envers Lysimon, mais encore envers sa Maî-

treffe ; & l'on fait que lorfque les Gens de
la Cour veulent dire une chofe dure , ou
même cruelle , c'eft toujours avec l'enveloppe la plus polie. Ces réflexions nous femblent très-fondées ; mais l'efprit n'a plus d'objections contre cette Pièce , l'une des meilleures qui aient paru depuis Molière , quand
on entend ces vers fi heureufement amenés
par une fituation qui n'a rien que de vrai :

> J'entens. La vanité me déclare à genoux
> Qu'un père infortuné n'eft pas digne de vous.

Sans cette Pièce & celle du Philofophe
marié qui nous femble fon chef-d'œuvre , on
pourrait regarder l'Auteur comme un des
premiers par qui la Comédie a dégénéré
parmi nous. Il l'a rendue froide fous prétexte de l'épurer , & il a été le précurfeur de
la Chauffée qui l'a rendu trifte.

On a de lui pourtant quelques Comédies
d'intrigue , dont la repréfentation eft très-
agréable ; mais il paraît chercher la plaifanterie qui venait naturellement s'offrir à Molière , & fon vers comique eft moins facile que
celui de Regnard. Il a publié un Recueil d'E-
pigrammes : il n'était pas né pour ce genre.

DIDEROT (Denys) né à Langres. C'eft
un des Editeurs & des principaux Coopérateurs du Dictionnaire Encyclopédique ; &
voici comment il a caractérifé lui-même ce
grand Ouvrage , où il a inféré quelques articles utiles , & tant de paradoxes :

» Ici nous fommes bourſoufflés & d'un vo-
» lume exorbitant, là maigres, petits, meſ-
» quins, ſecs & décharnés. Dans un endroit
» nous reſſemblons à des ſquelettes ; dans un
» autre nous avons un air hydropique. Nous
» fommes alternativement nains & géans, co-
» loſſes & pigmées ; droits, bien faits & pro-
» portionnés, boſſus, boiteux & contrefaits.
» Ajoutez à ces bizarreries celles d'un diſ-
» cours tantôt abſtrait, obſcur ou recher-
» ché, plus ſouvent négligé, traînant & lâ-
» che ; & vous comparerez l'Ouvrage entier
» au monſtre de l'Art Poétique, ou même à
» quelque choſe de plus hideux. «

(Article *Encyclopédie*, page 641.)

C'eſt cependant pour avoir préſidé à cette
compilation ſi difforme que Mr. Diderot eſt
ſur-tout connu ; car on ne ſait guères dans le
Monde qu'il ait traduit de l'Anglais l'Hiſtoire de Grèce de Temple Stanyan, le Dictionnaire univerſel de Médecine avec MM. Ei-
dous & Touſſaint, ni qu'il ait donné des
Mémoires ſur différens ſujets de Mathématiques.

Il paraît avoir été plus jaloux de devoir
ſa célébrité aux Belles-Lettres qu'aux Sciences, du moins ſi l'on en juge par les Eloges faſtueux qu'il a faits lui-même de ſes
deux prétendues Comédies *le Père de Famille*
& *le Fils Naturel.*

C'eſt une manie bien inconcevable de Mr.
Diderot, que de vouloir à toute force ſe faire
regarder comme l'inventeur de ce nouveau
genre de Drames, qu'il appelle Tragédies

domeſtiques. Quand bien même l'invention
lui en ſerait due, il ne voudrait pas, ſans
doute récuſer le jugement de Mr. de Voltaire, qui n'a accepté le titre de Chef & de
Protecteur du parti philoſophique, que ſous
la condition tacite du plus profond reſpect
de la part de tous ſes vaſſaux. Or dans la liſte
des Ecrivains du ſiècle de Louis XIV, Mr.
de Voltaire s'élève contre ce mauvais genre
avec plus de mépris encore que dans les
vers rapportés ci-deſſus à l'article *la Chauſſée*.
Il y félicite le célèbre Deſtouches » d'avoir
» évité cette Comédie langoureuſe, cette eſ-
» pèce de Tragédie bourgeoiſe, qui n'eſt ni
» tragique ni comique ; monſtre né de l'im-
» puiſſance des Auteurs & de la ſatiété du
» Public, après les beaux jours de notre Lit-
» térature. «

. Il ſerait à ſouhaiter, comme on ſe rappelle
de l'avoir écrit à Mr. de Voltaire, que Mr.
Diderot ſe fût moins paſſionné pour des idées
très-communes ; qu'il eût été plus ſobre d'annoncer ſes réminiſcences comme des découvertes ; qu'il eût été bien perſuadé que pour
être ſavant, on n'eſt pas diſpenſé d'étudier ſa
langue & de l'écrire correctement. Il a quelquefois des momens très-lumineux ; mais c'eſt
un cahos où la lumière ne brille que par in-
tervalles, ou plutôt on croit voir le combat
du bon & du mauvais principe.

. On voudrait auſſi que le ſtyle de cet Ecrivain fût en général plus exempt d'une certaine emphaſe déſordonnée, eſpèce de con-
vulſion que la plupart de nos modernes ont

affectée , comme un prestige d'éloquence ,
& qui n'est dans le fond ,

Qu'un froid enthousiasme imposant pour les Sots.

On desirerait sur-tout que Mr. Diderot eût
senti le ridicule de cette espèce de jargon
apocalyptique qui l'a fait appeller , non sans
raison , le Lycophron de la Philosophie. On
peut juger de sa manière d'écrire par cette
incroyable citation tirée , mot pour mot , de
ses Pensées sur l'Interprétation de la Nature :
» *La véritable manière de philosopher serait*
» *d'appliquer l'entendement à l'entendement ,*
» *l'entendement & l'expérience aux sens , les*
» *sens à la nature , la nature à l'investigation*
» *des instrumens , les instrumens à la recherche*
» *& à la perfection des arts qu'on jetterait au*
» *Peuple pour lui apprendre à respecter la Phi-*
» *losophie.* «
On invite ceux à qui cet amphigouri philosophique ne suffirait pas à essayer leur pé-
nétration sur cette étrange définition , tirée
aussi mot pour mot du même Livre : *L'ani-*
mal , dit Mr. Diderot , *est un système de mo-*
lécules organiques , qui par l'impulsion d'une
sensation semblable à un toucher obtus & sourd
que celui qui a créé la matière leur a commu-
niquée , se sont combinées jusqu'à ce que chacune
ait rencontré la place la plus convenable à son
repos. Assurément cela s'appelle bien définir
une chose obscure par une chose plus obscure
encore ; & c'est ce que Boileau nommait très-
heureusement *du galimathias double.*

Voilà pourtant le fingulier jargon par lequel les Coryphées de la nouvelle Philofophie croyaient en impofer à l'Europe favante,
& en impofaient réellement au vulgaire de
nos beaux Efprits, faits pour admirer tout
ce qu'ils n'entendent pas.

DIXMERIE (N. la) connu de nos jours
par quelques Ouvrages ingénieux en vers &
en profe ; mais qui n'a pas eu la main affez
robufte pour foutenir la balance dans laquelle il a cru pefer les deux fiècles du génie &
du goût.

DORAT (Claude-Jofeph) efprit léger
& agréable, qui paraît s'être affigné à lui-
même la place qui lui convient, en prenant
dans fes petits Ouvrages le ton cavalier d'un
petit Maître en Littérature. Ce perfonnage
de ruelle peut avoir un fuccès de caprice
dans la Société ; mais il ne mène pas à la
gloire pour laquelle Mr. Dorat, en homme
conféquent dans fon perfifflage, ne cefe de
témoigner la plus parfaite indifférence. Ce
dédain pour la renommée lui a fait abjurer
tous les genres qui fuppofent des prétentions.
Nous le félicitons d'avoir renoncé aux Héroïdes qui demandent du fentiment, & fur tout
à la Tragédie, où la médiocrité n'eft plus
permife après les chefs-d'œuvre que nous
avons. Ce qui femble avoir déterminé Mr.
Dorat à quitter ce dernier genre, c'eft moins
le peu de fuccès de *Zulica* & de *Théagène*,
que le chagrin d'avoir luté malheureufement

contre le *Régulus* de Pradon, en traitant le même fujet. En effet, ce n'était pas un préjugé de gloire.

Les bagatelles qu'il a données fous le titre de *fes Fantaifies* lui ont mieux réuffi auprès des gens du monde. Nous l'inviterions feulement à ne pas négliger de s'inftruire des chofes qu'il eft toujours un peu honteux d'ignorer. Nous avons vu que Mr. Colardeau avait tranfporté la Crète à Colchos par une méprife de Géographie, & que Pradon s'excufait d'une pareille faute, en difant qu'il ne favait pas la Chronologie. Mr. Dorat dans les nouvelles Fables qu'il vient de publier, eft tombé dans une bévue toute femblable, mais il s'agit d'Hiftoire Naturelle. Il met fur la fcène une Autruche, & il a cru la peindre très-heureufement, & même d'une manière imitative de ces deux vers qui paraiffent lui avoir coûté :

Elle; étend lourdement fes gigantefques ailes ,
Dont la maffe reffemble aux voiles des Vaiffeaux.

Il eft malheureux que cette belle image ne préfente qu'une double abfurdité. Les *gigantefques ailes* de l'Autruche fe réduifent à rien, car elle n'en a pas. Elle n'a que de petits aîlerons très-courts, & les plumes qui en fortent font toutes éfilées & décompofées de manière que, *loin de reffembler aux voiles des Vaiffeaux*, elles n'ont entr'elles aucune adhérence, ce qui les rend abfolument inutiles pour voler. Cette méprife en rappelle une de Sancho, qui prêt à fe battre contre des Autruches, demandait si elles étaient de la Maison d'Autriche.

Il faut avouer que ces traits d'ignorance deviennent un peu trop communs dans notre Littérature, & qu'ils nous exposent à la raillerie des étrangers. Mr. de Rosois qui a fait aussi des Fables, mais qui est plus inférieur à Mr. Dorat que ce dernier ne l'est à la Fontaine, a imaginé de placer une solle dans un étang : ce qui donne lieu de croire qu'il n'en a jamais mangé.

C'est à regret que nous multiplions ces exemples. Nous ne saurions trop inviter nos jeunes Poëtes, & Mr. Dorat en particulier, à chercher des amis sévères. Il y a des vers très-heureux dans son Poëme sur la Déclamation, celui de tous ses Ouvrages qui pourrait aller plus loin, s'il prenait la peine de le corriger. Il a certainement beaucoup d'esprit, mais il est trop indulgent pour ses vers, & bien davantage pour sa prose, qui devient de plus en plus un modèle de néologisme & de jargon

DUCLOS (Charles) de l'Académie Française, né à Dinant en Bretagne. Des prétentions trop exagérées de sa part, des éloges trop fastueux de la part de ses amis, ont peut-être contribué à faire juger Mr. Duclos avec trop de sévérité.

Quelques personnes lui ont disputé le Roman *des Confessions du Comte de ****, peut-être avec beaucoup d'injustice ; mais l'Auteur de ce Roman, quel qu'il soit, a très-
bien

bien vu le monde, & n'eft pas certainement un Ecrivain du commun.

Le nom de Mr. Duclos n'avait pas encore affez de poids lorfqu'il publia le Conte d'Acajou, pour foutenir le ton cavalier qu'il prit avec le Public dans la Préface de cette ingénieufe bagatelle. Ce ton fingulier a pourtant été imité depuis par quelques Ecrivains qui ont penfé, comme le dit le même Mr. Duclos dans fon Hiftoire de Louis XI, que *la témérité fubjugue la multitude, & l'entraîne fans lui laiffer le moment de réfléchir.*

Comme le bel efprit fe prête à tout, des Romans & des Contes de Fée, Mr. Duclos paffa au genre de l'Hiftoire; mais on reprocha à celle de Louis XI trop de digreffions, & fur-tout un ftyle fec, brufque, tranchant, qui rend la lecture de l'Ouvrage très-pénible, & qui eft d'ailleurs très-éloigné de la noble fimplicité avec laquelle tout Hiftorien doit écrire

Les *Confidérations* de Mr. Duclos *fur les Mœurs* font, comme l'a dit Mr. de Voltaire, le Livre d'un honnête homme. Nous ajoutons que c'eft l'Ouvrage d'un homme de beaucoup d'efprit; mais nous ne croyons pas que ce foit toujours celui d'un homme de goût. Mr. Duclos dit par exemple dans ce Livre *que la robe de* Neffus *agiffait en dedans, & qu'au contraire le feu de la robe de nos Moines agit en dehors.* Voilà ce que la Bruyère n'eût jamais dit. Il n'eût pas employé non plus une fagacité infinie pour nous donner de petits détails d'une Métaphyfique imperceptible, ni

Tome II.   G

annoncé d'un ton avantageux quelques vérités presque triviales. La Bruyère peignait avec
feu & à grands traits. Mr. Duclos peint trop
souvent en mignature, & d'une manière froide & recherchée. Nous répétons cependant
avec plaisir que le Livre des *Considérations*,
& celui qu'il a intitulé, *Mémoires pour servir
à l'Histoire des Mœurs du dix-huitième siècle*,
sont remplis d'observations fines & qui supposent beaucoup d'esprit dans l'Observateur.
C'est dommage qu'on y retrouve toujours ce
style trop coupé, trop sentencieux dont l'Auteur avait contracté l'habitude.

Mr. Duclos nous a donné aussi des Remarques sur la Grammaire générale & rai-
sonnée de Port-Royal. Un des principaux objets de ces remarques, est une réforme que
l'Auteur se proposait de faire adopter dans
notre orthographe. Il faut avoir un très-grand
mérite pour se faire pardonner la petite intention de se distinguer par des choses minu-
tieuses. Il est à croire que Pascal, Bossuet,
Despréaux & Racine ont heureusement fixé
tout ce qui concerne notre langue. L'Abbé
de Saint-Pierre, Mr. Duclos, & quelques
autres ont fait imprimer leurs Ouvrages comme il leur a plu. Le Public sensé n'y a pas
pris garde, & c'est le sort de toutes les innovations qui ne tiennent ni à l'esprit ni au
génie.

Nous ajoutons à cet article après la mort
de Mr. Duclos, qu'il était très-détaché depuis
long-tems de la secte de nos Philosophes, &
qu'il se repentait même des liaisons qu'il avait

eues avec leur parti. Il avait en effet beaucoup plus d'efprit & de talens que la plupart
de ceux qui fe croient les aigles de cette cabale. Il a laiffé d'ailleurs la réputation d'un
parfaitement honnête homme.

DUFRESNY (Charles RIVIERE) né à
Paris en 1648, mort en 1724. C'était un
homme né avec une aptitude fingulière à
prefque tous les arts, & qui pourtant n'a rien
laiffé de fini dans aucun genre. Son *Siamois
à Paris* qui a pu donner à Mr. de Montefquieu l'heureufe idée de fes *Lettres Perfannes*,
ne prouve pas moins que fon Théatre la fineffe & la fagacité avec laquelle il obfervait
les hommes.

Il affocia dans quelques Pièces fes talens à
ceux de Regnard ; mais ils fe diviferent enfuite, & fe difputèrent même l'excellente Comédie du *Joueur.* Dufrefny a fait voir par
d'autres Comédies qu'il était digne en effet
de partager la gloire de fon rival.

Son vers eft moins facile, mais fon ftyle
eft plus pur que celui de Regnard. On trouve dans toutes fes Pièces des fcènes heureufes & même des traits de génie, mais il a
moins de gaîté que de profondeur & de fineffe. On peut croire qu'il eût mérité une
réputation plus grande encore, fi le goût des
plaifirs & de la diffipation n'eût étouffé en
lui l'amour de l'étude. *L'Efprit de Contradiction* paffe pour le plus régulier de tous fes
Ouvrages ; c'eft une petite Pièce charmante.
Les Comédiens ont grand tort de négliger le

Théatre de Dufresny. On ne se souvient pas de leur avoir vu remettre le *Faux Sincère*, Comédie qui peint une infinité de gens ; & ils·auraient bien dû jouer le *Jaloux honteux de l'être*, sur-tout d'après les corrections heureuses que Mr. Collé a pris la peine d'y faire.

Dufresny ne fut point de l'Académie Française.

F.

FAGAN (Cristophe - Barthelemi de Lugny) né à Paris en 1702, mort en 1755. On a imprimé son Théatre en quatre volumes, & en cela les Editeurs ne se sont pas montrés soigneux de sa réputation. Si l'on n'eût imprimé que *la Pupille*, *l'Etourderie*, & *le Rendez-vous*, auxquels on aurait pu ajouter seulement *l'Inquiet* & *les Originaux*, on aurait eu de Fagan un volume précieux à tout homme de goût. Il avait beaucoup de naturel & de facilité ; mais il a trop écrit. Il eût mérité un bienfaiteur qui se fût honoré lui-même en lui procurant le loisir dont il avait besoin pour donner à ses talens tout leur essor. Les Auteurs comiques se rebutent plus facilement que les autres, s'ils viennent à manquer d'encouragemens.

Fagan ne fut point non plus de l'Académie Française.

FAVART (Charles-Simon) né à Paris. Ecrivain fécond, ingénieux & délicat, qui a travaillé pour tous nos Spectacles.

Il a donné à l'Opéra *Don Quichotte*, & au Théatre Français l'*Anglais à Bordeaux*, à l'occasion de la dernière paix. Mais son genre le plus décidé est celui de la Comédie en Vaudevilles, dans lequel il a eu des succès plus fréquens & plus flatteurs que tous ceux qui ont voulu courir la même carrière. Sa *Chercheuse d'esprit* est regardée avec raison comme le chef-d'œuvre de l'Opéra Comique. Mr. Favart a donné près de quatre-vingt Pièces de ce caractère, auxquelles il a travaillé seul ou en société. Presque toutes ont réussi. Ceux qui savent de quel prix est l'amusement dans les grandes Villes, concevront sans peine le degré d'estime qu'on ne peut lui refuser Il ne s'agit pas de le couronner de lauriers, mais de marguerites & de roses.

FÉNELON (François de SALIGNAC de LA MOTTE de) Archevêque de Cambray, de l'Académie Française, né dans le Quercy en 1651, mort à Cambray en 1715. Le Racine de la prose par son immortel Ouvrage de Télémaque qu'il composa pour l'éducation de Mr. le Duc de Bourgogne (Père du Roi) dont il était Précepteur. Jamais homme ne fut plus digne que l'Archevêque de Cambray de présider à l'éducation d'un Prince. Il avait trouvé dans son propre cœur le modèle de cette morale douce & pure que son Télémaque respire. On voit dans cet Ouvrage, unique en son genre, combien Mr. de Fénelon était nourri des beautés simples & nobles d'Homère & de Virgile.

Sa Philofophie n'eft point ce pédantifme fec & aride qui flétrit le cœur de l'homme, en lui exagérant fans ceffe fa perverfité ou fes infortunes ; mais c'eft la fageffe même qui fous des images riantes, infinue doucement fes maximes, & perfuade en fe faifant aimer.

L'extrême fenfibilité de Mr. de Fénelon l'entraîna dans cette erreur refpeétable (fi pourtant quelque erreur peut l'être) qu'il fallait aimer Dieu pour lui-même. Il répandit cette opinion dans un Livre myftique intitulé, les *Maximes des Saints*. Mr. de Boffuet s'éleva avec force contre un fentiment qui lui parut tenir aux chimères du Quiétifme ; mais il mit dans cette difpute toute l'amertume d'un zèle excité peut-être par un fecret mouvement de jaloufie. Mr. de Cambray n'oppofa à cet emportement que de la douceur & de la modération. Mr. de Meaux fut vainqueur à Rome ; le Livre des *Maximes* fut condamné ; mais Fénelon, en fe rétraétant publiquement lui-même, remporta par une foumiffion fi rare, un triomphe plus honorable que celui de fon impétueux adverfaire. L'un & l'autre étaient dignes de s'eftimer. Tous deux, mais dans un genre différent, furent les hommes les plus éloquens de leur fiècle. Rien ne les caraétérife mieux peut-être que ce mot de la Reine de France. Mr. de Boffuet, difait-elle, prouve la Religion : Mr. de Fénelon la fait aimer.

FLÉCHIER (Efprit) Evêque de Nîmes,

né à Pernes en 1632, mort en 1710. Il y a moins d'éloquence & de génie dans ses Oraisons funèbres que dans celles de Bossuet; mais il a plus d'esprit & d'élocution. Ceux qui ont la fureur de faire des parallèles, & qui l'ont appellé le Racine de la Chaire, se sont trompés. Racine avait sans doute plus de goût & d'élocution que Corneille, mais il n'avait pas moins d'éloquence & de génie.

FONTAINE (Jean de la) de l'Académie Française, né à Château-Thierry en 1621, mort à Paris en 1695. On peut l'appeller le Poëte de tous les âges. Il amuse l'enfance, il instruit l'âge mûr, & fait encore les délices de la vieillesse, parce qu'il tient de plus près à la nature que tous nos autres Poëtes.

A l'exemple du Corrège qui s'écria qu'il était Peintre, à la vue d'un tableau de Raphaël, la Fontaine à vingt-deux ans se reconnut Poëte, en lisant par hazard une Ode de Malherbe. Il l'était sans doute; & ceux qui ne verraient en lui que le Fabuliste naïf & le Conteur agréable, ne connaîtraient qu'une très-faible partie de son mérite.

Toujours sans paraître y penser, & selon que ses sujets l'exigent, il varie ses expressions, tour-à-tour fines, délicates, gracieuses, riches, brillantes, & souvent sublimes. Malheur à l'homme insensible qui aurait assez négligé la Fontaine, pour ne pas se rappeller sur le champ des exemples de ces différentes beautés! Ses instructions, proportionnées à toutes les claffes de Lecteurs , ne fe préfentent nulle part fous une forme dogma-matique & aride. On croirait qu'il ne s'eft pas occupé d'inftruire , & cependant aucun Poëte n'a femé dans fes Ecrits un plus grand nombre de maximes vraies , ingénieufes & profondes. Elles ne fatiguent jamais , parce qu'elles viennent fe placer naturellement dans fes récits. Il favait que la vérité a befoin d'ê-tre ornée , & comme il le difait lui-même :

> Une Morale nue apporte de l'ennui
> Le Conte fait paffer le précepte avec lui.

Souvent même le précepte dans fes Ou-vrages ne paraît être que l'expreffion du fen-timent. Tel eft cet Epilogue intéreffant d'une de fes plus belles Fables :

> Qu'un ami véritable eft une douce chofe !
> Il cherche vos befoins au fond de votre cœur;
>   Il vous épargne la pudeur
>   De les lui découvrir vous-même.
>   Un fonge , un rien , tout lui fait peur
>   Quand il s'agit de ce qu'il aime.

Peut-on lire ces vers fans être ému ? Que trouverait-on à leur oppofer dans la Motte, ou dans les autres finges de la Fontaine ?

Les Contes de ce Poëte charmant n'ont pas eu de meilleurs Imitateurs que fes Fables. Il eft vrai qu'il a emprunté la plûpart de fes fujets de l'Ariofte ou de Bocace , qui eux-mêmes devaient les leurs aux fabliaux de nos anciens Troubadours. Mais il semble que les graces aient inspiré à la Fontaine leur gaîté ingénue , tant ses Contes respirent l'enjoûment, la délicatesse & la volupté.

Peut-être Despréaux aurait-il pu substituer son nom à celui d'Homère dans ces vers qui n'en seraient pas moins heureux :

On dirait que pour plaire , instruit par la nature ,
La Fontaine à Vénus déroba sa ceinture.

En effet, n'est-il pas singulier que Boileau, dans son art Poétique ait négligé de parler de la fable, & qu'on ne trouve dans ses vers aucun éloge de la Fontaine ? Racine a gardé le même silence, ce qui paraît d'autant plus étrange , que l'Histoire nous témoigne l'amitié réciproque de ces trois Grands Hommes.

La simplicité des mœurs de la Fontaine, sa modestie, sa candeur naïve auraient-elles donc affaibli dans l'opinion de ses amis, la considération qu'ils devaient à ses talens supérieurs ? Cette idée n'est peut-être pas sans vraisemblance , d'autant plus que Racine & Boileau prenaient la liberté de s'égayer quelquefois aux dépens de leur ami. Mais un jour Molière témoin de leurs jeux , Molière à qui plus qu'à tout autre il appartenait d'apprécier ce Poëte de la nature, leur dit au milieu de leurs saillies : Messieurs , Messieurs, ne raillez pas le bon homme , il ira plus loin que nous. Le bon homme était en effet un très-grand homme , auquel il n'a manqué que d'écrire avec une élégance & une correction continues, pour être le premier Poëte de la Nation.

Qui croirait que malgré fa douceur & fa bonté naturelle, la Fontaine fe fût permis des Satyres & des Epigrammes très-vives ? Rien ne prouve mieux que l'acharnement de nos Ennemis peut quelquefois nous communiquer un fentiment d'aigreur très-éloigné de notre caractère. Auffi le grand Rouffeau, dit-il, en parlant des Auteurs dont il avait été forcé de fe venger :

> Que fi d'un feul légérement frappé,
> En badinant le nom m'eft échappé,
> Eft-ce un forfait à décrier ma veine ?
> Eh ! dites-moi, quand jadis la Fontaine,
> De fon pays l'homme le moins mordant
> Et le plus doux, mais homme cependant,
> De fes bons mots, fur plus d'une matière,
> Contre Lully, Quinault & Furetière,
> Fit réjaillir l'enjoûment bilieux,
> Fut-il traité d'Auteur calomnieux ?
> Tout vrai Poëte eft femblable à l'Abeille.
> C'eft pour nous feuls que l'Aurore l'éveille;
> Et qu'elle amaffe, au milieu des chaleurs,
> Ce miel fi doux tiré du fuc des fleurs.
> Mais la nature, au moment qu'on l'offenfe,
> Lui fit préfent d'un dard pour fa défenfe,
> D'un aiguillon qui, prompt à la venger,
> Cuit plus d'un jour à qui l'ofe outrager.

FONTENELLE (Bernard le Bouvier de) de l'Académie Françaife & de celle des

Sciences, né à Rouen en 1657, mort à Paris en 1757. Le premier qui dans le siècle de Louis XIV fit succéder le bel esprit au génie; & en effet l'un des plus beaux Esprits qui aient jamais existé.

Il s'essaya d'abord dans les Arts d'agrément, mais avec peu de succès. Tous ses Ouvrages dramatiques, à l'exception de l'Opéra de *Thétis & Pélée*, sont aujourd'hui inconnus. Ses Lettres du Chevalier d'Her***, fort au-dessous de celles de Voiture, auraient dû pour sa gloire être supprimées du Recueil de ses Ouvrages. Ses Eglogues pétillent de traits ingénieux & fins, & sont par conséquent bien éloignées de la naïveté du genre pastoral. Il y a dans ses Dialogues des Morts beaucoup de pensées brillantes, mais qui ne soutiennent pas toujours l'analyse; & d'ailleurs, le choix de ses Interlocuteurs offre souvent des contrastes trop recherchés. On est étonné par exemple de voir Alexandre le Grand & Phryné discourir ensemble de leurs *conquêtes*. Ce n'est pas-là l'esprit de Lucien.

En général, on ne doit lire Mr. de Fontenelle, & principalement ses premiers Ouvrages, qu'avec précaution, & lorsqu'on a le goût formé par l'étude des bons modèles. Il a comme Pline & comme Sénèque des défauts attrayans, sur-tout pour la jeunesse. Ses pensées sont fines, délicates; mais il les gâte souvent par une afféterie de style qui tient du néologisme & du précieux. Il les habille pour ainsi dire trop bourgeoisement, & cela dans l'intention de paraître plus aisé dans sa

manière d'écrire. Aussi Mr. de Fontenelle au-
ra-t-il toujours contre lui le fâcheux préjugé
de n'avoir imposé une grande estime ni à Boileau, ni à Racine, ni à Rousseau, ni enfin
à quelques autres excellens esprits. Il faut
convenir même que ses défauts paraîtront à
tous les connaisseurs assez heureusement ca-
ractérisés dans cette Epigramme de Rousseau,
quoiqu'il y ait de l'exagération, comme dans
la plupart des plaisanteries :

Depuis trente ans un vieux Berger Normand
Aux beaux Esprits s'est donné pour modèle ;
Il leur enseigne à traiter galamment
Les grands sujets en style de ruelle.
Ce n'est le tout. Chez l'espèce femelle
Il brille encor, malgré son poil grison ;
Et n'est Caillette en honnête maison
Qui ne se pâme à sa douce faconde.
En vérité, Caillettes ont raison ;
C'est le pédant le plus joli du monde.

Mais ce que Rousseau n'a pas dit, c'est que
Fontenelle était aussi recommandable dans
les Sciences qu'il l'était peu dans les Arts d'a-
grément. Ce n'est pas que, même dans la partie des Sciences, on doive encore le mettre
au nombre des génies inventeurs. Il a emprunté le fond de son Traité des Oracles du
savant Médecin Van-dale, & l'idée de son
Livre de la pluralité des mondes de Cyrano
de Bergerac, Auteur plein d'imagination &
qui eût été plus célèbre s'il avait sçu la régler.

On ne peut nier que Mr. de Fontenelle n'ait fort enrichi les sources dans lesquelles il a puisé. Né avec un esprit lumineux & méthodique, plus étendu que profond, mais qui se pliait avec une merveilleuse facilité à tous les genres, il a mis le premier les Sciences abstraites à la portée du plus grand nombre des Lecteurs. Il a jetté de la clarté sur les matières les plus obscures, & il en a fait disparaître l'aridité sous les fleurs qu'il y répandait peut-être avec trop d'abondance.

Son Histoire de l'Académie des Sciences, & les Eloges qu'il a faits de plusieurs Académiciens celèbres, immortaliseront son nom, qui aurait pu ne pas échapper à l'oubli, s'il n'eût sacrifié aux Sciences la manie qu'il avait pour le Théatre & pour les Ouvrages galans, quoique personne peut-être n'eût eu plus éminemment que lui ce qu'on appelle bel esprit.

C'est pour en avoir eu trop qu'il se joignit dès sa jeunesse aux détracteurs des Anciens. C'est aussi par la même raison sans doute qu'il fit contre Athalie une Epigramme, qu'il est à souhaiter que l'on oublie pour sa gloire. L'honneur qu'il avait d'être neveu de Corneille ne devait pas le rendre injuste envers Racine.

Mr. de Fontenelle a vécu près de cent ans. Il dut à une absence totale de passions une Philosophie pratique qui le préserva du malheur plutôt qu'elle ne le rendit heureux ; mais qui exempta même sa vieillesse des infirmités & de la douleur. Sa longue carrière n'a

pas peu contribué à affermir sa réputation.
Il eut l'avantage de survivre à tous ses ennemis ; & il vit se former sous lui ce siècle de
Philosophie , dont on peut le regarder en
quelque sorte comme le Patriarche , & qui
par reconnaissance n'a pas manqué d'exagérer
encore sa juste célébrité.

FRANÇOIS (Louis) né à Neufchâteau
en Lorraine en 1752. Il était déjà célèbre &
de plusieurs Académies en 1765 , année dans
laquelle Mr. de Voltaire lui adressa ces vers,
bien capables de l'encourager :

> Si vous brillez à votre Aurore
> Quand je m'éteins à mon couchant;
> Si dans votre fertile champ
> Tant de fleurs s'empressent d'éclore;
> Lorsque mon terrein languissant
> Est dégarni des dons de Flore ,
> Si votre voix jeune & sonore
> Prélude d'un ton si touchant,
> Quand je frédonne à peine encore
> Les restes d'un lugubre Chant ;
> Si des graces qu'en vain j'implore
> Vous devenez l'heureux amant ,
> Et si ma vieillesse déplore
> La perte de cet art charmant
> Dont le Dieu des vers vous honore ;
> Tout cela peut m'humilier ,
> Mais je n'y vois point de remède.
> Il faut bien que l'on me succède ,
> Et j'aime en vous mon héritier.

Nous ne pouvons prédire la carrière de Mr. François. On a vu des prodiges se démentir ; mais nous avons 'avantage de le connaître particulièrement , & nous n'avons vu aucun jeune homme qui joignît à plus de talens une plus singulière étendue de connaissances , & ce qui est plus rare encore , un goût plus sûr & plus épuré.

Depuis la première édition de ces Mémoires , Mr. François a pris le parti courageux de renoncer à tout ce que les Lettres lui offraient de séduisant , pour rendre ses talens plus utiles à la société dans la profession d'Avocat. S'il donne à la science du barreau toute l'application qu'elle mérite & dont il est capable ; s'il modère l'impatience qu'il pourrait avoir de paraître avant le tems , nous osons lui promettre les succès les plus distingués , & nous féliciter ici d'avoir contribué nous-mêmes à lui faire embrasser cette profession , non moins honorable & plus avantageuse pour lui que celle des Lettres , dont les beaux jours sont un peu passés.

FRÉRON (Elie-Catherine , & non Martin ni Jean , comme quelques-uns l'ont écrit) né à Quimper en 1719. Avec beaucoup d'esprit naturel , une éducation cultivée , un caractère facile & gai , & (quoi qu'en aient dit ses ennemis) des mœurs très-douces , il est devenu très-justement peut-être la fable de la Littérature , pour avoir essayé d'élever des pygmées & d'humilier des géans.

Depuis qu'il publia ses premières feuilles

en 1746, fous le titre de *Lettres de Madame
la Comteſſe de* **, il n'a pas ceſſé de juger
tous les Ouvrages de Littérature, d'Arts &
de Sciences qui ont paru. Un pareil métier
exigerait un homme univerſel, d'un ſavoir
profond, d'une critique infaillible, & ſur-
tout de la plus grande impartialité. Il eſt malheureux qu'en prenant préciſément le contraire de ces qualités, on ait à peu près une idée
juſte des feuilles de ce Journaliſte, qui a fait
ordinairement l'abus le plus déplorable de
ſon eſprit.

S'il n'eût cenſuré que l'obſcurité ſouvent
impénétrable du ſtyle de Mr. Diderot & de
quelques-uns de ſes imitateurs ; que la dureté
gothique des vers de MM. Marmontel & le
Miere ; que l'inſipidité de certains Contes
Moraux ; que la froide ſubtilité des ſinges de
la Bruyère ; que l'étrange & ridicule manie
de ceux qui ont introduit des monſtres Anglais ſur la ſcène de Molière ; enfin que l'i-
neptie totale de quelques rimeurs ſubalternes
& paitris d'amour-propre, tous les honnêtes
gens lui auraient applaudi, comme au vengeur du goût, & il eût été certain des ſuffrages de la poſtérité. Mais il a avili ſes louanges, en préconiſant des hommes obſcurs, &
que lui ſeul connaît ; mais il a avili ſes critiques, en cherchant à décourager de jeunes
Ecrivains qui portaient dans le Temple des
Muſes des prémices heureuſes, & déjà reſ-
peſtables pour les vrais amateurs des Arts ;
mais il a attaqué avec un acharnement aveugle les Rouſſeau, les Buffon, les Monteſquieu,

quieu, les Voltaire, &c., &c., &c., & il n'a point fenti que c'était infulter la Nation, qui n'a pas manqué de venger l'honneur des hommes célèbres dont elle tient fa gloire.

Toutes ces injuftices multipliées ne contredifent point ce que l'amour de la vérité nous a fait dire au commencement de cet article. Les préventions les plus bizarres peuvent n'être qu'un travers de l'efprit, & non un défaut du cœur. D'ailleurs ces torts appartiennent encore plutôt au dangereux métier de Journalifte, qu'au Journalifte lui-même.

Mr. Fréron aurait dû fe propofer pour modèle la fage réferve, l'honnêteté, le ton vraiment impartial que Mr. de Caftilhon a toujours mis dans les Extraits qu'il a fournis au Journal Encyclopédique. Ce dernier qui avait cultivé les Lettres avant que de fe charger d'un emploi fi délicat, s'eft rendu digne de juger lui-même les Gens de Lettres avec les égards dus aux talens & au génie.

FURETIÈRE (l'Abbé Antoine) de l'Académie Françaife, né en 1620, mort en 1688. Les mœurs communes de fon tems font peintes avec affez de naturel & de gaîté dans fon Roman bourgeois, qui ne vaut cependant pas le Roman comique de Scarron.

Il fut exclus de l'Académie pour avoir fait le meilleur de fes Ouvrages, fon Dictionnaire univerfel.L'Académie prétendit avoir le droit exclufif de ranger les termes de la langue par ordre alphabétique ; & fur ce moyen victorieux, gagna le procès qu'elle

avait intenté à Furetière. Ce dernier n'était
pas à beaucoup près un homme fans mérite, puifqu'il était admis dans l'intime familiarité de Racine & de Defpréaux. On fait
même qu'il a eu quelque part à la Comédie des Plaideurs.

G.

GARNIER (Robert) Poëte Tragique,
né à la Ferté-Bernard dans le Maine en 1546,
mort en 1601. Ses Tragédies encore barbares, n'étaient en grande partie que des imitations ferviles de celles de Sénèque ; mais
elles avaient beaucoup de mérite pour le
tems. Les fujets étaient dignes du Théatre,
les bienféances commençaient à s'établir, on
s'approchait infenfiblement des vrais modèles. On apperçoit quelquefois dans Garnier
de beaux éclairs de Poëfie, & ceux qui lifent encore fes Pièces, peuvent remarquer
que Racine n'avait pas dédaigné d'étudier cet
ancien Poëte. C'était pour lui le fumier d'Ennius, dans lequel Virgile favait trouver de
l'or.

GRAFFIGNY (Françoife d'Happoncourt
de) née à Nancy en 1695, morte à Paris en
1758. Le premier Ouvrage qu'on lui ait attribué, & que l'on ignore affez communément, eft une petite Nouvelle galante, imprimée dans le *Recueil de ces Meffieurs.*
Elle publia depuis les *Lettres Péruviennes,*
Ouvrage dans lequel on trouve quelquefois

du sentiment & de la passion, mais plus ordinairement

> Une Métaphysique où le jargon domine ;
> Souvent imperceptible à force d'être fine.

On sent d'ailleurs que ces sortes de fictions,
quand elles ne sont pas animées par le génie,
comme les Lettres Persannes, n'empruntent
leur faible mérite que de l'air étranger des
personnages, qui jettent un vernis de singularité sur ce qui ne serait que trivial par soi-
même. Telle est du moins, à l'occasion de
quelques écrits de cette espèce, la remarque
très-judicieuse de Mr. de Voltaire.

Le Roman dramatique de *Cénie* n'est qu'u-
ne imitation de la *Gouvernante* de la Chauffée, imitation très-inférieure à l'original.
Cette Pièce eut cependant du succès, comme l'Ouvrage d'une femme, & parce que,
d'ailleurs elle fut très-bien représentée : car
c'est un avantage de ce genre médiocre,
qui n'a aucun caractère décidé, d'offrir un
succès également facile aux Auteurs & aux
Acteurs qui n'ont pas assez de talens pour
atteindre à la perfection du vrai genre.

Mais à la lecture, on s'apperçut que le
style de Cénie était souvent néologique &
précieux. On trouva que l'on ne devait pas
dire que *les charmes d'une jeune personne s'em-*
belliffent de la décrépitude de son mari ; & que
la caducité d'un vieillard éternise la jeunesse de
sa femme.

On fut étonné de lire dans la même Pièce ;

H ij

L'amour double notre sensibilité naturelle ; il multiplie des peines de détail dont la répétition nous accable. On ne s'accoutuma point à cet amour qui double une sensibilité, en multipliant des peines. Mais il y avait de l'intérêt dans *Cénie*, comme dans la *Gouvernante* ; cet intérêt prévaut toujours sur les fautes dans les bons Ouvrages, & donne un certain succès même aux plus médiocres.

Madame de Graffigny fit représenter depuis la *Fille d'Aristide*, Comédie du même genre ; mais le tems de l'indulgence était passé.

GRANGE-CHANCEL (Louis de la) né dans le Périgord en 1678, mort en 1758. Quoiqu'il ait fait plusieurs Tragédies, dont quelques-unes sont demeurées au Théatre jusqu'à nos jours, la Fosse son contemporain, par la seule Pièce de *Manlius*, lui est fort supérieur. La Grange a défiguré les siennes par des intrigues romanesques, & son style est encore moins soigné que celui de Campistron. Il est surprenant que cet Auteur, dont la versification est ordinairement si lâche, ait mis tant de vigueur dans son Libelle des Philippiques.

GRANVILLE (Jean-Etienne LE BRUN de) frère de Mr. LE BRUN dont nous avons parlé ci-dessus, né à Paris en 1738, mort en 1765. Les dispositions les plus heureuses pour la Poésie se joignaient en lui à une érudition presque inconcevable pour son âge. La Critique la plus éclairée lui a dicté quelques-

uns des articles de fa *Renommée littéraire*, &
entr'autres l'extrait de la Poétique de Mr.
Marmontel. Il ne fe borne pas, comme la
plupart des Journaliftes, à faire une analyfe
peu fidelle ou vuide d'inftruction ; mais il fait
voir les erreurs de cet Ouvrage, & il y fubf-
titue toujours ce que l'Auteur aurait dû y mettre, la vérité & le goût.

On a de Mr. de Granville une Epître fur
les progrès & la décadence de la poéfie, qui
doit faire regretter qu'une mort fi prématurée l'ait enlevé à la Littérature. Mr. fon frère
poffède de lui des manufcrits précieux, qui
ajoutent encore à nos regrets. Ce jeune homme était inftruit non-feulement des Lettres
Françaifes, mais il s'était rendu familiers tous
les tréfors de l'Antiquité Grecque & Latine.
Nous avons vu un exemplaire d'Homère, d'A-
nacréon & de Platon qu'il avait copiés de
fa main, & qu'il favait par cœur. Il appre-
nait l'Hébreu lorfqu'il mourut. Le goût du
favoir était fa paffion dominante.

GRESSET (Jean-Baptifte Louis) de l'Académie Françaife, & de celle d'Amiens fa Patrie, Auteur du plus agréable des Contes, *le
Vert-Vert*. Sa Chartreufe, & quelques-unes de
fes Epîtres font du genre le plus gracieux &
le plus piquant. C'eft l'abondance, ou plutôt
la furabondance d'Ovide.

M. Greffet a donné au Théatre *Sidney*,
Pièce d'un genre fombre, & dont le fujet parut trop étranger à nos mœurs ; mais dont le
ftyle devrait fervir de modèle à tous ceux

qui, *par malheur n'étant pas nés plaisans* ; croient ennoblir le genre de la Comédie en lui faisant perdre son enjouement & ses graces.

Le *Méchant* a réussi beaucoup plus que *Sidney* ; le caractère en est moins éloigné de nos mœurs, & d'ailleurs c'est une des plus ingénieuses Comédies qui ait paru de nos jours. On ne peut trop regretter que l'Auteur de cette Pièce charmante ait négligé si-tôt une carrière qui lui promettait tant de gloire.

Ce n'est pas qu'aux yeux des critiques sévères cet Ouvrage soit exempt de défauts. On reproche à M. Gresset d'avoir peint le Méchant de société, ou le Tracassier, plutôt que le vrai Méchant, caractère plus odieux, mais dont les traits plus mâles auraient pû fournir le sujet d'une Comédie plus utile. On lui reproche sur-tout d'avoir prêté son esprit à tous ses personnages, au lieu de les faire parler relativement à leurs mœurs ou à leur état. On reconnaît en effet l'esprit de l'Auteur jusques dans la soubrette. Molière se gardait bien de cette monotonie éblouissante. Aucun de ses personnages n'a le même style. Ils sont aussi variés dans ses Comédies que dans la nature, & c'est-là peut-être le plus grand secret de cet inimitable Ecrivain.

On veut encore que les vers du *Méchant* soient plutôt d'excellens vers de satyre, que des vers comiques, & que la Pièce elle-même appartienne plus au genre satyrique ,

qu'à celui de la Comédie. Nous n'avons pas
cru devoir diffimuler ces objections ; mais on
ne fe laffe point de cette Pièce ; & s'il eft
vrai, comme on le dit encore, qu'elle
foit meilleure à lire qu'à voir repréfenter,
cette exception fi rare en fa faveur, lui confervera toujours le rang d'un des plus piquans
Ouvrages de ce fiècle.

GUYMOND DE LA TOUCHE (Claude)
né en 1729, mort en 1760. Son *Iphigénie en
Tauride* eft reftée au Théatre par le mérite
de quelques fituations, & non par celui du
ftyle qui eft incorrect, dur & profaïque.

Les perfonnes qui ont connu particulièrement cet Auteur, affurent qu'il avait de la
force tragique, & que fa mort a été par conféquent une véritable perte pour ce genre.

H.

HAINAULT (Jean) mort à Paris en
1682. Il apprit, dit-on, l'art des vers à la
célèbre Madame Deshoulières. Son fameux
Sonnet *fur l'Avorton* eft très-ingénieux, mais
trop furchargé d'antithèfes. Le commencement de fa traduction du Poëme de Lucrèce
eft d'un meilleur goût, & fait regretter ce
qui nous en manque. Il avait une philofophie très-hardie ; & il fit, à ce qu'on prétend, un voyage en Hollande pour conférer
de fes opinions avec le fameux Spinofa, qui
n'en porta pas un jugement très-favorable.
Hainault remarqua fon indifférence, & re-

nonça à la petite ambition de fe diftinguer par des Songes philofophiques. Le mépris d'un Incrédule le réconcilia avec la Religion.

HARPE (N. de la) jeune Auteur très-avantageufement connu par fa Tragédie de Warwick, effai d'un mérite rare dans un genre prefque épuifé.

On trouve de très-beaux vers dans fes *Mélanges Littéraires*, & fur-tout des Réflexions fur Lucain, qui font infiniment d'honneur à fon goût. Il y combat d'une manière victorieufe un des paradoxes favoris de Mr. Marmontel.

Mr. de la Harpe a compofé, pour différentes Académies, des Ouvrages qui ont été couronnés, & qui n'en font pas moins bons. Des nombreux imitateurs de Mr. de Voltaire, il eft celui qui paraît avoir le mieux profité des leçons de ce grand Maître. C'eft pourtant de ce jeune homme rempli de talens, que Mr. Fréron avait prédit, il y a quelques années, qu'il ne ferait jamais rien de paffable ; & par une dérifion fine & fpirituelle, à fa manière, il l'appellait *le Poëte Lilliputien* & *le Bébé de la Littérature*.

Nous ofons prédire au contraire que fi Mr. de la Harpe vient à bout de fe garantir de quelques défauts trop ordinaires aux Gens de Lettres ; fi par exemple, il a le courage de ne pas facrifier par faibleffe à une cabale dominante les perfonnes pour qui dans le fond du cœur il a le plus d'eftime ; fi au lieu de révolter l'orgueil par l'orgueil,

LITTÉRAIRES. 121

il fait mettre dans les intérêts de son amour-propre celui des autres ; enfin s'il préfère l'honneur de ne penser que d'après lui au mérite facile de répéter, avec quelque succès, un esprit qui n'est pas le sien, nous osons prédire qu'il jouira d'une réputation distinguée, quoiqu'il n'ait pas encore rempli, dans la carrière dramatique, les espérances que sa Tragédie de Warwick avait données.

HELVÉTIUS. (Claude) Nous ne considérerons le Livre *de l'Esprit* qu'on lui attribue, ni relativement à la Théologie, ni relativement à la Morale.

Non nostrum tantas componere lites.

Nous n'en parlerons que comme d'un Ouvrage de Littérature ; & sous ce point de vue, on ne peut lui refuser de justes éloges. Il a parmi les Ouvrages philosophiques de ce siècle, le mérite très-rare d'être écrit avec pureté, avec clarté, & sur-tout avec méthode. Il serait d'ailleurs très-injuste de supposer qu'il ne contient que des erreurs. On y trouve beaucoup d'observations fines, & qui prouvent que Mr. Helvétius était digne de traiter son sujet.

Parmi quelques paradoxes & quelques erreurs dangereuses, dont les qualités morales de l'Auteur ne permettent pas de croire qu'il soupçonnât tous les inconvéniens, il a développé un principe qui pourrait servir à perfectionner la législation, & contribuer un jour au bonheur des hommes , c'eſt de faire concourir l'intérêt particulier à l'intérêt public. La diſcuſſion de ce principe, qui paraît en effet devoir être la baſe de toute légiſlation éclairée , & les conſéquences que Mr. Helvétius en tire , forment la partie la plus intéreſſante de ſon ouvrage , elle mérite d'être méditée attentivement par les hommes d'Etat ; & peut-être en ſa faveur la poſtérité pardonnera-t-elle ce que ce même Ouvrage contient d'ailleurs de nuiſible.

Lorſqu'il était à la mode de calomnier tous les jours l'Auteur de la Comédie des Philoſophes, on ne manqua pas de dire qu'il avait eu l'intention de déſigner Mr. Helvétius dans cette Pièce. Si telle eût été, en effet, l'intention de cet Auteur , il eſt aſſez courageux pour ne point la déſavouer. Il n'avait aucune raiſon pour ménager ce Philoſophe plus qu'un autre ; mais cette imputation était fauſſe ; & s'il ne s'eſt pas preſſé de réfuter cette calomnie , & beaucoup d'autres plus graves encore , c'eſt qu'il les mépriſe.

HÉNAULT (Charles-Jean-François) de l'Académie Françaiſe , Préſident honoraire de la Chambre des Enquêtes. Son principal Ouvrage eſt un Abrégé chronologique de l'Hiſtoire de France, qui ſera conſulté long-tems; mais qui a produit une foule de mauvais Imitateurs. On trouve dans ce Livre utile des connaiſſances profondes de notre Hiſtoire , & ſouvent des réflexions ſenſées & ingénieuſes.

M. le Préfident Hénault fut allier l'amour de l'étude & des lettres à une fortune très-brillante. Ce dernier avantage n'a pas peu contribué à donner pendant fa vie beaucoup d'éclat à fa réputation. Il confervera toujours celle d'un homme infiniment précieux à fes Sociétés, & d'un amateur diftingué en plus d'un genre.

J.

JAUCOURT. (le Chevalier de) Nous parlerions de la nobleffe & de l'ancienneté de fa maifon, fi les hommes tels que lui ne faifaient pas plus d'honneur à leur famille, quelle qu'elle foit, qu'ils n'en peuvent recevoir d'elle. A un goût dominant pour l'étude, Mr. de Jaucourt joint une ardeur infatiguable pour le travail : fa vie célibataire & retirée, une heureufe conftitution, le mépris du monde frivole, & la modération de fes defirs, n'ont fait qu'affermir de plus en plus l'attachement qu'il avait voué aux Sciences : auffi les a-t-il prefque toutes cultivées avec fuccès. La Médecine & toutes fes branches, la Philofophie & les Belles Lettres lui font également familières. On eft effrayé du contingent immenfe que lui feul a fourni à l'Encyclopédie. On affure que plus de dix volumes de cette vafte collection lui appartiennent. Mais ce qu'on doit le plus admirer en lui, c'eft un défintéreffement dont peut-être on n'a pas d'exemple. Qui ne croirait qu'après avoir tant concouru à l'Encyclopédie, Mr. de Jaucourt en eût du moins retiré quelque avantage ? Point du tout : on s'eſt contenté de lui en donner un exemplaire, & à l'égard du reſte les généreux Editeurs ont cru lui devoir ſauver l'embarras d'un refus. *Sic vos non vobis mellificatis apes.*

Les Ecrits de cet Auteur ſi eſtimable ſe font lire avec intérêt. Son ſtyle eſt ſimple, naturel, facile, & ne manque ni de correction, ni d'élégance. L'article *Paris* dans l'Encyclopédie, nous paraît un des meilleurs de ce Dictionnaire. C'eſt une alluſion fine & bien ſoutenue que tout Lecteur ſaiſit ſans peine. On y voit à quel degré le caractère des habitans de Paris eſt calqué ſur celui des Athéniens. Mais ce qui caractériſe ſur-tout les Ecrits de Mr. de Jaucourt, c'eſt que l'honnête homme n'eſt jamais éclipſé par l'Auteur. Il ne prêche point la vertu avec cette fauſſe chaleur à laquelle l'imagination a plus de part que le ſentiment ; mais il la fait aimer en imprimant à ſes moindres Ouvrages le caractère d'une ame ſenſible & honnête. Auſſi n'a-t-il jamais été mêlé dans aucune de ces querelles ſcandaleuſes qui ont déshonoré parmi nous tant de prétendus ſages. Il vit en paix, ſans ambition, ſans prétentions, avec un amour noble & déſintéreſſé pour les Sciences ; vrai Philoſophe au milieu des Charlatans qui s'en arrogent le titre. Le plaiſir avec lequel nous faiſons l'éloge de Mr. de Jaucourt, prouve que malgré les raiſons particulières que nous avons d'eſtimer fort peu quelques Encyclopédiſtes, la paſſion n'a aucune part à nos jugemens.

JODELLE (Etienne), né en 1532 , mort à Paris en 1573, Poëte Tragique, contemporain & ami de Ronfard. *Voyez l'Article Garnier.* Jodelle acquit commecet ancien Poëte une affez grande réputation dans un fiècle encore barbare. L'Art de la Tragédie & de la Comédie fit fous lui quelque progrès. C'était déjà beaucoup que d'avoir quitté les ridicules Myftères, & les impertinentes Moralités qui faifaient alors le fonds de nos Spectacles. C'eft ce qui valut à Jodelle cet éloge de Ronfard, qui n'eft plus aujourd'hui qu'une bien faible recommandation.

> Alors Jodelle heureufement fonna
> D'une voix humble , & d'une voix hardie ;
> La Comédie avec la Tragédie,
> Et d'un ton double, ores bas, ores haut,
> Remplit premier le Français échaffaut.

L

LARCHER (N.) né à Dijon, Littérateur laborieux, fcavant & modefte, qui a traduit l'Electre d'Euripide, quelques Ouvrages de Pope, & qui eft actuellement occupé de la traduction plus intéreffante encore des *Tranfactions philofophiques* de la Société Royale de Londres. Il a fait, avec de juftes égards pour feu Mr. l'Abbé Bazin, un Supplément à la *Philofophie de l'Hiftoire.* On dit que le Neveu de cet Abbé a défendu fon Oncle d'une manière un peu cynique. Lui-même avait cependant obfervé plus d'une fois que des injures ne font pas des raifons.

LILLE. (l'Abbé de) Sa traduction des Géorgiques a essuyé de la part de Mr. Clément les critiques les plus sévères. Il en est de très-judicieuses, & dont Mr. l'Abbé de Lille sans doute ne manquera pas de profiter.

Il paraît par exemple un peu surprenant, que relativement à certains endroits de son Original il ait vaincu avec succès dans sa Traduction, de très-grandes difficultés, & que relativement à d'autres morceaux qui semblaient prêter beaucoup plus à la Poésie, il n'ait pas eu le même avantage.

Nous attachons peu d'importance au reproche qu'on lui a fait, d'avoir adopté dans son Ouvrage quelques vers des anciens Traducteurs de Virgile. Ils appartenaient de droit à celui qui aurait le courage de se charger après eux d'une entreprise aussi laborieuse. Nous pensons que M. de Lille a pu, comme son modèle, mettre à profit les Paillettes d'or d'Ennius, sans compromettre sa gloire.

La plupart des autres observations de Mr. Clément ne prouvent rien de plus, à ce qu'il nous semble, sinon qu'à la rigueur il est impossible de rendre dans notre langue toutes les beautés de Virgile. C'est de quoi Mr. l'Abbé de Lille conviendra sans peine. Peut-être Virgile lui-même, s'il pouvait renaître parmi nous, ne parviendrait-il pas à se traduire parfaitement en Français.

On a su beaucoup de gré à Mr. Clément de l'estime sentie qu'il a pour le Poëte Latin, & de l'austérité de son goût ; mais la traduction de Mr. l'Abbé de Lille n'en est pas moins

un Ouvrage qui suppose de rares talens. Ce
ne serait pas la louer assez que de dire qu'elle
est infiniment supérieure à toutes celles qui
ont paru. Nous pensons qu'il serait difficile
de faire mieux ; & nous invitons seulement
l'Auteur à ne pas désespérer d'atteindre à une
perfection plus grande encore en revoyant
son Ouvrage avec des yeux sévères, & en
tâchant de lutter avec une confiance nouvelle,
contre certaines beautés de son Original que
Mr. Clément a pu lui faire remarquer. Nous
croyons que Mr. l'Abbé de Lille recevra notre Avis d'autant plus volontiers, qu'il n'est
pas du nombre de ceux qui ont employé le
manége & la violence pour imposer silence
à son critique. Il avait trop de mérite pour
se faire cette injure à lui-même.

LINGUET, (Simon-Nicolas-Henri) Ecrivain d'un mérite très-distingué, & qui doit
atteindre à la plus haute réputation. On l'accuse d'amour pour les paradoxes ; & en effet
il paraît s'éloigner des notions communes dans
son excellent Livre de la Théorie des Loix
Civiles, & dans quelques autres de ses Ouvrages. Mais il a déjà mérité assez de considération, pour que d'après son avis on suspende
au moins son jugement sur quelques opinions,
qui peut être ne passent pour vraies, que parce
qu'elles n'ont jamais été suffisamment examinées.

Il nous paraît que la plupart des objets pou-
vant être considérés sous des aspects absolument
opposés, il y a de la témérité à donner légèrement le nom de paradoxe à tout ce qui con-

tredit la manière ordinaire de concevoir. La Liberté par exemple eſt indubitablement le plus grand des biens, & la Servitude le plus grand des maux; mais il faut ſavoir ſi ce qu'on appelle liberté *dans l'ordre actuel des ſociétés*, n'eſt pas ſouvent un avantage très-funeſte, & ſi la ſervitude modifiée par la bonté d'un maître, & par l'intérêt qu'il a de conſerver ſon eſclave, ne préſenterait pas une ſituation plus heureuſe qu'une liberté *illuſoire*, dont l'effet eſt preſque toujours de faire périr de miſère l'infortuné qui la poſsède.

En fixant ainſi l'état de la queſtion, on pourra juger ſi Mr. Linguet s'eſt trompé ou non dans ſa Théorie des Loix Civiles. Ce qui ſemble très-vrai, c'eſt qu'un homme qui ſerait né avec l'amour de l'eſclavage n'écrirait pas comme lui. S'il avait véritablement quelque goût pour les paralogiſmes, & la fantaiſie d'ajouter à ſon mérite réel le vernis brillant, mais peu ſolide de la ſingularité, il manquerait, ſi nous oſons le dire, de confiance en ſes propres talens. Les échaſſes ne conviennent qu'aux Pygmées; & lorſqu'on joint à des connaiſſances très-étendues, à une habitude heureuſe de réfléchir, enfin à une ſagacité très-rare le ſtyle vif & ſéduiſant de Mr. Linguet, on n'a pas beſoin de recourir à de petites reſſources pour augmenter ſa célébrité. Cet Ecrivain a trop d'eſprit pour ne pas ſavoir que s'il eſt avantageux de n'être point un homme à préjugés, on ne gagnerait pas infiniment à n'être qu'un homme à paradoxes.

Tout le monde ſait aujourd'hui avec quelle
distinction

diftinction Mr. Linguet a déployé fes talens dans la carrière du Barreau. Perfonne ne paraît plus capable que lui de faire revivre par fon éloquence la dignité de l'ancienne Tribune. Par la même raifon, perfonne ne devait plus que lui refpecter la mémoire de Cicéron, le feul homme de l'antiquité que les fiècles modernes ne rappelleront jamais qu'imparfaitement.

M.

MABLY (l'Abbé Bonnot de) né à Grenoble, frère de Mr. l'Abbé de Condillac, Auteur de plufieurs Ecrits très-eftimés fur la Politique, l'Hiftoire & la Morale. C'eft dans fes *Entretiens de Phocion* que Mr. Marmontel a puifé tout ce qu'il a fait dire de plus raifonnable à fon *Bélifaire;* mais ce qui eft très-bien placé dans le premier de ces Ouvrages, devient froid & ennuyeux dans le Roman de Mr. Marmontel, parce qu'il eft conduit fur un mauvais plan, ou plutôt parce qu'il n'en a pas du tout. Cela n'a point empêché quelques Enthoufiaftes de Philofophie d'ofer comparer cette production éphémère à l'immortel Ouvrage de Télémaque.

La Société économique de Berne a fait aux *Entretiens de Phocion* l'honneur de leur adjuger le prix académique qu'elle eft en ufage de diftribuer, fans que cet Ouvrage ait concouru. Elle a fait depuis le même honneur au Traité du Marquis Beccaria fur les *Délits & les Peines.* Ces deux Ecrits étaient dignes de cette diftinction nouvelle, & la Société de Berne a donné un exemple que les autres Académies devraient imiter.

MAIRET (Jean) né à Befançon en 1609, mort en 1660. Il a précédé Rotrou, Scudéri, Corneille & Duryer. Sa *Sylvie* fut une des premières Pièces qui donna de la réputation à notre Théatre. Sa Tragédie de *Sophonisbe* eut un brillant fuccès, & elle le méritait pour le tems; mais il devint jaloux de Corneille, dès que ce grand homme eut fait le *Cid*.

MALFILATRE (N.) né à Caen en 1733; mort en 1769. Jeune Poëte enlevé trop tôt à la Littérature, & qui donnait les plus grandes efpérances. Mr le Comte de Lauraguais, à qui la Nation doit le plaifir de voir repréfenter les chefs-d'œuvre de la fcène fur un Théatre débarraffé de fpeˆtateurs; le même qui allie l'amour des Lettres à la paffion des Sciences, & qui par ce double mérite, relève encore l'éclat d'un nom très-illuftre, encouragea Mr. de Malfilâtre par fes bienfaits; mais il ne put le dérober entièrement à l'afcendant de fa mauvaife fortune. Les infirmités accablèrent avant le tems ce jeune Auteur, de qui nous n'avons qu'une Ode & un Poëme intitulé Narciffe. Ce dernier Ouvrage ne faurait à la rigueur être regardé comme un bon Ouvrage. La fiˆtion en eft froide, embarraffée, & l'on peut dire de ce Poëme, fans être accufé de févérité, *infelix operis fumma*; mais on y trouve très-fréquemment des détails de la plus heureufe Poéfie.

L'Auteur s'était exercé, dit-on, à traduire en vers différens morceaux de Virgile. Si ces morceaux font du même mérite que ceux qu'il a imités, foit du même Virgile, foit de Lucrèce, dans fon Poëme de Narciffe, on ne peut qu'inviter les perfonnes qui les poffedent à en enrichir promptement la Littérature.

MALHERBE (François de) né à Caen en 1556, mort à Paris en 1628. Il a fixé les Loix de la Poéfie Françaife, & il eft refté le modèle de tous ceux qui ont écrit en vers après lui. Il eft le premier qui ait élevé le génie de la langue jufqu'au fublime, & perfonne ne l'a furpaffé en harmonie. Le genre de l'Ode eft celui dans lequel il s'eft le plus diftingué. On croit voir cependant qu'il maîtrifait fon enthoufiafme, plutôt qu'il n'en était dominé ; & peut-être fut-il moins embrafé du feu du génie, que dirigé dans fes travaux par un goût exquis, une oreille infiniment févère, & le talent le plus heureux. Le mérite d'exprimer des idées communes d'une manière neuve & fublime, étant fans doute celui qui caractérife le plus un grand Poëte, nous nous permettrons de rapporter ces vers de Malherbe que tout le monde connaît, & qui pourtant n'ont rien perdu de leur fraîcheur & de leur beauté. l'Auteur avait à rendre cette penfée vulgaire que tous les hommes font également deftinés à être les victimes de la Mort.

Le Pauvre en fa Cabane où le chaume le couvre,
     Eſt ſujet à ſes loix,
Et la Garde qui veille aux barrières du Louvre,
     N'en défend pas nos Rois.

MALLET (Paul Henri) né à Genève en
1731. Après avoir été Profeſſeur des Belles-
Lettres Françaiſes à Copenhague, & l'un des
Précepteurs de S. A. R. le Prince Héréditaire, aujourd'hui Roi de Dannemarck, il re-
vint en ſa Patrie où il eſt Profeſſeur en Hiſtoire.

Son principal Ouvrage eſt une Hiſtoire de
Dannemarck en ſix volumes. Une ſimplicité
noble & convenable au genre, un ſtyle pur,
une ſage impartialité, des recherches profondes, des réflexions amenées par les faits, &
qui ne ſont pas trop prodiguées, enfin des
vues philoſophiques ſans eſprit de ſyſtême,
établiſſent la réputation de cet Hiſtorien ſur
des fondemens ſolides. Il ne ſurprend pas les
ſuffrages, il les mérite ; & c'eſt ainſi que ſe
forment les ſuccès durables.

Mr. Mallet eſt correſpondant de l'Académie des Inſcriptions & Belles-Lettres. Nous
connaiſſons de lui quelques Pièces de vers
manuſcrites qui annoncent des talens diſtingués pour la Poéſie.

MARIN (Louis-François-Claude) né à
la Ciotat, de pluſieurs Académies, Cenſeur
Royal, & Secrétaire général de la Librairie.
Il juſtifie par ſon amour pour les Arts, &

pour ceux qui les cultivent, la confiance
dont l'honore le Magistrat éclairé qui préside à la Librairie. On a de Mr. Marin quelques Ouvrages dramatiques, qu'il n'a pas été
jaloux de faire représenter ; mais celui de
ses Écrits qui mérite le plus de distinction,
c'est l'Histoire du Sultan Saladin. Les recherches laborieuses que l'Auteur a été obligé de
faire pour débrouiller le cahos des différentes dynasties Arabes, ne sont pas précisément
ce qui donne du prix à cette Histoire ; ce
qu'on a sur-tout remarqué, c'est l'impartialité sage avec laquelle elle est écrite. Mr. Marin a osé parler, en homme dégagé de toute
passion, des vices des Croisés, & mettre
dans tout leur jour les vertus d'un Prince Mahométan: & en effet quelques préjugés qu'on
ait voulu nous donner en faveur de l'esprit
de Chevalerie qui régnait en Europe, dans
ces tems barbares, il faut avouer que ce
Prince fut véritablement le seul grand homme qui alors illustra le monde.

MARIVAUX (Pierre Carlet de Chamblain de) de l'Académie Française, né à
Paris en 1688, mort en 1763, Auteur d'un
grand nombre de Romans & de Comédies.
On avait parlé dans les premières éditions
de la Dunciade du jargon de cet Écrivain.
En voici quelques exemples pris au hazard
dans ses Œuvres. » Laissez-moi rêver à cela,
» il me faut un peu de loisir pour m'ajuster
» avec mon cœur ; il me chicane, & je vais
» tâcher de l'accoutumer à la fatigue. «

» La nature fait affez fouvent de ces tri-
» cheries-là ; elle enterre je ne fais combien
» de belles ames fous des vifages communs ;
» on n'y connaît rien, & puis quand ces gens-là
» viennent à fe manifefter, vous voyez des
» vertus qui fortent de deffous terre. «

» Le fentiment eft l'utile enjolivé de l'hon-
» nête, &c. « Ce jargon dans le tems s'appellait du *Marivaudage*. Malgré cette affectation Mr. de Marivaux avait infiniment d'efprit ; mais il s'eft défiguré par un ftyle entor-
tillé & précieux, comme une jolie femme fe
défigure par des mines.

Le talent qu'il avait cependant pour la
Comédie, & pour faifir la vraie nature dans
quelques-uns de fes Romans, mérite une attention particulière. Aucun Auteur n'a peint
avec plus de vérité l'amour-propre des femmes. Ce fentiment prédomine en elles fur l'a-
mour même ; & c'eft ce que M. de Marivaux a
parfaitement faifi dans leur caractère. On n'en
trouve pas moins dans la plupart de fes Pièces
des Scènes où ce qu'on appelle le fentiment eft
rendu avec la dernière délicateffe ; mais en général il y mettait trop de Métaphyfique, & c'eft
à ce défaut que nous avions fait allufion dans
ces vers de la Comédie des *Tuteurs :*

ⱔ.   Une Métaphyfique où le jargon domine,
          Souvent imperceptible à force d'être fine.

On a obfervé que les Fables des Comédies
de Mr. de Marivaux étaient plutôt des Fables
de Romans que de Comédies. En effet, pour

que l'action de ces Pièces pût se passer naturellement, il faudrait lui supposer une durée
de plusieurs mois; & pourtant l'Auteur trouve moyen de resserrer cette action dans l'es-
pace de vingt-quatre heures, avec une sorte
de vraisemblance.

Il paraît bien singulier que dans la *Surprise
de l'Amour* par exemple, des gens parviennent à s'aimer à la fureur dans le court intervalle d'une journée. Il est vrai qu'ils se
connaissaient auparavant; mais que dans les
Fausses Confidences, une jeune Veuve très-
riche voie pour la première fois de sa vie
un Avocat sans biens, dont elle fait son In-
tendant à midi, & qu'à six heures du soir
elle en soit éprise au point de l'épouser malgré sa mère, avec laquelle elle se brouille
pour ce mariage; enfin que l'Auteur ait la
magie de faire trouver cet événement tout
simple, ce ne peut être que l'effet d'un talent singulier que personne n'a porté plus
loin que Mr. de Marivaux. Disons mieux.
Cet Art n'est qu'à lui. Lui seul a eu le secret de ces gradations de sentimens, de ces
Scènes heureusement filées, qui lui tenaient
lieu d'incidens pour soutenir son action. Ce
n'était point-là sans doute le vrai genre de la
Comédie; mais c'était un genre personnel à
l'Auteur, un genre qui a su plaire, & qui
d'ailleurs ne sera pas contagieux, parce que
Mr. de Marivaux avait un tour d'esprit original qui ne sera peut-être donné à personne.

C'est à la finesse extrême de ses observations, à la profonde connaissance qu'il avait

du cœur des femmes, à l'analyse exacte
qu'il avait su faire de leurs mouvemens les
plus cachés, qu'il a été redevable de ses succès. En un mot, la vérité qui ne meurt jamais, comme nous l'avons déjà dit, fera vivre, malgré tous leurs défauts, la plupart de
ses Romans & de ses Comédies, & Mr. de
Marivaux sera toujours cité parmi les Pein-
tres de la nature; mais il ne faut pas même
songer à imiter sa manière.

MARMONTEL, (Jean-François) de l'Académie Française, né à Bort, dans le Limousin.
Ses meilleurs amis conviennent aujourd'hui assez généralement qu'il n'était pas né pour la Poésie. C'est ce que Boileau disait de Chapelain:

Il se tue à rimer : que n'écrit-il en prose ?

Sa Tragédie de *Denys le Tyran* parut néanmoins annoncer quelques talens à ceux qui
ne l'examinèrent point assez pour y découvrir
le germe de tous les défauts qu'on a depuis
reprochés à l'Auteur. Sa versification dure &
ampoullée, ses maximes répandues sans ménagement & sans choix, ses fréquentes déclamations, toujours mises à la place du sentiment
dans les scènes les plus susceptibles d'intérêt;
toutes ces fautes de goût étaient déjà très-re-
marquables aux yeux des Connaisseurs, dans
Denys le Tyran. Elles devinrent plus sensibles
dans *Aristomène*. *Cléopatre* parut fort inférieure
à ces deux Pièces; les *Héraclides* baissèrent
encore. Enfin le malheureux succès d'*Egyptus*,

qui fut à peine achevé, l'obligea de renoncer pour jamais à la Tragédie.

Il avait effayé le genre de l'Opéra, & l'on fe fouvient encore de ces vers plaifans du Ballet d'*Acante & Céphife* :

Tout rend hommage
A ce Dieu puiffant.
Le Papillon volage,
Le Lion rugiffant,
Le Roffignol, &c.

Affurément ce n'eft pas-là le ftyle de Quinault. Ce dernier avait trop de goût pour accoupler ainfi les *Lions rugiffans* & les *Papillons volages*. Auffi le Public accoutumé à la douce mélodie du Chantre d'Armide, ne put-il fe prêter à la verfification roide & âpre de Mr. Marmontel.

Ce qui paraîtra inconcevable, c'eft qu'après avoir fait rire le Public à la Tragédie, cet Auteur ait entrepris de le faire pleurer à l'Opéra-Bouffon. C'eft ce qu'on a vu dans le *Sylvain*, Roman ufé quant au fond, trivial quant à la forme, & qui n'a dû une apparence de réuffite qu'à la Mufique charmante de Mr. Grétry. On fait d'ailleurs que tous ces Opéra-Bouffons ne font lus que par les Acteurs, qui s'en difpenferaient encore très-volontiers, s'ils n'étaient obligés d'étudier leurs rôles.

Jufqu'ici, la réputation de Mr. Marmontel paraît donc n'avoir pris un peu de confiftance que dans ce qu'il a écrit en profe, c'eft-à-dire, dans fa Poétique, fa traduction de Lucain, fes

Contes moraux, & fon Roman de Bélifaire.

Sa Poétique, comme on l'a dit ailleurs, eft un Recueil d'héréfies en matière de goût, qu'il avait déjà inférées par lambeaux dans le Dictionnaire Encyclopédique. C'eft dans cette Poétique étrange que Boileau, Racine & Rouffeau font traités avec dénigrement; qu'Ariftophane eft comparé à Catilina & à Narciffe, & qu'on accufe Virgile d'avoir comparé Turnus à un âne, comparaifon qui ne fe trouve point dans Virgile.

Depuis que Mr. Marmontel voit dans ce grand Poëte des chofes qui n'y font pas, il n'eft pas étonnant qu'il le mette fort au-deffous de Lucain. Cependant il a mal juftifié fa paffion pour la Pharfale, en la traduifant en profe ampoulée. Ce n'était pas le moyen de la faire paraître fupérieure à l'Enéide.

Les amis de M. Marmontel abandonnent encore fans trop de réfiftance fa Poétique & fa Traduction de Lucain. Il ne lui refte donc que fes Contes & ce fameux Roman de Bélifaire, auquel on a effayé de donner tant d'éclat.

Quant aux Contes, nous remarquerons, 1°. que ce ne font que des Contes; 2°. que ce ne font que des Contes en profe; 3°. qu'il y a plus de graces dans ceux de la Fontaine, plus d'efprit dans ceux d'Hamilton, plus de philofophie dans ceux de Mr. de Voltaire, peut-être même plus de naturel dans ceux de Perrault; car enfin la Fontaine a dit:

Si Peau d'âne m'était conté ,
J'y prendrais un plaifir extrême.

Et nous doutons que ce Poëte, ami de la délicatesse & de la naïveté, en eût dit autant du *Mari Sylphe*, de *Tout ou rien*, des *Mariages Samnites*, ou des *Quatre Flacons*.

D'ailleurs, en supposant (ce qu'on est bien éloigné de vouloir disputer) que les Contes de Mr. Marmontel soient en effet d'assez heureuses bagatelles; que le style en soit correct, quoique pesant, sur-tout quand l'Auteur veut être léger, est-il donc permis à des Français, enrichis de tant de merveilles littéraires, de se passionner pour de minces historiettes, dont le fond même n'appartient pas à Mr. Marmontel? Qui ne sait que dans *Zadig*, *Babouc*, *Memnon*, qui ne sont pourtant qu'une très-faible partie de la gloire de Mr. de Voltaire, il y a & cent fois plus de vues philosophiques & morales, & cent fois plus d'imagination, & des détails infiniment plus piquans, plus neufs, plus variés que dans tous ces petits Romans bourgeois & pédantesques sur lesquels on affecte de se récrier? Par quel singulier caprice nous arriverait-il donc d'attacher tant de valeur à de médiocres esquisses, tandis que nous avons sous les yeux, dans le même genre, des tableaux peints par de grands Maîtres.

Nous savons qu'il est encore des gens qui capitulent assez facilement sur le mérite des Contes moraux, mais qui se sont tellement arrangés pour admirer Mr. Marmontel, qu'ils mettent du moins son Bélisaire infiniment au-dessus de Télémaque. Nous en appellons à tout homme qui se vantera d'avoir pu lire

d'une haleine ce trifte Roman compofé de
dix-fept Differtations, enchaînées l'une à
l'autre comme ces converfations d'Arifte &
d'Eugène fur le Goût, qui fe paffent au
bord de la mer, & que le Révérend Père
Bouhours a rédigées par chapitres. Que cet
homme, quel qu'il foit, nous dife avec vérité s'il n'a pas été vingt fois fur le point de
s'endormir aux triftes & longues Homélics
philofophiques de l'aveugle Bélifaire. Excep-
tons-en toutefois, les trois ou quatre premiers Chapitres de ce Roman moral, qu'on
peut lire fans doute avec affez de plaifir.
C'eft un portique agréable, qui annoncerait
un grand édifice, mais qui ne conduit qu'à
des ruines.

Le quinzième Chapitre que l'on a tant
vanté, n'eft (& ici nous interrogeons la bonne foi de ceux qui ont fait femblant de l'admirer) qu'une répétition de ce qu'avaient
dit avec plus de force, fur ces matières hardies, des Ecrivains beaucoup plus célèbres.
Nous avons de Bayle un Traité de la Tolérance, qui eft un vrai chef-d'œuvre de
fçavoir & de raifonnement. Nous en avons
un autre plus récent, compofé avec tout
l'art, toute la féduction, tout l'intérêt qui ca-
ractérifent dès longtems, les Ouvrages de
fon illuftre Auteur. Enfin, cette doctrine de
la Tolérance n'a-t-elle pas encore été expri-
mée en traits de feu par l'éloquent Citoyen
de Genève ? D'où nous viendrait donc l'i-
vreffe qu'on voudrait nous infpirer pour ce
quinzième Chapitre, qui n'eft, tout au plus,

qu'une faible contrefaction d'Ouvrages infiniment supérieurs ?

Obfervons encore que quand même Mr. Marmontel eût mérité quelque célébrité par fes Ecrits en profe , par la fertilité de fa plume , par fa perfévérance opiniâtre à braver la critique , & par fa littérature qui véritablement n'eft point commune , il aurait compromis toute fa gloire , en difant que Boileau eft un Ecrivain *fans feu* , *fans verve & fans fécondité* , & en avançant une infinité d'autres paradoxes qui nous rappellent ces vers heureux de Mr. le Franc :

Oui , bientôt nous verrons de petits Conquérans ;
Du Parnaffe Français audacieux Tyrans ,
De leurs Maîtres fameux profcrire les merveilles,
Et leur orgueil brifer le fceptre des Corneilles.
Tels on vit les Romains, dans des jours ténébreux,
Du fecond des Céfars dégrader l'âge heureux ;
Enfévelir Horace & déterrer Lucile ,
Préférer la Pharfale aux beaux vers de Virgile ,
Vanter l'efprit guindé du Maître de Néron ,
Et bâiller fans pudeur en lifant Cicéron.

MAROT (Clément) né à Cahors en 1495 , mort à Turin en 1544. Le modèle d'une certaine naïveté fine & piquante que l'on appelle encore de fon nom , le genre Marotique. Sa charmante Epître à François I. , dans laquelle il fe plaint d'un valet

> Sentant la hart de cent pas à la ronde ;
> Au demeurant le meilleur fils du monde ;

qui lui avait dérobé son argent ; quelques Épigrammes qui n'ont point été surpassées, quelques Contes joyeux, quelques jolies Chansons, lui ont fait un nom immortel.

La manière qu'il a choisie a paru tellement convenable aux Ouvrages de ce genre, que nos meilleurs Poëtes, tels que Voiture, la Fontaine, Rousseau, &c. l'ont empruntée de lui. Nous croyons cependant, avec Mr. de Voltaire, que c'est un défaut de goût que de l'avoir employée dans des Ouvrages d'un genre plus sérieux. C'est travestir Minerve que de lui donner la marotte de Momus.

Il semblerait que le Poëte dont nous parlons, enjoué, badin, & quelquefois licencieux à l'excès, n'aurait guères dû s'attendre à devenir un des fondateurs de la Lithurgie des Eglises Protestantes. Sa Traduction des Pseaumes, continuée par Théodore de Bèze, a été chantée longtems dans tous les Temples de la réforme de Calvin. On ne sentit point assez, dans cet âge encore grossier, l'étrange disparate du flageolet de Marot & de la harpe de David.

MASSILLON (Jean-Baptiste) Evêque de Clermont, de l'Académie Française, né à Hières en 1663, mort en 1742, Prédicateur célèbre, & qui est véritablement à Bourdaloue ce que Racine est à Corneille.

Bourdaloue armé de preuves, & quelquefois les prodiguant trop, semble n'adresser sa Morale austère qu'à la raison. Massillon s'adresse principalement au cœur ; & il faut convenir que celui qui nous fait aimer nos devoirs, est bien supérieur à celui qui se contente de nous les démontrer.

MAYNARD (François) de l'Académie Française, élève de Malherbe. Ses vers, toujours dénués d'inversion, ont en général trop de monotonie, & trop peu d'élévation ; mais ce fut un Ecrivain naturel, facile & correct, qui avait certainement plus de droits aux bontés du Cardinal de Richelieu que les Boisrobert, les Colletet, & beaucoup d'autres Poëtes ses contemporains, qui ne le valaient pas. Les Sonnets chagrins de Maynard contre ce même Cardinal sont peut-être ce qu'il a fait de mieux.

MÉNAGE (Gilles) né à Angers en 1613, mort à Paris en 1692. Il a fait des vers Grecs, Latins, Français & Italiens ; mais c'est dans cette dernière langue qu'il a le plus réussi. Ses poésies Italiennes le firent recevoir de l'Académie *della Crusca*.

Il sentait dans les autres le ridicule du pédantisme dont il était lui-même un peu entiché. On en a la preuve dans sa métamorphose du pédant Montmaur en perroquet.

C'est Ménage que Molière joua dans la Comédie des *Femmes Savantes*, sous le nom de *Vadius* ; mais il eut le bon esprit de ne pas s'offenfer de cette liberté du Théatre. Lui-même avait été fatyrique avec fuccès dans fa *Requête des Dictionnaires*, & perfonne n'é-tait plus pénétré que lui de la néceffité de cette fatyre utile , qui en refpectant les mœurs , répand un jufte ridicule fur de mau-vais Ecrivains , dont les fuccès découragent quelquefois les vrais talens , & déshonorent le goût du Public. Molière , peut-être , au-rait dû l'épargner , d'autant plus que Ména-ge eut le mérite de fentir le premier le génie naiffant de ce grand Poëte Comique. On fait qu'il dit à Chapelain , en fortant d'une repréfentation des *Précieufes Ridicules* : » Nous adorions, vous & moi , toutes les » fottifes qui viennent d'être fi bien criti-» quées. Croyez-moi, il nous faudra brûler » ce que nous avons adoré. .... « Cet éloge en renfermait un bien remarquable de la li-berté courageufe avec laquelle Molière avait ofé jouer tout l'hôtel de Rambouillet. On voit auffi par-là quelle influence heureufe une feule bonne Comédie peut avoir fur les mœurs de toute une Nation.

Au refte , Ménage était un Savant très-ef-timable. Il était bien néceffaire , fur-tout dans ces commencemens de la Littérature , qu'il y eût de pareils érudits. C'eft à leurs travaux qu'on doit la lumière pure dont nous jouif-fons, & qui ne tardera pas à s'éteindre , pré-cifément parce qu'on a voulu réduire en Al-manachs , & en Dictionnaires très-imparfaits, toutes les connaiffances humaines.

La Reine Chriftine honora Ménage de fes
bontés

bontés pendant le féjour qu’elle fit en France. C tte Princeffe qui aimait les Sciences , ne put s’empêcher de diftinguer un homme à qui notre langue doit beaucoup , quoiqu’il n’ait pas été de l’Académie Françaife. Le favant la Monnoye n’a pas jugé au-deffous de lui de donner une édition foignée du *Ménagiana* , dans lequel on trouve beaucoup de chofes curieufes.

MIÉRE (Antoine-Marin le) né à Paris. Il eft à M. Marmontel , dans le genre dramatique , ce que Campiſtron eſt à Racine. Il n’a pas tout-à-fait la déclamation emphatique & la noble enflure de fon modèle ; mais il a trouvé l’art de le furpaffer en dureté , en féchereffe & en bizarrerie.

Toutes les études théatrales de Mr. le Mière femblent n’avoir eu pour objet que l’effet de la pantomime , & la perfpective de la fcène. Peut-être eût il été un excellent décorateur ; mais la nature ne paraît pas avoir eu l’intention d’en faire un Poëte. S’il fe trouve quelqu’un qui ait eu l’intrépidité de lire fes Tragédies, il peut fe vanter de connaître à fond la manière gothique & barbare du fameux Chapelain. Ce n’eft pas que Mr. le Mière n’ait quelquefois des idées affez heureufes.

Un vers noble , quoique dur ;
Peut s’offrir dans la Pucelle.

Mais ordinairement il défigure fes meilleu

res idées par des vers précisément techni-
ques, qui reffemblent à de la profe que l'on
aurait contournée avec effort , & à laquelle
on aurait attaché des rimes comme par gageure.

On invite le Lecteur à tâcher de prononcer ces lignes, prifes au hafard dans la Tragédie de Guillaume Tell.

> Hâte-toi ; fais marcher , fous diverfe conduite ,
> Vers les divers Châteaux notre intrépide élite.
> Tandis qu'avec *Waërner* , *moi* , j'irai fur le *Lac* ,
> Dans l'ombre de la nuit, m'emparer de *Kufnac*.

Et ces autres lignes, non moins helvétiques,
& fidélement extraites de la même Pièce :

> Je pars, j'erre en ces rocs où partout fe hériffe
> Cette chaine de monts qui couronne la Suiffe.

Les Pièces fugitives de Mr. le Mière joignent à cette fingulière mélodie, une origina-
lité fantafque qui les rend extrêmement piquantes. C'eft parmi ces Pièces que l'on trouve ces inconcevables vers adreffés à Mademoifelle Dangeville.

> Ta folâtre féerie accordait des cerveaux
> Les chanterelles élaftiques.

C'eft dans ces aimables Poéfies que l'on
trouve encore un peuple qui tombe *dans l'ornie-*
re de la routine;une onde guéable ouvrant fes lames,
& fur laquelle *les chars rencontrent les bateaux* ,

de manière que *les fouets croisent les rames*, tandis que *des fleuves rient dans leurs barbes limoneuses de ces petites rivières qu'on passe au gué.* C'est là que le Lecteur ne manquera pas d'être frappé de cette agréable antithèse sur la Ville de Tours :

Ville que de tout tems signale
Son Archevêque & ses pruneaux.

Et de cette idée pittoresque sur un Château qui à la vérité n'a ni pruneaux, ni Archevêque ; mais qui en revanche a l'avantage d'être vu de loin, parce qu'il *dresse ses girouettes illustres.*

C'est-là enfin que l'on a grand plaisir à voir

Ces deux fils du siècle d'airain ;
Ces deux fougueux Antagonistes ;
Le Tien, le Mien, le front serain,
De *leurs calculs* brûler les listes
Sourire, & se donner la main.

Un peu revenu de la manie du Théatre & de ces petits vers duriuscules, Mr. le Mière a voulu se signaler dans une autre carrière. Il a entrepris de chanter la Peinture, d'après l'excellent Poëme latin de feu Mr. l'Abbé de Marsy. Ce sujet était beau sans doute, & Mr. le Mière a même observé dans sa Préface, qu'il était bien supérieur à celui de l'Art poétique. C'était un engagement qu'il prenait avec le Public de s'égaler au moins à Boileau, d'au-

K ij

tant plus que fon Poëme avait été très-faftueu-
fement annoncé par des admirateurs mal-a-
droits. Enfin l'Ouvrage a paru, & l'on a cru
lire encore les Tragédies de Mr. le Mière.
Son ftyle, fans aucune exagération, eft à celui de Boileau, ce qu'étaient à la mélodie
enchantereffe de la flûte de Blavet, le bruit
importun d'une fcie, & les aigres frottemens
d'une lime qui mord l'acier. Voyez fur cet
étrange Poëme, où toutes les règles de la
langue & du goût font violées à chaque page, l'extrait judicieux qu'en a donné Mr. l'Abbé Aubert dans le Journal des beaux Arts.

Il eft heureux pourtant que Mr. le Mière
n'ait pas joint à fa manie pour les vers la prétention des longues Préfaces, comme ces Auteurs qui nous accablent régulièrement, au
commencement & à la fin de chacune de leurs
Pièces, de fatiguantes & volumineufes Differtations, & de Poétiques faites exprès pour
leurs Poéfies. C'eft une difcrétion dont· on
doit lui favoir beaucoup de gré.

Au refte, Mr. le Mière a remporté plufieurs
prix dans les Académies de la Capitale & des
Provinces; mais cette facilité à remporter des
prix académiques eft devenue, par une fuite
d'expériences qui ne s'eft prefque jamais démentie, un figne affez infaillible de médiocrité.

MOLIÈRE, (Jean-Baptifte Poquelin de) né
à Paris en 1620, mort en 1673. Le premier
des Poëtes comiques, anciens & modernes.
L'extrême liberté d'Ariftophane ne convenait

guères qu'à un Etat démocratique. Les bons mots de Plaute se ressentaient un peu de la grossièreté de son siècle. Térence ne fut guères qu'un Traducteur élégant : le seul Molière posa d'une main courageuse les bornes que doit avoir la véritable Comédie, dans une Monarchie gouvernée par les bienséances & par les mœurs.

On sent bien que d'après les limites que nous nous sommes imposées, nous ne pouvons nous permettre ici que quelques traits rapides & peu approfondis sur le caractère de ce grand Poëte.

Le premier secret de l'Art de Molière fut sans doute de peindre les hommes qu'il voyait, bravant à la fois l'audace des applications & les vains murmures de ceux dont il représentait naïvement les ridicules, & même les vices.

Il est courageux, mais il est nécessaire de répéter ce que nous avons dit ailleurs, qu'il ne peut exister de bonne Comédie, si l'on retranche au Poëte la liberté de s'emparer de tous les ridicules qui appartiennent de droit à son art. L'homme métaphysique n'est qu'une spéculation vaine, aussi étrangère à la Poésie qu'à la Peinture. Ce sont les individus pris dans la société, qui doivent servir de sujets & de modèles à la Comédie. Seulement on exige de l'Auteur qu'il tâche de masquer son secret, en accumulant sur un seul personnage les traits du ridicule dérobés à plusieurs : de manière que l'ensemble de ces traits réunis ne désigne plus uniquement tel ou tel homme en particulier ; mais frappe à peu-près également fur toute l'efpèce des caractères vicieux que le Poëte s'eft propofé de peindre.

C'eft ainfi qu'Apelle forma fa Vénus, non d'après la plus belle des femmes, qui peut-être n'eût pas fuffi pour rendre toute l'idée qu'il avait de la Déeffe des Graces; mais d'après la réunion de plufieurs Beautés, dont chacune lui fournit plus ou moins les détails qui pouvaient atteindre au modèle que fon imagination avait conçu.

On doit avouer que cette loi impofée au Poëte Comique a tourné quelquefois au profit du génie. Cependant Molière, à l'exemple d'Ariftophane, s'éleva fouvent au-deffus de cette contrainte. Encouragé par Louis XIV, il ofa franchir une loi dont l'obfervation fuperftitieufe eût gêné fon effor : car le génie ne peut s'immoler toujours aux règles pufillanimes que lui-même n'a pas dictées, & qui ne font en effet que des bienféances de pure convention.

On fait à combien de gens reffemblait fon Tartuffe ; on connaît même l'homme en place accufé, par la voix publique, d'avoir fervi de modèle à ce perfonnage hardi. Molière n'en eût pas moins le courage de déclarer à Louis XIV qu'il fallait ou lui permettre le Tartuffe, ou qu'il renonçât déformais à la Comédie.

On fait que prefque toutes les anecdotes de la Cour & de la Ville, dès qu'elles lui femblaient convenir à fon art, venaient fe placer tour-à-tour dans fes Pièces immortelles, qui n'en avaient que plus de mérite pour les

Spectateurs, charmés de retrouver sur le Théatre les Scènes de ridicule que les originaux de Molière avaient données dans la société.

On fait par exemple que le trait de Bertrand de Sotenville, qui eut le crédit de vendre tout son bien pour faire le voyage d'outre-mer, fut appliqué à Mr. de la Feuillade, qui avait dérangé sa fortune pour mener au siège de Candie trois cens Gentilshommes équipés à ses dépens.

On fait que l'impertinent Chasseur de la Comédie des *Fâcheux*, n'était autre que le Marquis de Soyec****.

On fait que ce Gros-Pierre, qui prit le nom pompeux de Mr. de l'Isle, désignait Thomas Corneille, qui s'avisa de quitter le beau nom de Corneille, en effet très-dangereux pour lui, pour prendre le nom de Mr. de l'Isle.

On fait que dans la Pièce des *Femmes Savantes*, Cotin, Ménage, Madame Dacier, & tout l'hôtel de Rambouillet furent joués. On fait même que Madame de Rambouillet, qui était à la première représentation de cette Comédie, dit en sortant à Ménage : » Quoi ! » Monsieur, vous souffrirez que cet impertinent de Molière nous joue de la sorte ? « Et que celui-ci eut le bon esprit de répondre : » Madame, j'ai vu la Pièce. Elle est parfaitement belle, & l'on n'y peut trouver rien à » redire, ni à critiquer. «

On fait qu'on croyait Mr. de Montauzier lui-même caractérisé dans quelques-unes des brusqueries du *Misantrope*.

K iv

On fait que dans l'*Amour Médecin*, les quatre premiers Médecins de la Cour, MM. Desfougerais, Efprit, Guenaud & d'Aquin, furent repréfentés naïvement fous les noms de MM. Desfonandrés, Bahis, Macroton & Tomes, noms comiques, qui avaient été fournis à Molière par fon ami Defpréaux, & qui fervaient à défigner plus particulièrement encore ces mêmes Médecins. Tous ces noms étaient dérivés du Grec. Celui de Desfonandrés, qui veut dire *tueur d'hommes*, s'appliquait à Mr. Defougerais ; celui de Bahis à Mr. Efprit, affligé d'un bredouillement glapiffant & rifible ; celui de Macroton à Mr. Guenaud, à caufe de fon parler lent & défagréable ; enfin celui de Tomes à Mr. d'Aquin, partifan fanatique de la faignée. Il ne faut pas oublier que pour rendre la plaifanterie plus agréable à toute la Cour, les Acteurs chargés de ces Rôles, les repréfentèrent avec des mafques que Molière avait fait faire exprès, & qui imitaient parfaitement la figure de ces Meffieurs. C'était véritablement la Comédie d'Ariftophane.

On fait que toute la Pièce du *Mariage forcé* n'avait pour bafe que le mariage en effet un peu forcé du Comte de Grammont avec Mademoifelle Hamilton.

On fait que le nom de *Tartuffe* même, qui s'était appellé d'abord *Panulphe*, avait été fourni à Molière par une anecdote plaifante arrivée à la table d'un Eccléfiaftique (*) du

(*) Voyez la Vie de Ninon l'Enclos par Mr. Bret.

premier rang; & que les interrogations que fait en latin Mr. Bobinet à son Elève, dans la Comtesse d'*Escarbagnas*, faisaient allusion aussi à une autre anecdote du tems.

Cette liberté de ne laisser échapper aucun des traits comiques que lui fournissait la société, fut pour Molière une source inépuisable d'excellentes plaisanteries. En vain on criait à la satyre comme si la Comédie pouvait être autre chose que l'imitation & par conséquent la satyre des mœurs; Molière avait l'avantage de vivre dans un siecle plein de nerf & de courage, fertile en ames fortes & vigoureuses, à qui les vaines clameurs de l'Envie étaient peu capables d'en imposer. Ceux qui présidaient alors au Gouvernement avaient eu le mérite de sentir qu'un excellent Poëte Comique, avec les seules armes du ridicule, pouvait avoir sur les mœurs de toute la Nation l'influence la plus utile ; maintenir une balance à-peu près égale entre les différentes Conditions de l'Etat, balance qui importe infiniment plus qu'on ne le croit à la tranquillité d'une Monarchie ; réprimer à propos l'orgueil ou l'ambition de certains ordres de Citoyens qui peuvent devenir dangereux, en s'arrogeant insensiblement des prérogatives qui ne leur appartiennent pas, & qui n'étaient point à craindre lorsqu'ils se trouvaient confondus dans la classe des Citoyens dont il était permis de rire. On ferait un volume sur l'utilité dont pourrait être un homme tel que Molière à une administration éclairée.

L'esprit juste & naturel de Louis XIV sem-

blait lui avoir révélé une partie de ces grandes
vues. Souvent ce Prince, près de qui la fortune avait placé Molière (circonſtance néceffaire peut-être au repos de ce grand Poëte)
daignait lui indiquer lui-même les ridicules
qui pouvaient être échappés à ſon pinceau.
Auſſi trouverait-on dans ſes Comédies, plutôt
que dans notre Hiſtoire, le vrai caractère de
la Nation ; & c'eſt là ce que des Commentateurs, qui auraient quelque talent, devraient
ſur-tout y chercher. Mais que pour la gloire
de Molière & de la France, ce Commentaire digne de nos plumes les plus ſavantes, ne
ſoit jamais livré à des mains profanes !

La ſeule Comédie du *Tartuffe*, qui n'avait
eu de modèle chez aucune Nation, ſoit par la
hardieſſe de ſon ſujet, ſoit par les difficultés
qu'il offrait à vaincre, ſoit par les fineſſes de
l'art que l'on y découvre à chaque ſcène, ſoit
enfin par l'hiſtoire de la perſécution momentanée que cette Pièce attira ſur l'Auteur, peut
donner lieu à plus de remarques utiles que
tout le reſte de nos Théatres pris enſemble.

Au reſte, en démontrant, comme nous le
faiſions à l'inſtant, la néceſſité des perſonnali-
tés dans la Comédie, nous n'avons pas prétendu alarmer les Citoyens ; mais ſeulement
indiquer au Gouvernement une de ſes reſſources, pour faire tomber ſans violence des abus
que les loix n'ont pu prévoir, ou qu'elles ne
peuvent réprimer. C'eſt à lui de ſaiſir ce juſte
milieu, qui en accordant aux Arts toute la
liberté qui leur eſt due, empêche cette même liberté de dégénérer en licence. C'eſt à

lui enfin de favoir employer le ridicule comme un fupplément à l'infuffifance des loix.

Que les Citoyens d'ailleurs foient fans inquiétude. Nous l'avons déjà dit quelque part : des ridicules communs & vulgaires, tels que la plupart de ceux qu'on apperçoit, ne méritent pas même un coup d'œil d'un Poëte Comique, bien loin de pouvoir fervir à la correction des mœurs, & à l'amufement d'une Nation vive & brillante. Les vrais originaux font très-rares ; & il y a bien des gens qui ont la folle vanité de fe croire des perfonnages dignes de la fcène, dont l'Auteur le plus fatyrique tranquilliferait bien l'efprit, s'il était à portée de leur dire ce qu'il penfe de leurs ames nulles & fans phyfionomie. Tous les portraits ne font pas faits pour être expofés au Sallon, & tous les caractères ne font pas dignes du Théatre. Obfervons encore qu'il n'eft pas poffible de bien peindre un perfonnage vicieux ou feulement ridicule, fans qu'on lui trouve dans le monde une infinité de copies. Souvent le véritable original qui a fervi de modèle au Poëte échappe à l'application, tandis qu'elle va fe partager fur des gens auxquels l'Auteur n'avait jamais penfé, & dont même il ne foupçonnait pas l'exiftence avant que la malignité des Spectateurs vînt la lui révéler. Or toute application ainfi divifée ceffe par-là même d'être une perfonnalité offenfante. Nous garantiffons la juftefle de cette obfervation d'après l'expérience que nous en avons faite nous-mêmes plus d'une fois , & fur-tout à l'occafion de la Comédie des *Phi-*

lofophes, s'il eft permis de rappeller aucune Comédie quand on parle de Molière.

Une des loix que fe prefcrivit encore ce Grand Homme, & qui ne contribua pas moins que fa liberté courageufe à la perfection de fon art, ce fut de choifir conftamment fes perfonnages dans la vie commune, qui eft la plus propre à fournir à la fcène des ridicules faillans, & qui ont précifément la charge du Théatre. On fait qu'il ne dérogea à cette règle que dans la Comédie du Mifantrope, le feul des caractères qu'il ait traités que le peuple ne devait pas lui fournir. Mais nous avons développé ailleurs cette idée (*) ; & depuis, quelques Ecrivains célèbres nous ont fait l'honneur de l'adopter.

Nous avions fait fentir auffi l'avantage qu'avait eu Molière d'employer dans fes Comédies beaucoup de traits d'une plaifanterie naïve, tels que ces ingénuités fi piquantes d'*Agnès*, dans l'*Ecole des Femmes*, qui bleileraient aujourd'hui la délicateffe hypocrite de nos oreilles, tandis que nous allonstous les jours nous dédommager à des Spectacles forains, libres jufqu'à l'indécence, de ces entraves qu'une vaine affectation de pudeur a données au Théatre de la Nation, fous prétexte de l'épurer. Cette conduite n'a que l'apparence d'une contradiction, & ne paraîtra pas étonnante à quiconque aura obfervé que plus on a de mora-

***

(*) Voyez le Difcours préliminaire de la Comédie des Tuteurs,

le en paroles, moins on a de mœurs en réalité.

Nous ne pouvons nous refuser à l'idée de
confidérer un moment Molière comme un Légiflateur qui exerça fur les Français une forte
de Magiftrature, d'autant plus puiffante qu'il
ne l'exerça que par fon génie, & que rien
à l'extérieur ne décélait au vulgaire le fecret
de fon adminiftration.

Il nâquit dans les circonftances les plus heureufes où il pouvait naître, fous un Prince
qui le protégea contre les ennemis que devaient néceffairement lui donner & le genre
& la fupériorité de fes talens. On trouve dans
un Mémoire que lui adreffa Molière en faveur d'un Médecin, des traces précieufes de la
familiarité à laquelle ce Monarque, quoique
faftueux, daignait admettre ceux de fes fujets
qui illuftraient fon régne.

Le goût des amufemens nobles & ces fêtes
ingénieufes & brillantes qui faifaient de la
cour de Louis XIV le rendez-vous des Etrangers & l'admiration de l'Europe; l'efprit de
gaîté alors généralement répandu par une
fuite de la confidération & de la profpérité
dont jouiffait la nation; cet efprit de gaîté
que la manie philofophique a depuis defféché
dans fa fleur, lorfque las, pour ainfi dire
d'être Français, quelques raifonneurs mélanco-
liques ont voulu nous livrer au délire fombre
des idées Anglaifes; enfin l'émulation entrete-
nue fans ceffe par le concours d'une foule
d'excellens efprits que la nature fembla prodiguer dans ce beau fiècle : toutes ces circonftances réunies contribuèrent à donner à la

France un homme tel que Molière.

Quel assemblage heureux d'événemens né-
cessaires peut-être au développement d'un pareil génie ! Tandis que pour l'arrêter dans son
essor, il ne faudrait de nos jours qu'un Trissotin en faveur dans quelques Bureaux d'esprit,
qu'un Zoïle en place, enfin qu'un seul homme puissant trop peu sensible à la gloire, ou
trop faible pour accorder au mérite une protection généreuse contre les fureurs de l'Envie.

Il résulte de ce petit nombre d'observations
jettées à la hâte dans un sujet si riche, que
personne ne porta dans le cœur humain un
coup d'œil plus sûr & plus profond que ce
Poëte, qui est en même - tems le plus grand
Philosophe dont la Nation ait à s'enorgueillir.
Non-seulement il semble avoir épuisé toutes
les sources du rire, & les différens caractères
dont il s'est emparé ; mais encore ceux mêmes
qu'il n'a fait pour ainsi dire, qu'effleurer dans
quelques scènes de ses Pièces inimitables. Il y
a tel sujet de Comédie que peut-être on n'o-
sera jamais tenter, uniquement parce que Molière en a crayonné les premiers traits ; &
c'est en ce sens l'homme qui a fait le plus de
larcins à la postérité. Qui oserait, par exemple
traiter le sujet de *Railleur*, après la scène de
Clitandre & de Trissotin dans les *Femmes Savantes* ?

Toutes les innovations que l'on s'est per-
mises depuis ce Grand Homme, sous prétexte
de réformer ou d'ennoblir le genre, n'ont
tourné qu'à la ruine de la vraie Comédie. Les
uns ont cru imiter la nature en saisissant quel-

ques détails minutieux des usages de la vie
commune. Ils ont cru mettre de la vérité dans
leurs Pièces, en rendant avec fidélité les dé-
corations d'un appartement ou de petites attitudes domestiques, dont ils ont eu soin de
noter ennuyeusement la pantomime dans leurs
Drames. Toutes ces puérilités à prétention
indignent les vrais connaisseurs & font même
une secrette pitié à ceux qui feignent le plus
de les admirer.

D'autres au lieu de peindre les hommes tels
qu'ils sont, nous ont donné des Romans qu'on
pourrait tout au plus regarder comme des ex-
ceptions aux événemens ordinaires de la vie,
& comme les aventures bizarres de quelques
individus de notre espèce. En établissant sur des
événemens peu vraisemblables un intérêt chi-
mérique, ils ont prétendu remplacer le Peintre des ridicules, & l'Historien des mœurs;
mais malgré leurs efforts, tous ces Ecrivains
à la mode ne nous ont appris qu'à regretter
Molière davantage.

On a souvent agité l'inutile question de la
prééminence entre les deux genres dramatiques. On a voulu savoir qui de Melpomène
ou de Thalie méritait le plus d'honneurs. Il nous
semble que Molière a résolu ce problême,
& qu'il a décidé sans retour la victoire en
faveur de la Muse comique. En effet Corneille
a eu parmi nous plus d'un successeur digne de
balancer sa gloire, & Molière est encore sans
émule. Il en fut à peu-près de même chez les
Grecs. Ils eurent un Eschile, un Sophocle,
un Euripide, mais leur Théatre ne nous a

confervé qu'un Ariftophane. Ménandre, dont
on a beaucoup vanté l'élégance, a toujours
été regardé comme très-inférieur à ce Poëte
du côté de la force comique. Il paraît donc
plus aifé d'avoir plufieurs Corneilles qu'un
feul Molière ; & véritablement nous voyons
encore une foule de jeunes gens fe fignaler
plus ou moins dans le genre tragique, tandis que dans l'autre genre on diftingue à peine éncore quelques heureux effais qui ne font
pas même encouragés.

On a reproché à Molière de n'avoir pas
été toujours correct; mais on n'a point affez
remarqué l'énergie fingulière de fon ftyle, énergie alliée par-tout à la plus étonnante facilité.
Malheur aux Ecrivains froids, qui plus frappés
de quelques fautes de détail qu'on peut trouver fans doute dans le ftyle de Molière, que
des beautés dont il étincelle, croiraient que
même en cette partie il exifte un meilleur
modèle ! Qu'ils indiquent s'ils le peuvent, un
Poëte comique dont on ait retenu plus de
traits dont plus de vers foient demeurés proverbes; qu'ils tâchent enfin d'oppofer au Mifantrope quelques Pièces de nos jours dont
le coloris foit plus vrai, plus naturel, plus
brillant.

Mais c'eft l'Art du Dialogue fur-tout qui a
donné le plus de vie aux Comédies de Molière & qui paroît aujourd'hui le plus négligé. Ce mérite fi rare & l'extrême fimplicité
des plans dans les Pièces de caractère (fimplicité dont ce grand Poëte lui-même n'avait
fenti toute la néceffité que vers le milieu de

fa carrière) font les feuls indices auxquels le Public éclairé pourrait reconnaître ceux qui feraient véritablement appellés à tenir quelque rang parmi les fuccefleurs de Molière.

Nous ne pouvons mieux terminer cet article que par un rrait qui fait à la fois l'éloge de trois Grands Hommes. Louis XIV eut la curiofité louable d'apprendre par qui fon rè·gne avait été le plus illuftré. Quel eft le plus grand génie de mon fiècle, demanda un jour ce Prince à l'ami de Racine, au célèbre Defpréaux? C'eft Molière répondit ce judicieux Critique; & la poftérité a confirmé fa décifion.

Molière ne fut point de l'Académie Françaife. On nous répondra qu'il était Comédien. Nous le favons, & ce ferait un reproche à faire à la mémoire de Louis XIV, que de ne l'avoir point obligé à quitter le Théatre. Ce Grand Homme, qui ne fut jamais qu'un acteur affez médiocre, débarraffé des foins de fa troupe, nous eût donné peut-être vingt chefs-d'œuvre de plus. Quelle irréparable perte que celle du tems de Molière!

MONNOYE (Bernard de la) de l'Académie Françaife, né à Dijon en 1641, mort en 1728, Critique très-favant. Il eut comme Ménage la facilité de faire des vers dans prefque toutes les langues; mais quelques-uns de fes Poëmes Français, & entr'autres celui du *Duel aboli*, qui remporta le premier prix que l'Académie ait diftribué, font très-fupérieurs à tous les vers de Ménage.

Les Noëls Bourguignons de Mr. de la Monnoye font auffi eftimés à Dijon, que les Poéfies Languedociennes du Chanoine Goudouly
le font à Touloufe; mais les jargons irrégu-
liers de nos Provinces, quoiqu'ils puiffent
fournir quelques expreffions énergiques ou
naïves, ne font pas faits pour fe naturalifer
avec notre langue; & nos Poëtes n'auront
jamais à cet égard la liberté des Grecs, qui
employaient à leur gré les différens dialectes de leur pays.

MONTAGNE (Michel Eyquem de) né
dans le Périgord au Château de Montagne en
1538, mort en 1592. Philofophe très-hardi
pour fon tems, très- fceptique, mais dont le
pyrrhonifme s'arrêta cependant au doute raifonnable. Ses Effais font encore entre les mains
de tout le monde. C'eft fur-tout dans les Ouvrages du célèbre Citoyen de Genève qu'on
peut apprendre à les eftimer. On fera furpris
de l'ufage heureux qu'il a fait de cette fource,
quoiqu'il femblât qu'elle dût être tarie depuis longtems par les richeffes qu'elle a four-
nies à nos Philofophes les plus diftingués. Mr.
Rouffeau après eux, a trouvé moyen d'y en
puifer de nouvelles; mais à leur exemple il
fe les eft fouvent appropriées fans en faire hommage à Montagne.

La philofophie de ce dernier n'a rien d'a-
ride & n'eft altérée par aucun mêlange de pédantifme. Montagne eft un homme du monde
qui en s'obfervant lui-même & en ofant ne
rien diffimuler de fes obfervations, a fait fans

paraître y penfer, le portrait le plus naïf & le
plus fidèle de l'efpèce humaine. Ses couleurs
font vives, animées, pleines d'énergie. Il s'em-
pare de l'imagination de fes Lecteurs, de manière que malgré les tours vicieux & irrégu-
liers du langage de fon tems & les défauts
particuliers de fon ftyle, c'eft un de ces Auteurs que l'on ne quitte jamais fans peine &
à qui l'on revient toujours avec un nouveau
plaifir. On trouve dans fes Effais une foule
d'expreffions qui ont vieilli, mais que l'on
regrette par la fingulière vigueur qu'elles empruntent de l'art avec lequel il a fu les employer. On fent qu'on ne pourrait l'épurer
fans l'affaiblir, & enfin on lui pardonne tout,
parce qu'il eft un de ces hommes rares qui ont
réuni au plus haut degré le talent de plaire &
le mérite d'inftruire.

Son fcepticifme qui ferait pour la plûpart
des hommes un état de trouble & d'anxiété,
était pour Montagne, d'après fes expreffions
mêmes, un oreiller fur lequel il repofait mollement fa tête. Ce fcepticifme prenait fa fource dans fon imaginaion trop féconde. Elle
était pour fa raifon, dit ingénieufement Mr.
Marmontel, ce qu'eft pour les yeux un cryftal
à plufieurs facettes qui rend douteux l'objet
véritable à force de le multiplier.

MONTESQUIEU (Charles de Sécondat
de) de l'Académie Françaife, né en 1689,
mort en 1755. Ses Lettres Perfanes ne font
pas un ouvrage de plaifanterie comme l'a dit
un Ecrivain célèbre, Mr. de Montefquieu y

traite fouvent les objets les plus graves avec
cette hardieffe & cette profondeur qui ont
caractérifé depuis l'immortel Ouvrage de l'*Efprit des Loix.*

Cette dernière production eft un monument de génie & non pas un Recueil d'Epigrammes, ainfi que l'a avancé un peu trop
légèrement l'Auteur d'une Lettre adreffée au
favant Abbé d'Olivet. L'admiration de l'Europe femble avoir impofé filence aux détracteurs de Mr. de Montefquieu. Sa philofophie
a éclairé le monde. Il n'a eu pour ennemis
que des fanatiques obfcurs qui le critiquaient
fans l'entenure & qu'il a rendu ridicules à
jamais, quand il a daigné leur répondre.
Mais s'il eut des Cenfeurs téméraires, il faut
convenir auffi qu'il a eu une foule d'imitateurs médiocres qui femblent n'avoir ufurpé
le nom de Philofophes que pour nous dégoûter de la philofophie.

La poftérité trouvera fans doute fingulier
que le Temple de Gnide, cette production
légère d'une imagination voluptueufe & rian-
te, ait été conftruit par la même main qui
avait tracé, avec l'énergie de Tacite, le tableau intéreffant & rapide des Caufes de la
grandeur & de la décadence des Romains,
qui depuis éleva l'immenfe édifice de l'Efprit
des Loix.

La grande réputation de cet Ouvrage, qui
a été très-bien analyfé par Mr. d'Alembert,
l'expofa, comme nous l'avons dit, aux jugemens précipités de l'ignorance & de l'envie.
La faine critique n'eft venue qu'après, & fans

rien diminuer du respect qu'on doit à la mémoire de Mr. de Montesquieu, elle a trouvé
dans son Livre quelques citations, quelques
faits & quelques principes hasardés. L'Auteur
semble souvent avoir tiré de certains usages
particuliers des conséquences trop générales.
Il a été trompé par des Voyageurs, ou il a
pris trop légérement chez eux ce qui lui ser-
vait à appuyer son système. Il a puisé dans
Bodin sa distinction des Gouvernemens & de
leur Esprit. Enfin il est difficile de croire que
Mr. de Montesquieu ait employé autant d'années qu'il le dit à méditer ce grand Ouvrage,
qui paraît en beaucoup d'endroits un élan
du génie, plutôt que le fruit d'une médita-
tion lente & réfléchie. Quoi qu'il en soit, il
n'est pas donné à tout le monde de se tromper comme lui, & ses fautes mêmes décèlent toujours un grand maître. Le plus court
de ses Chapitres vaut souvent mieux que bien
des Livres composés par des esprits plus mé-
thodiques.

Mr. de Montesquieu, Bossuet, Fénelon, &
quelques autres hommes de cette classe supérieure, ne paraissent pas avoir rendu à notre
Poésie toute la justice qu'elle mérite. Peut-
être n'ont-ils pu lui pardonner les essais malheureux qu'ils avaient fait en ce genre ; &
en effet on aurait dû pour leur gloire avoir
l'attention de les supprimer. Les petites fai-
blesses des Grands Hommes ne tirent point à
conséquence pour eux; mais il arrive que des
Singes s'étudient à les contrefaire, & c'est de-
là que nous vient cette foule d'Esprits secs

& froids qui fe liguent aujourd'hui contre le plus beau des Arts. Ce font des Eunuques qui fe vengent de leur impuiffance en décriant le plaifir qu'ils ne peuvent connaître.

MOREAU (Jacob-Nicolas) Avocat au Parlement. Il a fait plufieurs Ouvrages relatifs aux événemens politiques de notre tems, qui font écrits avec une précifion élégante. Mais on lui eft redevable fur-tout du *Mémoire pour fervir à l'Hiftoire des Cacouacs.* Cette Brochure, à la fois très-piquante & très-judicieufe, parut quelque-tems après *les petites Lettres fur de grands Philofophes*, & avait le même objet: celui de faire fentir la ridicule vanité d'une fecte impérieufe & hautaine, qui avait ufurpé long-tems la plus grande confidération, en faifant fervir à fa célébrité le mot impofant de philofophie.

Molière mourut fans doute trop tôt. S'il eût vécu jufqu'à nos jours, quel ridicule immortel n'eût-il pas jetté fur un des plus abfurdes délires qui ait jamais fait époque dans notre Hiftoire littéraire ? Lorfque la Nation aura repris fon fang-froid fur des Ecrivains pleins d'orgueil, qui à force de manège étaient parvenus à lui dérober une forte d'admiration, elle aura peine à concevoir par quel art on avait pu jetter fur elle un pareil efprit de vertige : mais comme nous fommes Français, nous finirons fagement par en rire.

MORLAIX ou MORELLET (l'Abbé)

né à Lyon. Pour se donner une existence
dans la Littérature, il se jetta d'abord dans le
parti philosophique, auquel il se dévoua
comme les Codrus & les Décius se dévouè-
rent pour leur Patrie. Cet Abbé n'est dépourvu ni de connaissances ni d'esprit. Il écrit
même avec correction, quelque chaleur &
beaucoup de dureté. On lui attribue le Libelle intitulé *la Vision*, & des Notes sur la *Priè-
re universelle*, imitée de l'Anglais de Pope,
par M. de Pompignan, qui tiennent aussi de
fort près au genre des Libelles.

M. l'Abbé Morellet a fait de son esprit un
usage plus convenable, en traduisant de l'Italien le Traité *des Délits & des Peines*, Ouvrage fait pour adoucir les hommes, & qui
peut contribuer, en leur inspirant plus d'indulgence les uns envers les autres, à les rendre meilleurs & plus heureux.

Cet Ecrivain fera certainement beaucoup
mieux de traduire ou de composer, s'il le
peut, des Livres utiles que de déshonorer
ses talens par des Satyres calomnieuses.

Nous souhaitons beaucoup de prospérités à
son Dictionnaire du Commerce. Nous aurions voulu seulement ne pas lire dans le
Prospectus qu'il en a publié, qu'on peut con-
sidérer l'argent *comme un mouton abstrait*. Ce
jargon pédantesque & métaphysique n'est pas
le style propre à des Dictionnaires ; & lorsqu'on écrit pour des Commerçans, il faudrait du moins que la Philosophie daignât se
rendre intelligible.

MOTTE (Antoine HOUDART de la) de l'Académie Françaife, né à Paris en 1672, mort en 1731. Avec beaucoup d'efprit il a contrefait Homère, Anacréon, Virgile, la Fontaine & Quinault, comme le finge contrefait l'homme. Il a fubftitué au naturel, au fentiment, aux graces, l'art, le bel efprit & le jargon.

La plupart de fes vers ne font pas moins froids, moins fecs, moins durs que ceux de Chapelain. Sa profe au contraire eft correcte, harmonieufe, féduifante ; mais on doit avertir les jeunes gens de ne la lire qu'avec une extrême défiance ; car dans tous fes Difcours, il ne ceffe de tendre des pièges au goût de fes Lecteurs, en mettant avec une adreffe infinie leur amour-propre dans les intérêts de fa penfée. C'eft ce qu'on remarque fur-tout dans fes Réflexions fur la Critique. Les paradoxes les plus finguliers y font expofés de manière à s'en laiffer furprendre, fi l'on perd un inftant de vue que l'Auteur ne cherche à les établir qu'en faveur de fes Ouvrages.

Perfonne n'eut peut-être plus d'efprit que lui. Auffi Mr. de Fontenelle difait-il que le plus beau trait de fa vie était de n'avoir jamais été jaloux de Mr de la Motte. Mais perfonne n'eft en même-tems plus propre à marquer l'intervalle immenfe qui fépare le bel efprit, du génie.

Mr de Fontenelle difait encore, avec l'intention de le louer, qu'il voulut être Poëte & qu'il le fut. En effet Mr. de la Motte s'effaya dans tous les genres de Poéfie ; mais le coloris, cette partie effentielle de l'art, lui manqua presque toujours; & c'eft fans doute parce qu'il le fentit lui-même, qu'il prit enfin tant d'humeur contre la Poéfie. Il eft le premier qui ait entrepris de mettre en vogue le ridicule projet de faire des Tragédies & des Odes en profe. Ses Fables, quoique ingénieufes, font auffi inférieures à celles de la Fontaine, que fon informe abrégé de l'Iliade eft au-deffous du Poëme d'Homère.

Une des plus grandes erreurs de Mr. de la Motte fut de croire que l'efprit feul tenait lieu de tout. Cette opinion l'égara dans le parti de Perrault & des autres détracteurs des Anciens, dont il ne pouvait juger les Ouvrages que fur le rapport infidèle des Traductions.

On a répété fouvent que les vers de la Motte étaient extrêmement penfés, & que même, en qualité de penfeur, il devait avoir le pas fur Rouffeau. Ceux qui ont voulu établir ce paradoxe, ont affecté de confondre le mafque & le vifage. La Motte emploie, il eft vrai avec recherche, le jargon & l'appareil de la Philofophie, il en devient pour ainfi dire technique; en un mot il ne quitte jamais la fourrure doctorale & le ton dogmatique; mais aux yeux des connaiffeurs délicats, il paraîtra toujours vuide & fec à côté de Rouffeau. Ce dernier a réellement dans fes Ouvrages toute la faine Philofophie, dont la Motte n'a que l'extérieur.

L'Auteur du Dictionnaire Philofophique (article Critique) a cru prouver la fupériorité de la Motte, en oppofant quelques-uns de fes

vers les mieux faits aux vers de Rousseau les
plus négligés. Ce petit artifice n'en imposerait tout au plus qu'à des enfans. Avec une
pareille méthode, il serait aisé à Mr. Fréron
de mettre le dernier de nos Poëtes au-dessus
de Mr. de Voltaire.

On doit placer la Motte au nombre de ces
Auteurs qui ont eu de leur vivant une réputation trop au-dessus de leurs talens, & dont
la postérité se venge ensuite en les rabaissant
au-dessous de leur valeur.

La Tragédie d'Inès de Castro, Pièce dénuée de poésie, mais d'un effet prodigieux
au Théâtre, conservera cependant à cet Ecrivain une longue célébrité. Quelques-unes de
ses Comédies, & principalement celle du
Magnifique, prouvent encore avec quelle souplesse, sans avoir le génie d'aucun genre, son
bel esprit savait se plier à tout. Elles plaisent aux représentations & à la lecture.

N.

N********* (M. le D. de) de l'Académie
Française. Il serait inutile de rapporter ses autres titres dans des Mémoires purement littéraires. Nous avons déjà observé que le premier de tous était sans contredit le mérite
personnel.

Quand M. le D. de N***. ne serait connu
que par ses Réflexions critiques sur le génie
d'Horace, de Despréaux & de Rousseau, son
nom n'en serait pas moins illustre. Jamais on
n'a renfermé en un moindre volume un sens

plus fin, plus délicat, plus exquis. On croirait
que le Goût lui-même & les Graces ont dicté ses observations pour l'honneur des trois
Poëtes qui en ont été le plus familièrement
inspirés. Il est remarquable que malgré la con-
tagion du goût moderne, celui de M. le D.
de N***. se soit conservé aussi pur & qu'il ait
rendu à Despréaux sur-tout & à Rousseau, une
justice que l'on affecte aujourd'hui de leur refuser, même dans des Poëtiques. C'est asso-
cier son nom à celui de ces hommes sublimes
que de sentir si vivement leurs beautés.

M. le D. de N***. nous paraît à cet égard
d'autant plus digne d'éloges qu'il avait à combattre non seulement les préjugés de nos beaux
Esprits, mais encore un sentiment d'aversion
pour le genre satyrique qu'il ne dissimule pas
& qui tient sans doute à l'aménité de son caractère. C'est apparamment par une suite de
cette antipathie qu'il appelle les Epigrammes
de Rousseau, *des traits où l'esprit se pare des
défauts du cœur*. Nous croyons ce jugement
trop rigoureux. Il nous semble que M. le D.
de N***. ne se rappelle point assez que ce
grand Poëte victime de la haine & de la persécution, n'a employé le ridicule qu'à se venger de l'injustice. Il oublie que des Epigrammes qui ne tombent que sur des productions
littéraires n'annoncent souvent que la gaîté
de l'esprit, & non pas la dépravation du
cœur comme les Libelles calomnieux; en un
mot, que ce n'est pas plus un crime de dire
plaisamment qu'un mauvais Ouvrage est mauvais, que de le témoigner de toute autre ma-

nière & que même rien ne parait plus propre à faire pardonner à fon Auteur l'exiftence d'un méchant Livre que le bon mot dont
ce Livre a été l'occafion.

Le mérite des Réflexions de M. le D. N***.
ne fe borne pas à l'analyfe fine & raifonnée
qu'il y fait de ces trois Poëtes. Il traduit Horace comme il le juge. On ne peut fe refufer
au plaifir de tranfcrire ici ce morceau charmant tiré de la feizième Ode du Livre 3.

Un clair Ruiffeau, de petits bois,
Une fraiche & tendre prairie,
Me font un tréfor que les Rois
Ne pourraient voir qu'avec envie.
Je préfère l'obfcurité
Qui fuit la médiocrité,
A l'éclat qui fuit la puiffance:
Le Riche eft au fein des plaifirs;
Moins heureux par la jouiffance,
Que malheureux par fes defirs.

Je n'ai point ces riches habits
Qu'avec orgueil Plutus étale.
Ni vins rares, ni mets exquis,
Ne couvrent ma table frugale.
Mais dans ma douce pauvreté,
De la dure néceffité
J'ignore l'affligeante peine.
Je jouis d'un deftin heureux.
Et n'ai-je pas toujours Mécène
Si je voulais former des vœux?

Le talent de la Poéſie pourrait être regardé comme héréditaire dans la Maiſon de Mr. le D. de N***. On a retenu les vers ſatyriques & pleins d'énergie que fit ſon Aïeul contre le fameux Abbé de Rancé, Réformateur de la Trappe. Il eſt à regretter ſeulement que des ſéductions de ſociété aient égaré M. le Duc de Nevers dans le parti oppoſé à Deſpréaux & à Racine, & que ſon amitié pour Madame Deshoulières l'ait mis dans le cas de protéger Pradon. Ce n'était point à Mécène de ſe montrer injuſte envers Virgile & Horace, ni d'embraſſer la querelle de Mévius.

O.

OLIVET (l'Abbé Joſeph THOULIER d') de l'Académie Françaiſe, né à Salins en 1682, mort à Paris en 1768. L'un des meilleurs & des plus fameux Grammairiens de ce ſiècle, & l'un des Ecrivains qui ſe ſont oppoſés le plus conſtamment aux ravages du néologiſme & du mauvais goût.

Ses Remarques ſur les Tragédies de Racine prouvent qu'on peut connaître parfaitement la langue, & ignorer quelquefois les privilèges de la Poéſie. Il eſt le premier qui ait remarqué & déterminé notre Proſodie Françaiſe. Il a traduit pluſieurs Ouvrages de Cicéron, & il était digne de les traduire.

Il eſt rare que les Poëtes ſoient mieux diſpoſés en faveur des Grammairiens que des Géomètres. C'eſt ce que prouve l'Epigramme ſuivante de Mr. Piron contre l'Abbé d'Olivet;

mais on fent bien que ce n'eft pas fur une plaifanterie qu'on doit juger d'un homme de mérite.

> Ci Gît Maître Jobelin,
> Suppôt du pays latin,
> Juré pefeur de diphtongue;
> Rigoureux au dernier point
> Sur la virgule & le point,
> La fyllabe bréve & longue;
> Sur l'accent grave & l'aigu,
> Sur le tiret - contigu,
> L'a voyelle, & l'u confonne;
> Ce charme qui l'enflamma
> Fut fa paffion mignonne;
> Son huile il y confomma:
> Du refte, il n'aima perfonne;
> Perfonne auffi ne l'aima.

P.

PALISSOT (*) (Charles de Montenoy) né à Nancy en 1730, Auteur de la Comédie des *Philofophes*, de quelques autres Pièces de Théâtre, & du Poëme de la *Dunciade*. Ses amis prétendent qu'en lifant fes Ouvrages on s'apperçoit qu'il a fait une étude affez heureufe d'Ariftophane, de Lucien, de Molière, de Boileau, & en général des bons modèles. Mais fes ennemis affurent que c'eft un homme fans

---

(*) Cet article eft des Editeurs.

foi, sans probité, sans religion, sans mœurs
une ame sombre & dévorée de fiel, un ban-
queroutier, un voleur, un ingrat, un fourbe,
un traître, un méchant, un flatteur, un envieux,
un calomniateur, un hypocrite, un scélérat
&c.,&c.,&c. (*); & ils en donnent pour preuves sa Comédie des *Philosophes*, représentée
de l'aveu du Gouvernement, en 1760, & son
Poëme de la *Dunciade*, dans lequel témé-
rairement & malicieusement il a osé se mo-
quer des vers ou de la prose de plusieurs
beaux Esprits infiniment utiles à l'Etat & au
bon ordre de l'Univers.

Nous ne savons trop dans quelle classe de
démonstrations il faut placer ce genre de preuves. Le plus sûr, à notre avis, serait d'en faire
des articles de foi, si l'on ne craignait d'en
dégoûter les Philosophes.

Au reste la nature ayant épuisé son pouvoir
à forger un monstre moral tel que Mr. P...,
il est de la plus grande probabilité qu'elle en
a fait en même tems un monstre physique. C'est
pourquoi nous assurons avec un degré de cer-
titude qui approche de l'évidence, que cet Auteur, selon toutes les loix de l'analogie, est infailliblement louche, borgne, bossu, boîteux,
qu'il a d'ailleurs des griffes de tigre, des dé-
fenses de sanglier, des ailes de chauvesouris,
la physionomie d'un oiseau de proie, & qu'on
doit lui trouver à l'extrémité du coccis, une

_____

(*) Voyez les Pièces justificatives imprimées à la
fin de la Comédie de l'*Homme dangereux*.

queue de finge qui dénote vifiblement fon origine infernale : *ce qu'il falloit démontrer.* On imagine bien qu'un tel homme (fi pourtant c'en eft un) ne fera jamais de l'Académie Françaife.

PANNARD (Charles-François) né dans le pays Chartrain en 1699, mort en 1760. Auteur d'un grand nombre de Parodies, & d'Opéra Comiques du bon genre. Nous nous permettons de caractérifer ainfi l'ancien Opéra Comique, non qu'il méritât cependant, fans beaucoup de reftrictions les fuffrages d'un homme de goût, mais du moins ce fpectacle avait de quoi plaire avant que l'uniforme ennui des Ariettes eût pris la place de la gaîté piquante de nos Vaudevilles. C'eft dans ce dernier genre que Mr. Pannard s'était particulièrement diftingué. Quelques perfonnes l'appellaient le la Fontaine du Vaudeville, parce qu'il lui reffemblait en effet par quelques endroits, & dans fes Ouvrages & dans la conduite de fa vie. Il eut, comme le fabulifte, la plus grande incurie pour fa fortune. Il vécut pauvre, & mourut de même. C'eft dommage qu'il n'ait pas été porté dans le grand monde. Ses idées, dans fes Vaudevilles, euffent été moins circonfcrites. Ses traits ne tombent guères que fur quelques états, marchands, commis, procureurs, banquiers; fur les gens de lettres, &c.

PASCAL (Blaife) né à Clermont en Auvergne en 1623, mort à Paris en 1662. L'un des plus illuftres Ecrivains du fiècle de Louis XIV. On fait qu'à l'age de douze ans, par la
feule

seule force de son génie, il parvint à découvrir, sans maître, & à démontrer les trente-deux premières Propositions d'Euclide. Ce prodige s'est à peu près renouvellé depuis dans MM. de l'Hôpital & Clairaut. Ce qu'il y a de plus surprenant, c'est que Pascal, quoique né avec une vocation si décidée pour la Géométrie, fut en même tems un très-bel esprit & un homme de génie. Il ne se trompa en matière de goût que sur la seule Poésie, dont malgré ses rares talens il ne se formait aucune idée. A la vérité il mourut avant que les Satyres de Boileau, les Tragédies de Racine, & les chefs-d'œuvre de Molière & de la Fontaine eussent paru : ce qui le rend infiniment plus excusable que ceux de nos Philosophes modernes qui ont osé de nos jours dépriser la Poésie sans l'entendre.

Un prodige de Pascal plus grand que celui de quelques propositions de Mathématiques devinées à douze ans, c'est l'excellent Ouvrage des Lettres Provinciales, modèle à la fois de la plaisanterie la plus délicate & de l'éloquence la plus véhémente ; écrit avec tant de pureté qu'on doit attribuer au seul Pascal l'honneur d'avoir fixé la langue, sur-tout si l'on considère que ses Lettres sont de l'année 1656, & antérieures de huit ans, à la première Tragédie de Racine.

Ces fameuses Lettres subsisteront toujours quoique dans le moment où nous écrivons l'Ordre des Jésuites paraisse éteint. Les esprits superficiels qui n'y verraient qu'un Vaudeville du tems, se tromperaient d'autant plus qu'un

Tome II.   M

chef-dœuvre d'éloquence eſt de tous les âges.
Paſcal ne s'arrêta pas dans ſon ſujet aux faibles nuances dont ſe ſerait contenté un Ecrivain qui n'eût été qu'ingénieux. Mais ayant
ſaiſi en homme de génie tous les grands traits
qui devaient imprimer un caractère de vie à
ſon tableau, il a immortaliſé ce qui n'eût été que
paſſager ſans lui; & dans les révolutions du
tems, les Jéſuites peut-être ſeront moins connus par eux-mêmes que par les Provinciales.
C'eſt ainſi qu'Eſchine nous eſt encore préſent
dans la belle harangue que prononça Démoſ-
thène contre lui, & que les Sophiſtes d'Athènes
ſont pour ainſi dire encore ſous nos yeux dans
l'excellente Comédie *des Nuées* d'Ariſtophane.

Les Penſées de Paſcal ſur la Religion ren-
ferment de grandes beautés. Mais il y aurait
de la mauvaiſe foi à les juger toutes à la rigueur, attendu qu'elles ſont moins un Ouvrage
fini, que le projet d'un Ouvrage.

Paſcal ne fut point de l'Académie Françaiſe.

PATU (Claude-Pierre) né à Paris en
1726, mort en 1757. La mort prématurée de
ce jeune homme eſtimable doit être regardée
comme un vrai malheur pour la Littérature. Il
avait cultivé, par l'étude approfondie de pluſieurs langues, les heureuſes diſpoſitions que
la nature lui avait données, & perſonne n'é-
tait plus capable que lui de ſe faire une réputation brillante, ſoit par ſa proſe, ſoit par ſes vers.

Sa Comédie des *Adieux du Goût* fut très-
accueillie du Public, & le méritait par les heureux détails dont elle eſt remplie. Il publia

deux ans après une Traduction élégante &
fidelle de plusieurs petites Pièces du Théatre
Anglais & entr'autres du célèbre Opéra du
Gueux. Ce Recueil a fourni à Mr. Sedaine le
meilleur de ses Ouvrages, (*le Diable à qua-*
tre) & à Mr. Collé l'idée de la Pièce intéressante qu'il a donnée sous le titre de *la Partie*
de Chasse d'Henri I V.

Plein de ce noble enthousiasme, qu'inspire,
sur-tout aux jeunes gens, un homme de génie,
Mr. Patu fit en 1755 avec l'Auteur de la
Dunciade , son ami, le voyage de Genève,
pour y rendre à Mr. de Voltaire l'hommage
que lui doivent tous les Gens de Lettres.
Nous avons sous les yeux plusieurs témoignages des sentimens dont l'honorait Mr. de Voltaire, & des espérances distinguées que ce Grand
Homme en avait conçues. M. Patu joignait en
effet à un esprit supérieur les principes & l'amour
du bon goût ; & sans doute il en eût retardé
la décadence. Il avait vu avec douleur les
commencemens de cette Secte impérieuse &
hautaine, qui sous le masque de la Philosophie, prétendait exclusivement à la considération, se croyait la dispensatrice de la gloire, & se proposait enfin d'asservir la République des Lettres aux caprices de ses Prosélytes. Il semblait prévoir leur audace, leur
jalousie, leur manège, leur intolérance : aussi
nous écrivait-il alors dans la juste indignation
qu'il en ressentait : *initium sapientiæ, timor Phi-*
losophorum.

PERRAULT (Charles) de l'Académie

Française, né en 1626, mort en 1703. Il a contribué à l'établissement de l'Académie des Inscriptions & Belles-Lettres, sous la protection de Mr. de Colbert. Il a fait pour les Enfans de petits Contes naturels, qui plaisent d'autant plus à cet âge, qu'ils ne sont ni philosophiques, ni moraux. Mais il ne devait pas mettre en vers ennuyeux celui de *Peau d'Ane*, & partir de là sur-tout pour écrire contre Homère & Virgile. Il n'entendait certainement pas le premier de ces Poëtes : aussi Boileau, dans la dispute qu'il eut avec Perrault sur Homère, n'eut besoin pour triompher que de relever les bévues continuelles de son Adversaire. C'est dans un Poëme sur le Siècle de Louis le Grand, publié en 1687, que l'Auteur de *Peau d'Ane* entreprit, pour la première fois, de rabaisser l'Auteur de l'Iliade. Ce Poëme commençait ainsi :

> La Docte Antiquité fut toujours vénérable ;
> Je ne la trouve pas cependant adorable.

L'homme qui écrivait de ce style n'était pas né pour sentir les beautés d'Homère.

Perrault a eu pour partisans les Philosophes Fontenelle, Terrasson, la Motte & Boindin ; mais son Paradoxe eut pour ennemis le Grand Condé, Boileau, Racine & tous les gens de goût. C'est un préjugé bien fâcheux contre l'opinion favorable au parti des modernes, qu'elle ait toujours été méprisée par les seuls hommes qui fussent capables de balancer la gloire des anciens. Cependant cette opinion bizarre est encore favorisée de nos jours par l'orgueil philosophique.

On a lu avec surprise à l'article *Encyclopédie* du Dictionnaire Encyclopédique, qu'aucun Homme de Lettres du siècle de Louis XIV (que M. Diderot, Auteur de cet article, appelle le siècle pusillanime du goût) n'eût été digne de fournir à cette fameuse compilation *une page qu'on daignât lire aujourd'hui*. Il n'en excepte que Perrault & les Philosophes ses partisans que nous avons nommés ci-dessus.

L'Auteur de cette singulière assertion a-t-il donc pu la hazarder sérieusement, sur-tout dans le même article où nous avons vu qu'il avait fait une peinture si fidelle de la monstrueuse difformité de cette même compilation ? Quoi ! Corneille n'aurait pas été digne de fournir sur la Tragédie, Molière sur la Comédie, Boileau sur la Poétique, la Fontaine sur la Fable, Rousseau sur l'Ode, la Bruyère sur les Mœurs, Bossuet sur l'Éloquence, *une page que l'on daignât lire aujourd'hui* ? Et cette gloire refusée à de si grands Hommes, aurait été précisément réservée aux Auteurs des *Bijoux Indiscrets*, *d'Annette & Lubin*, de *Grigri*, de la *Vision*, & à la foule de nos Compilateurs Philosophes ?

Risum teneatis, amici !

Nous avouons que dans cet immense Alphabet des connaissances humaines, en vingt volumes *in-folio*, il se trouve un fragment

de Mr. de Montefquieu, des articles de MM.
de Voltaire, d'Alembert, Rouffeau, & de
quelques autres Hommes célèbres, ainfi que
plufieurs morceaux fournis par des Artiftes éclairés. Mais pourquoi cent Auteurs du premier
mérite ont-ils mieux aimé tenir au fiècle pu-
fillanime du goût, que de coopérer à ce
grand Dictionnaire ?

Pourquoi a-t-on annoncé comme le plus
beau monument du fiècle, comme un monument de génie, une maffe indigefte à laquelle
tant d'Ecrivains diftingués n'ont pas même
daigné fournir un article ?

Pourquoi affujettir au ridicule défordre d'une
nomenclature alphabétique toutes les Sciences
& tous les Arts, de manière que par la multitude de renvois qu'entraîne néceffairement
cette méthode, ou plutôt ce défaut de méthode, il faut parcourir les vingt énormes volumes pour favoir précifément comment fe
fait une aiguille ?

Pourquoi s'être flatté d'avoir donné la defcription fidelle de tous les Arts, pour en avoir
femé çà & là quelques notices imparfaites &
fuperficielles, tandis que l'Académie des Sciences, fi refpectable à toute l'Europe, s'occupe
depuis environ un fiècle à donner cette même defcription dans un ordre bien plus convenable, & qu'elle n'a pu remplir encore à
cet égard qu'une faible partie de fes engage-
mens ?

Pourquoi avoir fait tant de larcins déguifés
fous le nom d'articles ? Pourquoi tant de paradoxes dangereux fous le nom de vérités utiles?

Pourquoi tant d'erreurs de Géographie, d'Histoire, de Morale, de Goût, qui dupent à chaque moment la confiance ou la curiosité du Lecteur? Pourquoi tant d'impertinences érigées en préceptes, sur-tout en matière de Littérature? Pourquoi, comme Mr. de Voltaire en convient lui-même, tant de déclamations puériles & de lieux communs insipides... (*) mais les pourquoi ne finiraient jamais. On desire & on a tout lieu d'espérer que les Savans illustres qui ont promis de coopérer à la nouvelle Edition de ce Dictionnaire donnée par Mr. le Professeur de Félice à Yverdun, auront l'attention de la purger soigneusement de toutes les fautes qu'on a si justement reprochées à la première; & qu'ils sentiront mieux que M. Diderot, que le principal mérite d'un pareil Ouvrage, ne doit être ni la hardiesse, ni l'emphase, mais la clarté, l'exactitude, la précision & la vérité.

PIRON (Aléxis) né à Dijon en 1689; esprit original & plaisant, & véritablement homme de génie, quoiqu'on puisse lui reprocher d'avoir souvent manqué de goût: ce qui peut-être n'est qu'une suite d'une éducation trop peu soignée dans sa première jeunesse. Mais la nature prodigue à son égard, l'en a bien dédommagé. On n'a vu qu'en lui seul la réunion de plusieurs qualités qu'on eût regardé comme incompatibles, telles qu'un génie mâle, & l'esprit du moment de l'apropos le

(*) Voltaire; Siècle de Louis XIV.

plus fécond en saillies dont on puisse se former une idée. Personne n'a eu plus que lui de ces bonnes fortunes soudaines qu'on appelle épigrammes, bons mots, conte joyeux imaginé sur le champ, & rendu plus piquant encore par le tour original de l'expression que par le fond-même. Tous ceux qui l'ont connu attestent unanimement cette profusion d'esprit & de gaîté qui semblait inépuisable. Tous ont peine à croire ce qu'ils en ont vu. La comparaison d'un feu d'artifice bien servi n'en donnerait qu'une image imparfaite.

Mais c'est par ses Ouvrages de génie que la postérité le jugera principalement. Les saillies s'évanouissent, les seuls écrits restent, & Mr. Piron s'est distingué dans plusieurs genres.

Ses Tragédies de *Callisthène*, de *Cortez*, de *Gustave*, ont de grandes beautés qui n'appartiennent qu'à lui; mais souvent les vers en sont durs, jusqu'au point de paraître bisarres, & ce défaut d'harmonie n'a pas peu contribué à les bannir de la scène. La seule Tragédie de Gustave est demeurée, parce que le sujet en est bien ajusté au Théatre, & qu'elle est remplie, d'un bout à l'autre, de situations qui surprennent & qui intéressent.

On a de Mr. Piron des Contes très-plaisans dans un genre différent de celui de la Fontaine. Tout le monde connaît son excellente Epigramme contre un fameux journaliste. Il en a fait beaucoup d'autres qui pourraient avec la plûpart de ses pièces fugitives, former un des recueils les plus piquans de notre langue. Mais ce qui assure à jamais sa gloire, ce qui établit, fans aucun doute, la fupériorité de fes talens, & ce qui nous donne le plus grand regret qu'il ait abandonné fi-tôt la carrière du Théatre, c'eft le chef-d'œuvre de *la Métro-manie*. Nous difons que cette Pièce fuffit pour affurer à jamais la gloire de Mr. Piron, & tel eft l'avantage réel d'un feul Ouvrage de génie fur une multitude de productions qui ne feraient qu'eftimables. Dès qu'une fois une nation eft enrichie d'un grand nombre d'excellens écrits en tout genre, l'immortalité ceffe d'être le prix des efforts communs. Plus l'art eft culti-vé, plus les chefs-d'œuvre deviennent rares ; & alors tout Ecrivain qui ne fe fera point éle-vé fenfiblement au deffus de fon fiècle ne fera plus diftingué de la foule. Il faut ou fe frayer des routes nouvelles, ou du moins ajouter quel-que degré de perfection à des genres déjà connus, pour laiffer de foi un long fouvenir. Mais comment fe flatter d'y réuffir lorfque tous les genres femblent épuifés ? C'eft-là pré-cifément le triomphe du génie.

Il eft vrai qu'un feul Ouvrage prééminent peut fuffire alors pour immortalifer fon auteur. Nous voyons que cet honneur n'eft pas tou-jours acheté par de gros volumes. Anacréon avec quelques Odes charmantes, mais d'un genre original qui conferve encore le nom du Poëte ; Tibulle & Catulle avec un petit nombre de vers heureux ; Chapelle peut-être avec fon feul Voyage ; Mr. Piron avec fa Métromanie, perceront infiniment plus loin dans l'avenir que beaucoup d'Auteurs plus féconds, à qui cependant on ne pourrait refufer fans injuftice un rang diftingué parmi les plus beaux efprits de leur tems.

Si l'on eft jaloux de prévenir en quelque forte les jugémens futurs, & de fe former par avance quelque idée de ce petit nombre d'Ouvrages privilégiés qu'on voit encore paraître à la fuite d'un fiècle de gloire & qui porteront infailliblement à la poftérité les noms de leurs Auteurs, il ne faut qu'interroger les paffions mêmes des Artiftes ou des Gens de Lettres. Toute production contre laquelle ils fe feront foulevés avec le plus de fureur, qui aura le plus effuyé de contradictions, & qui peut-être aura expofé fon Auteur aux perfécutions les plus vives de l'autorité furprife, ou de la calomnie, fera vraifemblablement celle dont le mérite aura été le plus fenti & à laquelle on rendra le plus de juftice lorfque l'efprit de parti aura fait place à la raifon. Il faut au contraire fe méfier beaucoup de tous ces Ouvrages qui ne produifant qu'une fenfation commune, & n'humiliant perfonne, font également accueillis de tout le monde & n'infpirent à ceux qui les lifent qu'une dédaigneufe bienveillance; affront que n'a jamais effuyé aucun chef-d'œuvre. Ces réflexions que nous avions placées ailleurs (*), ne font point déplacées ici. On fait que Mr. Piron à été perfécuté & qu'il ne fera point de l'Academie Françaife.

_____

(*) A la tête de l'éloge de Rameau, dans le Nécrologe de 1764.

PLACE (Pierre-Antoine de la) né à Calais en 1709. On lui doit l'utile Traduction du Théatre Anglais, & il est un des premiers qui nous aient fait connaître les bons Romans écrits dans cette langue. On a du même Auteur les Tragédies de *Venise sauvée*, de *Jeanne d'Angleterre*, & d'*Adèle de Ponthieu*. *Venise sauvée* eut beaucoup de succès.

POMPIGNAN (Jean-Jacques le FRANC de) de l'Académie Française, né à Montauban en 1709. Littérateur digne d'une très-grande considération. Ses Odes sacrées ne sont pas à la vérité égales à celles de Rousseau, ni son Voyage de Provence à celui de Chapelle; mais il y a de très belles strophes dans la plupart de ses Odes, & particulièrement dans celle qu'il a faite sur la mort de l'illustre Rousseau. Sa Tragédie de *Didon* est très-supérieure aux meilleures Pièces de Campistron. Ce n'est pas tout-à-fait égaler Racine; mais c'est s'en approcher de manière à avoir peu de rivaux. On assure qu'il ne s'est pas approché moins près de Virgile dans sa Traduction en vers des Géorgiques qui n'a point encore paru.

Mr. de Pompignan a eu malheureusement des Panégyristes indiscrets, dont les éloges maladroits auraient été plus dangereux pour sa réputation que les traits satyriques lancés depuis quelque tems contre lui sans aucun égard. Un ressentiment particulier a pu forcer Mr. de V. à abuser de la vengeance à l'égard de Mr. de Pompignan. L'Auteur de la Dunciade, sans avoir les mêmes motifs, avait eu

cependant la faiblesse de se permettre dans la
première édition de son Poëme un trait contre cet Ecrivain respectable, & s'était livré à des
impressions étrangères à sa manière de penser.
Il ose en faire l'aveu, quoiqu'il n'ait pas l'honneur de connaître Mr. de Pompignan; mais il
doit son premier hommage à la vérité. Son
caractère est également éloigné des basses adu-
lations & des critiques injustes.

PORTE (l'Abbé Joseph de la) né à Béfort
en Alsace. Dans un tems où de prétendus hommes de génie ont publié avec emphase des
compilations inutiles ou dangereuses, Mr. l'Abbé de la Porte (qui pouvait ne pas se borner
à des compilations) en a donné avec modestie, qui sont vraiment dignes d'éloges. Son
Voyageur Français dispensera d'acheter une
immense quantité de volumes où les observations qui méritent d'être lues sont noyées dans
une foule de détails minutieux ou de répéti-
tions fatiguantes.

Un jugement sain, un esprit d'analyse très-
méthodique, & d'ailleurs toutes les qualités d'un ami solide, qualités qui supposent
beaucoup de vertus; tels sont les principaux
traits qui caractérisent cet homme estimable,
& qu'une amitié de plus de vingt ans nous a
mis à portée d'observer. Il serait à souhaiter
pour l'honneur des Gens de Lettres, qu'à l'exemple de Mr. l'Abbé de la Porte ils fussent bien
persuadés que le véritable esprit est celui qui
peut servir à nous rendre meilleurs & plus
heureux.

PRADON (N.) né à Rouen, mort à Paris en 1698. Les ennemis de Racine se servirent de ce mauvais Poëte pour chagriner ce grand homme, & Pradon ne rougit pas de se prêter à leurs Cabales. Sa Tragédie de Phèdre n'est connue que par l'honneur qu'elle eut d'être opposée un moment au chef-d'œuvre de Racine. Jamais peut-être l'esprit de parti n'avait produit de scène plus absurde.

Pradon ressemblait assez à quelques-uns de nos Poëtes tragiques modernes ; dénué de connaissances & d'études, versificateur trivial & d'une fécondité malheureuse, mais plein d'orgueil, & sur-tout d'animosité contre la satyre. Il eut la bêtise de croire que Boileau avait voulu faire un jeu de mots en disant du Poëme de Saint-Amand :

Le Moïse commence à moisir par les bords.

Pradon le lui reprocha très-amèrement : *Moïse & moisir*, s'écrie ce judicieux Critique, *quelle petite antithèse pour un si grand Poëte !* Mr. Fréron n'a pas plus de joie quand il croit trouver dans Mr. de Voltaire un hémistiche défectueux.

Il ne faut pas cependant que nos jeunes Auteurs se persuadent trop aisément qu'ils sont en droit de parler de Pradon avec irrévérence ni de se donner mutuellement son nom comme ils l'ont fait dans quelques Epigrammes : car enfin ce Poëte est Auteur d'une Tragédie de *Tamerlan* qui s'est soutenue au Theatre pendant plusieurs années, & de celle de *Ré*

gulus que l'on jouait encore avec quelque
fuccès au commencement de ce fiècle. Il a
fait d'ailleurs ces jolis vers:

> Vous n'écrivez que pour écrire,
> C'eft pour vous un amufement;
> Moi qui vous aime tendrement,
> Je n'écris que pour vous le dire.

. Nous ne croyons par qu'on pût leur comparer ces vers, où Mr. le Mière a prétendu
fans doute être agréable & gracieux :

> Ah ! depuis que mon cerveau fume,
> Frappé de tragiques vapeurs,
> La plus pleureufe des neuf Sœurs
> De fon poignard taille ma plume.

Voyez la fuite de cet ingénieux badinage
de Mr. le Mière dans le feu Journal des Dames,
ou dans l'Almanach des Mufes.

PREVOT D'EXILES (l'Abbé Antoine-
François) né à Hefdin en Artois en 1697,
mort en 1763. Ecrivain très-fecond, qui a enrichi notre Littérature d'un nouveau genre de
Romans. On connaîtra mieux leur mérite, lorfqu'on aura donné une idée de ceux qui avaient
eu le plus de faveur avant qu'il fit paraître
les fiens (*).

(*) Nous empruntons ici ce que nous avons dit ailleurs
dans un Eloge de Mr. l'Abbé Prevot, qui parut en 1764
dans le Nécrologe des Hommes célèbres de France.

Le goût des aventures extraordinaires avait prévalu long-tems dans ces sortes d'Ouvrages. Nous n'avions pas un Poëme épique & la Nation était inondée d'une foule de Romans assujettis à quelques régles de l'Epopée, dans lesquels des héros imaginaires se disputant par leurs faits d'armes les plus belles Princesses du monde, recevaient enfin au douzième tome le prix de leur persévérance. Tout était merveilleux dans ces Romans excepté le style. D'ailleurs nulle vérité dans les sentimens, nulle vraisemblance dans les caractères, moins encore dans les mœurs, & pour comble de ridicule c'était de l'imagination en prose. Les Italiens, plus raisonnables que nous, avaient du moins senti que ces grandes fictions, où domine le merveilleux, ne pouvaient être souffertes qu'autant qu'elles étaient embellies par le vrai langage de l'imagination qui ne peut être que la Poésie.

A ces Romans énormes, succédèrent les Nouvelles Galantes dans le goût Espagnol. Alors le merveilleux fut remplacé par l'intrigue & l'imagination par l'esprit ; mais ce changement n'en produisit aucun à l'avantage de l'Art. La lecture de ces Nouvelles devint plus pénible qu'amusante. On se lassa de suivre des fictions peu intéressantes par elles-mêmes dans un dédale de nœuds difficiles à débrouiller ; & le vrai manquant toujours dans les caractères & dans les mœurs, il fallut enfin recourir à la simplicité & au naturel, qui semblent ne plaire aux hommes qu'à mesure qu'ils ont pris plus de peine pour s'en écarter.

Le Roman de la *Princeſſe de Clèves*, intéreſ-
fant uniquement par le développement d'une
paſſion vive, ouvrit les yeux de la Nation
& fit voir que l'on ne devait point chercher
les moyens de réuſſir ailleurs que dans la nature. Cependant il faut avouer que la révolution parut ſe faire un peu trop aux dépens de
l'imagination. L'élégance du ſtyle n'empêcha
point que l'on ne trouvât quelque froideur
dans des Romans abſolument dénués d'intrigue
& de merveilleux. Il eût ſuffi ſans doute de
le prodiguer moins ; mais tel eſt le caractère
de l'eſprit humain, qu'il ſemble toujours ſe
porter vers les extrêmes.

L'inconſtance Françaiſe ne tarda pas à introduire un nouveau genre que le goût de frivolité, & la dépravation des mœurs n'ont ſou-
tenu que trop long-tems, au préjudice de notre
gloire. On regarda comme inutile de peindre
des caractères, lorſque la Nation commençait
à perdre le ſien. La licence devenue générale,
& laiſſant à peine ſubſiſter de faibles égards
pour les bienſéances, les ſentimens délicats
diſparurent. Un triſte perſifflage compoſé de
mots à la mode, * empruntés du jargon de nos
Petites Maîtreſſes, jargon plus inſenſé que celui des Précieuſes ; quelques aventures ſcandaleuſes arrivées dans ces lieux de plaiſirs,

---

* On a voulu caractériſer ici les ſinges de M. de
Crébillon, tels que l'Auteur *d'Angola*, par exemple,
& quelques autres Ecrivains de cette eſpèce, dont
la licence n'eſt rachetée par aucune grace.

appellés

appellés *petites maisons*, & racontées avec
plus de légéreté que de décence, formèrent
une nouvelle claſſe de Romans, inintelligi-
bles d'abord pour la Province, avant qu'elle
eût adopté les vices de la Capitale, & qui
ne paraîtront à la poſtérité (s'ils y parviennent) que des archives de démence. On ne
peut nier que quelques-unes de ces bagatelles ne fuſſent écrites avec aſſez d'élégance ;
mais elles accoutumèrent l'Etranger à faire
peu de cas d'une Nation annoncée par tant
d'Ouvrages, comme un modèle de frivolité
& de ridicule.

On doit excepter de cette foule de Romans
celui de *Gilblas*, que beaucoup de gens pré-
fèrent aujourd'hui à *Don Quichotte* même, qui
n'eſt qu'une ſatyre très-ingénieuſe du goût
particulier qu'avaient les Eſpagnols pour les
Livres de Chevalerie, tandis que Gilblas eſt
la peinture la plus fidelle, la plus naïve &
la plus piquante des différens ridicules atta-
chés à l'eſpèce humaine.

D'après le coup d'œil rapide que l'on vient
de jetter ſur les Romans, on conçoit aſſez
pourquoi ce genre d'Ouvrages ne s'eſt concilié
que rarement les ſuffrages des bons eſprits.
Toute lecture inutile devient bientôt inſipide :
auſſi les jeunes gens ſeuls & les femmes liſent
encore, avec quelque avidité, l'eſpèce de
Roman dont on vient de donner une idée.

Mais il en eſt de plus eſtimables, dans leſquels preſque toutes les conditions du genre
dramatique ſont remplies, où les mouvemens
du cœur ſont développés avec art, où les

Tome II.   N

paſſions s'expriment dans le langage qui leur
eſt propre ; enfin où l'on trouve des caractères vrais & qui ne ſe démentent point , des
mœurs priſes dans la nature , & des ſentimens
qui nous affectent d'autant plus que nous les
euſſions nous-mêmes éprouvés dans les cir-
conſtances où les perſonnages de ces Romans
ſont placés. Dans ces Ouvrages, comme dans
nos Pièces de Théatre , le vice doit toujours
être puni , la vertu toujours récompenſée.
C'eſt en ce genre , ſur-tout , que ſe diſtingua
Mr. l'Abbé Prevôt , qui ne paraît avoir été
ſurpaſſé que par le célèbre Richardſon.

Le grand nombre de caractères , également
vrais & bien ſoutenus , qui ſont peints dans le
Cléveland , prouvent à la fois la connaiſſan-
ce profonde que l'Abbé Prevôt avait des hommes , & l'heureuſe fécondité de ſon imagination. Le début de ce Roman, dans la Caver-
ne de Rumney-hole , eſt une des ſcènes les
plus attachantes dont on ait l'idée. Il n'eſt pas
de Lecteur qui n'ait verſé des larmes ſur le
ſort de l'infortunée *Fanny* , qu'un excès de
ſenſibilité précipite dans des malheurs ſi cruels;
l'épiſode de l'Iſle de *Sainte-Hélène* ; le caractère de *Gélin* , mêlé d'audace & d'artifice ;
l'influence de ce caractère ſur tous les événemens que l'Auteur a prodigués dans ſa fable
avec une richeſſe qui étonne ; tous ces détails
d'un bel Ouvrage ſembleraient ſuffire pour
aſſurer au nom de l'Abbé Prevôt une réputation durable. On avoue néanmoins que ce
Roman gagnerait à être réduit, & que l'Auteur s'y eſt trop livré à la paſſion du mer-

veilleux. Le voyage de *Cléveland* chez les *Abaquis* en eſt un exemple, auſſi-bien que la manière peu vraiſemblable dont le même *Cléveland* retrouve Madame *Lallin*, après l'avoir vu brûler vive par les *Roüintons*.

Les longueurs, les négligences, les aventures incroyables qui déparent un peu les Romans de cet Ecrivain, viennent de la précipitation mercénaire avec laquelle il eut le malheur de travailler toute ſa vie. Il s'était loué, pour ainſi dire, à un Libraire ; & l'on ſent aſſez que dans une pareille ſituation, le plus rare talent doit tomber ſouvent dans la médiocrité. Avec une meilleure fortune, l'Auteur dont nous parlons auroit eu le loiſir de perfectionner ſes Ouvrages. Ses plans ſeraient devenus plus réguliers, ſes perſonnages plus vrais, ſon ſtyle infiniment plus ſoigné.

On lui eût pardonné d'avoir peint avec mal-adreſſe les mœurs de la bonne compagnie qu'il n'avait jamais connue. Elevé dès ſa plus tendre jeuneſſe dans un Cloître, dont il ſortait à peine, il n'avait pu deviner ni le ton du monde, ni celui des bienſéances. Mais on regrette qu'avec des talens auſſi diſtingués que le ſien, & les reſſources d'une imagination pleine de feu, il n'ait pas acquis toute la gloire qu'il pouvait ſe promettre.

Le chef-d'œuvre de l'Abbé Prevôt, c'eſt de l'aveu de tous les Gens de goût, l'Hiſtoire intéreſſante du *Chevalier des Grieux* & de *Manon l'Eſcaut*. Qu'un jeune libertin & une ſille née ſeulement pour le plaiſir & pour l'amour, parviennent à trouver grace devant

N ij

les ames les plus honnêtes ; que la peinture
naïve de leur paffion produife l'intérêt le plus
vif ; qu'enfin le tableau des malheurs qu'ils
éprouvent & qu'ils ont mérités, arrache des
larmes au Lecteur le plus auftère, & que,
par cette impreffion-là même, il foit éclairé
fur le germe des faibleffes renfermé, fans qu'il
le foupçonnât, dans fon propre cœur, c'eft
affurément le triomphe de l'art, & ce qui peut
donner la plus haute idée du talent de l'Abbé
Prevôt : auffi dans ce fingulier Ouvrage, l'expreffion des fentimens eft - elle quelquefois
brûlante, fi l'on ofe hazarder ce mot. Il fallait que cet Auteur eût éprouvé lui-même,
avec bien de la force, tout l'empire des paffions, pour avoir fçu les peindre avec tant
d'énergie & de chaleur.

Outre fes Romans, l'Abbé Prevôt a donné
une Hiftoire générale des Voyages en feize
tomes *in-4°.*, plufieurs Hiftoires particulières,
plufieurs Traductions de l'Anglais ; enfin on a
de cet Ecrivain laborieux & facile, près de
cent cinquante volumes.

Q.

QUERLON (N. Meûnier de) c'eft un
homme d'une érudition peu commune, d'un
rare talent pour la critique, & qui réunit à
ce double mérite un bon efprit & un goût
très-fûr. Il eft malheureux qu'il ait été forcé
de fe charger de la rédaction des *petites Affi-
ches de Province*. Cependant il a trouvé moyen
dans ce travail ingrat & fi fort au-deffous de

lui, de donner d'excellentes leçons à la plupart des Gens de Lettres. Si l'on en détachait
presque tous les articles qui concernent les
Ouvrages nouveaux, on aurait peut-être
le meilleur Journal qui se soit fait en France.
Du moins n'en connaissons-nous aucun qui
suppose de meilleurs principes, ni dont on
pût faire un extrait plus digne d'être accueilli
par les gens de goût.

Tout ce que nous connaissons des Ouvrages de Mr. de Querlon, nous a paru d'un
très-bon genre de style, & nous a fait souhaiter qu'il y eût plus d'Écrivains capables de
lui ressembler. Il a d'ailleurs présidé à beaucoup d'éditions qu'il a enrichies de Préfaces,
de Dissertations, de Notes instructives qui
prouvent l'étendue de ses connaissances. Mais
nous le répétons, il est très-fâcheux qu'on
n'ait pas su l'employer plus heureusement,
& qu'un homme de son mérite n'ait pas trouvé des occasions plus favorables de développer ses talens. Il est distingué dans ce très-
petit nombre de Savans laborieux & utiles
que notre siècle conserve encore, & qui sont
faits pour mériter l'attention & les graces du
Gouvernement.

QUINAULT (Philippe) de l'Académie
Française, né à Paris en 1635, mort en 1688.
Quoiqu'on se plaise aujourd'hui à venger la
mémoire de ce Poëte des Satyres de Despréaux, ceux qui le réduisent au seul mérite
de ses Opéra, ne lui rendent pas encore une
justice entière. Ses Tragédies sont, à la vérité,

faibles & romanefques ; mais il faut obferver qu'elles avaient toutes précédé l'Andromaque de Racine, que le ftyle en eft naturel, aflez pur pour le tems, & qu'enfin nous avons vu reparaître de nos jours le *faux Tibérinus* & l'*Aftrate*, non fans quelque fuccès. Boileau, que l'habitude des grands modèles & la fé-vérité de fon goût avaient élevé à des idées de perfection bien fupérieures, eut raifon cependant d'être rigoureux envers ces pro-ductions molles & négligées, dont la ré··ffite eût perdu le Théatre.

La Comédie de la *Mère coquette* eft encore une de nos plus agréables Comédies d'intri-gue. Elle eût fuffi feule pour affurer à Qui-nault une réputation diftinguée, fur-tout fi l'on réfléchit combien alors les bons modèles étaient rares.

Ces obfervations ne peuvent qu'ajouter à la gloire de cet Auteur, qui d'ailleurs eft fuf-fifamment établie par fes belles Tragédies lyri-ques. Il femble que ce Poëte etait né pour donner à un grand Roi des fêtes nobles & majeftueufes. Nous ne l'avons trouvé nulle part mieux caractérifé que dans ces vers de Mr. de Caux, qui n'en a pas fait toujours d'auffi heureux :

Quinault, le doux Quinault, dans fa verve galante,
Preparait à l'Amour une fête brillante,
Enchaînait mollement des vers ingénieux,
Qu'animaient de Lulli les fons harmonieux.

Perfonne, en effet, n'a fu lier avec plus

d'art que ce Poëte, des divertissemens agréables & variés à des sujets intéressans. Personne n'a porté plus loin cette molle délicatesse, cette douce mélodie de style, qui semble appeller le Chant. Personne enfin n'a si bien connu la quantité précise de sentiment qui convenait à ce genre dont il a été le créateur & le modèle.

Mais que les détracteurs de Boileau ne se hâtent pas de triompher. On ne doit pas dissimuler qu'il y a dans le genre de l'Opéra un vice radical, qui a suffi pour indisposer contre lui les meilleurs esprits, tels que Boileau, Racine, la Fontaine, Rousseau, la Bruyère, &c. Tous ces grands hommes qui avaient bien acquis le droit d'être difficiles, ne pouvaient tolérer que l'on mît au rang des chefs-d'œuvre, des Poëmes ordinairement dépourvus de vraisemblance, libres des trois unités, & dans lesquels presque toutes les règles de l'Art sont nécessairement violées. Ce spectacle si pompeux, si varié, ne présentait souvent à leurs yeux qu'un magnifique ennui. Et véritablement, sans être taxé de trop de rigueur, on peut dire, de l'aveu du goût, que le meilleur des Opéra ne sera jamais un excellent Ouvrage. Nous croyons cependant que ce Spectacle, où comme l'a dit Mr. de Voltaire,

. . Les beaux vers, la danse, la musique,
L'art de tromper les yeux par les couleurs,
L'art plus touchant de séduire les cœurs,
De cent plaisirs font un plaisir unique,

N iv

eſt très-convenable pour de grandes fêtes, &
qu'il eſt même ſuſceptible de beautés particulières, dont aucun Ecrivain n'a mieux ſenti
que Quinault toutes les eſpèces différentes.
Mais nous le répétons, il ne faut pas s'étonner que Boileau, ſi exact, ſi ſévère dans ſes
productions, & qu'une étude continuelle des
anciens avait accoutumé à leur caractère de
beautés mâles & nerveuſes, ne pût ſe fami-
liariſer avec une Poéſie preſque toujours dénuée d'images & de métaphores hardies. D'a-
près cette manière auſtère de penſer que lui
donnait le ſentiment de ſa propre force, il
avait de la peine à regarder Quinault comme un grand Poëte, & en cela il était conſéquent. En effet, on ne peut guères déſavouer que lorſqu'on vient de lire les vers
excellens de Boileau, & ceux de l'inimitable
Racine, on ne ſoit tenté de juger Quinault
un peu rigoureuſement. Ce dernier pourtant
a ſu très-ſouvent exprimer avec graces des
ſentimens naturels & délicats. Aſſurément c'eſt
poſſéder une partie du ſecret des Poëtes :
mais c'eſt être encore fort loin de Racine ;
& il n'eſt pas de Lecteur qui ne ſouffre à
deſcendre de Phèdre à Armide.

Nous ne nous ſommes permis ces obſervations, que pour faire ſentir à quelques
Ecrivains de nos jours, qu'une déciſion un
peu ſévère de Deſpréaux ne ſuffit pas pour
affaiblir la vénération qui lui eſt dûe comme au légiſlateur du goût.

R.

RABELAIS (François) né à Chinon en
1483, mort en 1573. Cordelier d'abord, ensuite Bénédictin, puis Médecin, puis Curé de
Meudon, &c. Écrivain, d'un caractère vraiment original, dans lequel on ne sait ce qui
doit le plus étonner, ou de la raison profonde qui perce à travers le délire de son imagination bizarre, ou de l'excessive folie sous
laquelle il semble avoir pris plaisir de masquer sans cesse sa raison.

Quiconque n'est pas instruit des mœurs,
des usages, des ridicules, & même de l'histoire du tems où vivait Rabelais, sera nécessairement tenté de rejetter avec dégoût son
Pantagruel, comme un tissu d'extravagances,
mais plus on est éclairé sur ces différens objets, plus ce même Ouvrage paraîtra d'une
singularité piquante, plus on appercevra que
ce n'était pas sans raison que la Fontaine,
Molière, Rousseau, & tant d'autres excellens
esprits avaient pour Rabelais la plus grande
estime. Il a fourni à tous ces Auteurs, à Racine (*) lui-même, & à Mr. de Voltaire (**)
de très-bonnes plaisanteries; & on pourrait,
à quelques égards, appliquer à son Livre ce
que Boileau disait des Ouvrages d'Homère:

C'est avoir profité que de savoir s'y plaire.

(*) Dans la Comédie des *Plaideurs*.
(**) Dans son *Pauvre Diable*, & ailleurs.

On ne peut difconvenir pourtant que ce bifarre Ouvrage ne contienne auffi un très-grand nombre de mauvaifes bouffonneries, dans lefquelles on fe flatterait en vain de découvrir aucun fel, aucun à propos, peut-être même aucun fens. La gaîté de Rabelais reffemble à l'ivreffe, & cette ivreffe n'eft pas toujours celle d'une homme de bonne compagnie. Cependant perfonne ne paraît avoir porté auffi loin que cet Auteur le génie de la raillerie, celui de la fatyre, & cet art fingulier de mêler toujours le ridicule au férieux, & le férieux au ridicule. Sous les nuages mêmes dont il s'enveloppe, on démêle l'érudition la plus furprenante. Il favait tout, s'eft moqué de tout; & dans le fiècle où l'on alluma le plus de bûchers, & où Marot, moins licencieux que lui, fut obligé de fortir de France, il échappa à la perfécution par l'enjoument de fon caraftère, & par les excès d'imagination & de folie qu'il eut l'adreffe d'accumuler dans fon incroyable Ouvrage.

On a appellé le célèbre Swift le Rabelais de l'Angleterre, & véritablement il y a des traits de reffemblance entre ces deux Ecrivains. Ils ont tous deux un caraftère également fatyrique & moqueur. L'avantage paraîtrait même du côté de Swift, fi dans les Ouvrages de ce dernier on ne confultait que la raifon, le goût & les bienféances. Mais il n'était pas univerfel comme Rabelais, & il ne favait pas comme lui prefque toutes les langues anciennes & modernes. Swift a vécu d'ailleurs dans un fiècle où le goût s'é-

tait infiniment perfectionné. Il eſt donc moins
original, moins étonnant que Rabelais qui
lui a ſervi de modèle ; & en effet, pour
avoir la ſomme du génie de cet homme ſingulier, ce ne ſerait point aſſez que de réunir
Ariſtophane & Lucien, quoiqu'il participât
cependant beaucoup au caractère de l'un &
de l'autre.

On trouve dans les Amuſemens ſérieux &
comiques de Dufrêny quelques imitations très-
heureuſes du ſtyle, & même de l'eſprit de
Rabelais.

RACAN (Honorat de Beuil, Marquis de)
né en Touraine en 1589, mort à Paris en
1690, ami de Malherbe & le meilleur de ſes
élèves, quoiqu'il ne l'ait point égalé, du
moins dans le genre lyrique. On trouve de
très-belles ſtrophes dans quelques-unes de ſes
Odes; mais c'eſt dans le genre Paſtoral qu'il
s'eſt principalement diſtingué. On ſait encore
par cœur pluſieurs morceaux de *ſes Bergeries*,
celui entr'autres qui commence par ces vers:

> Heureux qui vit en paix du lait de ſes brebis,
> Et qui de leur toiſon voit filer ſes habits, &c.

RACINE (Jean) de l'Académie Françaiſe, né à la Ferté Milon en 1639, mort en
1699. On ne s'étendra point ſur le mérite de
ce Grand Homme, le plus pur, le plus élégant, le plus harmonieux, le plus tendre, le
plus éloquent de tous nos Poëtes. En liſant
ſes vers, on croit ſentir que ſous le règne

d'Augufte il eût été Virgile , comme en lifant ceux de Virgile , on eft perfuadé que
dans le fiècle de Louis XIV il eût été Raci-
né. Le choix heureux de leurs expreffions,
la continuité de leur élégance & leur déli-
cieufe harmonie font caufe de l'égale difficulté qu'on éprouve à les bien traduire. Les
Etrangers reconnaiffent cette difficulté à l'é-
gard de Racine comme nous la fentons à l'é-
gard du Poëte Romain.

Il femble que l'admiration s'accroiffe encore pour Racine lorfqu'on penfe aux fuccès
avec lequel fon génie était capable de fe plier
à tous les genres. Qui reconnaîtrait en effet
le fublime Auteur d'Athalie dans l'agréable
Comédie des Plaideurs ? & qui croirait que
le même homme eût avant Rouffeau égalé
Marot dans l'Epigramme ? Au refte ce dernier genre n'eft pas le feul dans lequel Rouffeau ait été devancé par Racine. On n'a point
affez obfervé que les Chœurs d'Efther & d'A-
thalie lui affurent encore la prééminence dans
le genre lyrique. Quinault connaiffait les graces, Rouffeau favait s'élever jufqu'au fublime ;
mais les Chœurs de Racine réuniffent aux
charmes du fentiment & à la majefté de nos
Livres Saints, une poéfie vraiment divine. Ils
ont plus que de l'intérêt. Ils refpirent cette
onction douce & tendre dont Racine avait
trouvé la fource dans fon cœur, & qui étant
moins un fecret de l'art qu'un don de la nature, peut à peine être définie & ne faurait
être imitée.

Mais fa gloire ne fe bornait pas à la feule

Poéfie. Il eût eu la même fupériorité dans la Profe. On peut en juger par fes Difcours à l'Académie, où fe trouve un magnifique éloge du grand Corneille ; par fes Lettres à l'Auteur des Héréfies imaginaires, dignes d'entrer en comparaifon avec les meilleures Provinciales, & enfin par fon Abrégé de l'Hiftoire de Port-royal, que le favant Abbé d'Olivet appellait un chef-d'œuvre. Et véritablement c'en eft un auquel il n'a manqué qu'un fujet plus intéreffant.

C'eft fur-tout par fes admirables Tragédies que Racine s'eft acquis une gloire immortelle. Notre refpect pour l'antiquité, qui n'eft ni aveugle ni fuperftitieux, ne nous empêche pas de reconnaître que les Grecs n'ont rien à leur oppofer ; mais c'eft à l'école des Sophocles & des Euripides que Racine apprit à les furpaffer.

Molière eut l'honneur de l'encourager le premier, & de prévoir dans les productions encore informes de fa jeuneffe l'avenir brillant que lui promettait fon génie. La critique févère de Boileau, dont il fut l'ami jufqu'à la mort, acheva de perfectionner les dons heureux qu'il tenait de la nature. On fait que Racine fe glorifiait de l'avoir pour maître, & il devait cette tendreffe au Grand Homme qui l'avait confolé fouvent des injuftices du Public & des fureurs de l'Envie.

RACINE (Louis) de l'Académie des Belles-Lettres, né à Paris en 1692, mort en 1764, fils de l'illuftre Auteur dont nous ve-

nons de parler & digne de cet honneur par
son beau Poëme de la Religion , que le grand
Rousseau regardait comme un des Ouvrages
les plus estimables de notre langue.

Peu d'Ecrivains ont mieux connu que Louis
Racine l'heureux méchanisme des bons vers
& la justesse de l'expression. Ce mérite ne
brille pas dans son Poëme seulement, mais
encore dans quelques autres de ses Ecrits qui
ne sont pas moins dignes de sa réputation.

Il a publié la Vie & quelques Lettres de
son Père , avec des remarques sur ses Tragédies. De quelque sentiment dont il dût être
pénétré pour la mémoire de ce Grand Homme, il n'a trouvé que des Lecteurs aussi jaloux que lui-même de l'admirer. On lui sait
gré de sentir toute la dignité de son nom , &
de le faire valoir avec une noble confiance.

Louis Racine , comme nous l'avons dit
ailleurs, joignait à ses rares talens une modestie qui en augmentait encore le prix. On
sait qu'il s'était fait peindre les Œuvres de
son Père à la main , & le regard fixé sur ce
vers de Phèdre :

Et moi , fils inconnu d'un si glorieux père.

Il faut ajouter Louis Racine au grand nombre d'Hommes illustres qui n'ont point été de
l'Académie Française , malgré tous les droits
que son nom & ses ouvrages lui donnaient
à cette distinction. C'est ce qui a , dit-on,
fait naître à M. l'Abbé Trublet l'idée d'un
nouveau Chapitre qu'il se propose d'ajouter à

fes *Effais de morale*, intitulé : *Du danger
d'aviir les honneurs en les refufant aux perfonnes qui les méritent, & en les prodiguant à
celles qui ne les méritent pas.*

RAYNAL (l'Abbé) né à Saint Geniez,
auteur de quelques Hiftoires, & entr'autres,
de celle du Stadhoudérat & du Parlement
d'Angleterre. Elles font remplies d'antithèfes
de mots, & vuides d'inftruction.

REGNARD (Jean-François) né à Paris
en 1647, mort en 1709, le fecond de nos
Poëtes comiques, très-inférieur à Molière,
mais fort au-deffus des Dufrefny, des Dancourt, des Boiffy, des Marivaux, &c. On
trouve chez lui plus que chez eux cette force comique fi précieufe & dont on a vu depuis fi peu d'exemples fur nos Théatres. L'enjoûment & la plaifanterie dominent principalement dans fes Ouvrages; mais dans la
Comédie du Joueur il s'eft approché du génie de Molière même. Il a peint ce caractère
comme il devait l'être. Cependant de nos
jours où toutes les bornes des Arts font con-
fondues, on a ofé dire à l'occafion de je ne
fais quel Drame Anglais tranfplanté fur notre fcène, que Regnard n'avait qu'indiqué le
fujet, & que le Traducteur de la Pièce An-
glaife l'avait rempli. Ce n'eft pas un des moins
abfurdes jugemens que le mauvais goût ait
porté dans ce fiècle, & rien ne ferait plus facile
que de le démontrer. Le Drame de Béverley
n'eft que l'hiftoire d'un furieux qui doit avoir

peu de modèles, même en Angleterre, &
que fon caractère forcené conduirait infailliblement à Tyburn. La Comédie de Regnard
eft au contraire la vraie peinture d'un Joueur
tel que nos mœurs pouvaient en admettre la
repréfentation. On voit dans le lointain &
pour ainfi dire dans la perfpective théatrale,
qu'ayant commencé par être dupe il pourrait finir par être frippon. C'eft-là que le
Poëte doit l'abandonner. Si l'horofcope d'un
pareil Joueur vient à fe remplir, il n'appar-
tiendra plus à la fcène, mais au Châtelet. Il
fuffit, pour la correction que la Comédie
peut fe propofer, qu'on l'ait repréfenté per-
dant fa maîtreffe, déshérité & voifin des plus
grands malheurs. Le perfonnage de *Tout à
bas* eft placé par le génie même pour faire
entrevoir à des fpectateurs délicats jufqu'où
la paffion du jeu peut conduire; & c'en eft
affez pour des Français. En un mot, la manie du Joueur de Regnard n'eft qu'un vice que
Thalie peut réprimer par le ridicule; & la
frénéfie monftrueufe de Béverley devient un
crime que les loix feules doivent arrêter par
la crainte des fupplices. Ces obfervations
peuvent s'étendre à la plupart de ces autres
Drames d'un genre horrible & fombre, dont
on a dérobé les fujets à la Tournelle pour
en infecter notre Théatre.

Les autres Comédies de Regnard font des
Pièces d'intrigue remplies de fel, de fineffe
& d'excellentes plaifanteries parmi un petit
nombre de mauvaifes. Il y a peint avec beaucoup de vérité les ridicules & les travers de
fon

fon tems. Mais il avait obfervé peu de caractères. Le *Légataire* tient le premier rang dans ces Piéces d'intrigues qui font toutes dialoguées de la manière la plus naturelle & la plus vive. Nous ne connaiffons rien de plus gai que *le Retour imprévu.* Enfin quoique Regnard n'ait pas embelli *les Ménechmes* de Plaute autant que Molière avait embelli les fujets de l'*Avare* & de l'*Amphytrion*, empruntés du même Poëte, il peut cependant être appellé à jufte titre le Plaute Français. Il eft même fupérieur à ce Comique Romain, non pas il eft vrai par l'imagination & par la fécondité, mais par l'avantage qu'il eut de vivre dans un fiècle plus poli & d'avoir fous les yeux de meilleurs modèles.

Defpréaux, à qui il était réfervé d'être l'ami de tous les vrais talens, connut le prix de ceux de Regnard, qui lui dédia fes Ménechmes.

Les Libraires, au lieu de groffir le Recueil des Œuvres de ce Poëte comique de quelques Satyres affez froides, & dont on n'eft pas certain qu'il foit entièrement l'Auteur, auraient dû y ajouter les Scènes ingénieufes & piquantes que Regnard avait données à l'ancien Théatre Italien. Ce Spectacle, aujourd'hui déshonoré par des farces fi abfurdes, méritait alors d'occuper des hommes célèbres. La liberté & la plaifanterie hardie qui y régnaient, peuvent nous retracer quelque idée de la Comédie antique & du genre d'Ariftophane. Boileau appellait ce Théatre *un grenier à fel*, quoique lui-même, à l'occafion de fa Satyre des Femmes, n'y eût pas été ménagé; & Racine voulait y faire repréfenter fa Comédie *des Plai-deurs.*

Une fingularité digne d'attention dans la vie de Regnard, c'eft qu'après avoir été longtems efclave à Alger, il voyagea fucceffivement dans toute l'Europe, & fut le premier Français qui alla jufqu'en Laponie. Ayant remonté le fleuve Torno, & pénétré jufqu'à la mer glaciale, il grava fur un rocher ces vers heureux :

Gallia nos genuit : vidit nos Africa, Gangem
Haufimus, Europamque oculis luftravimus omnem.
Cafibus & variis acti terráque, marique,
Hic tandem ftetimus, nobis ubi defuit orbis.

Regnard ne fut point de l'Académie Française.

REGNIER (Mathurin) né à Chartres en 1593, mort en 1613, le précurfeur de Boileau dans le genre fatyrique, qui lui a fait une très-grande réputation. Il eut comme ce dernier l'avantage de voir beaucoup de fes vers devenir proverbes en naiffant. Son ftyle mérite encore l'étude de tous ceux qui veulent s'adonner au même genre. Il eft plein de fens, d'énergie, de vigueur, & Boileau, qui jugeait fi bien de la convenance des ftyles, ne put y ajouter que de la correction & de l'élégance ; mais le Poëte moderne a d'ailleurs plus de gaîté, de fineffes, de graces, des tours plus variés, des railleries plus délicates, en un mot un fel plus attique, & fur-tout infiniment plus d'égards pour les bienséances.

Nous pensons à la vérité qu'il y aurait dans ce siecle un excès de rigueur à vouloir captiver l'imagination de nos Poëtes sous des loix trop austeres, & à regarder comme cyniques des peintures enjouées, telles que notre la Fontaine a pu s'en permettre d'après l'Arioste, & d'apres la plûpart des Ecrivains les plus généralement estimés chez les Nations voisines. Pourquoi nous donnerions-nous des entraves que des peuples plus religieux, plus séveres que nous, ne donnent pas eux-mêmes à leurs Poëtes ? La Poésie, il faut en convenir, a des priviléges que n'a point la prose. On sent combien il est aisé d'exprimer en langage commun des choses qui ne peuvent avoir aucun sel que par le mérite de la difficulté vaincue. Une licence qui coûte si peu, & qui ne suppose aucun talent, révolte le lecteur le moins délicat ; & c'est la raison pour laquelle de certains livres, tels que les *Bijoux indiscrets*, par exemple, ne sont lus de personne , tandis que l'Arioste, la Fontaine & le petit nombre d'Ecrivains qui leur ressemblent, sont entre les mains de tout le monde. La Poésie porte , si l'on ose le dire, sa gaze avec elle. Elle s'adresse à l'imagination plus qu'aux sens. Les difficultés qu'elle est obligée de vaincre, le langage figuré qu'elle doit substituer au langage vulgaire, les métaphores hardies, les images piquantes , les tours allégoriques qu'elle emploie, y servent d'enveloppe aux objets, en font disparaître en quelque sorte le fonds sous la forme , & sollicitent du moins

l'indulgence de tous ceux qui ne font pas pédans en faveur du Poëte. En un mot, toutes
les fois que l'expreffion eft chafte, l'Ecrivain,
aux yeux des gens du monde & des connaiffeurs, n'a point péché contre les bienféances.
Ce n'eft donc pas, pour s'être permis de pareilles libertés, que nous reprochons à Régnier d'avoir manqué à la décence. C'eft au
contraire parce que fans ménagement pour
fon lecteur, il l'a conduit dans des lieux de
débauche; c'eft que dans le ftyle le plus familier, il a peint des objets crapuleux, dé-
goûtans même pour quiconque n'a pas le
goût dépravé, & les mœurs entiérement corrompues; c'eft enfin parce qu'il n'eft qu'or-
durier dans quelques-unes de fes Satyres, &
qu'au lieu d'un coloris avoué des Mufes, il
n'a employé que des crayons groffiers dans
des fujets dont la licence n'eft rachetée par
aucunes graces.

ROBÉ DE BEAUVESET (N.) né à Vendôme. Peut-être ne lui a-t-il manqué pour
être Poëte que de l'harmonie & du goût. Il
a de l'imagination, quelquefois de la chaleur
& de l'énergie; mais il n'a guères traité que
des fujets bizarres ou cyniques.

On a de lui une Satyre publiée en 1752,
qui n'était pas fans mérite. La plupart des
Critiques en étaient judicieufes. Il y avait
même quelques morceaux d'une verve affez
facile.

Le Poëme qu'il a intitulé *Mon Odiſſée*, eft
un exemple fingulier de la rudeffe de fon ftyle

& de la bizarrerie de ses rimes, qui ont presque toujours une affectation pénible de recherche & d'exactitude, & qui donnent à tous ses vers une apparence de bouts rimés que l'on se serait efforcé de remplir par caprice. Les cacophonies y sont si fréquentes que souvent on a peine à les prononcer.

L'imagination de cet Auteur s'est échauffée, à ce qu'on dit, en assistant à des spectacles de Convulsionnaires, & l'on prétend qu'il ne fait plus des vers que pour annoncer la fin des tems & l'arrivée du Prophête Elie.

ROCHON DE CHABANNES (N.) né à Paris. Il a donné au Théâtre Français *Heureusement*, petite Comédie d'après un petit Conte de Mr. Marmontel. Le jeu de Mr. Molé fait encore voir avec quelque plaisir cette bagatelle. L'Auteur a donné depuis la *Matinée à la mode*, ou *le Protecteur*, en un acte, & en prose. Il est d'un esprit bien pauvre d'avoir cru remplir en un acte le riche sujet du *Protecteur*.

Mr. Rochon a fait représenter au même Théâtre une Pastorale mêlée de chants & de danses, intitulée *Hylas*. Cette Pastorale imitée de l'*Oracle*, des *Graces* & de beaucoup d'autres Pièces connues, n'avait pas même le mérite de la délicatesse du style. Elle était au contraire d'un genre un peu graveleux. C'est apparemment pour s'égayer, qu'un Journaliste, en rendant compte de cette autre bagatelle, a dit que l'Auteur avait trop imité la manière d'Aristophane. Mr. Rochon Aristo-

phane ! Ce trait nous fait fouvenir d'une bévue de Mr. Fréron , qui appellait Vadé Anacréon.

Avant que d'effayer fes talens au Théatre
Français , Mr. Rochon avait débuté , à la
Farce Italienne , par le *Deuil Anglais* , &
à l'Opéra comique , par *les Filles.* On ne peut,
à l'occafion de cette dernière production , fe
refufer une remarque qui fert à faire connaître l'efprit moutonnier de nos beaux Efprits.
Mr. de Saint-Foix venait de donner à la Comédie Françaife une petite Pièce dans le genre agréable qui lui eft propre , intitulée *les*
Hommes. Elle eut beaucoup de fuccè. Quelques jours après parurent *les Femmes* au Théatre Italien , enfuite *les Filles* à l'Opéra comique. On peut être fûr qu'à Paris un fuccès
quelconque eft toujours l'époque d'une infinité de fottifes.

ROLLIN (Charles) ancien Recteur de
l'Univerfité de Paris , Auteur de l'Hiftoire ancienne , du Traité des Etudes , &c.

Les jeunes gens ne puiferont jamais des leçons d'une morale plus faine & d'un goût
plus épuré que dans les Ouvrages de cet eftimable Ecrivain. Formé lui-même fur les meilleurs modèles , il apprend à ne pas s'égarer
en préférant des routes de caprice à celles
qui nous ont été tracées par les Grands Hommes de l'antiquité. Tant que ceux qui préfident à l'éducation publique ne donneront eux-
mêmes à leurs élèves d'autre guide que Mr.

Rollin ; on ne doit pas craindre pour les beaux Arts une entière décadence.

Nous n'avons pas toujours parlé de cet Auteur respectable avec autant de justice. Entraîné un moment dans notre jeunesse par cet esprit de mode pour lequel nous avons depuis conçu tant de mépris, éblouis par quelques réputations plus brillantes que solides, nous avions dit dans le Discours préliminaire d'une Histoire des premiers siècles de Rome, que Mr. Rollin avait peu de physionomie dans ses Ouvrages. Il n'a point sans doute cette manière recherchée que chaque Ecrivain affecte aujourd'hui de se former, dans l'intention de paraître original, ou du moins singulier. Il n'a point altéré le génie de la langue, pour lui donner dans sa prose un faux air d'enthousiasme qui serait réprouvé, même dans la Poésie. Il ne se distingue ni par un ton dogmatique, tranchant ou sententieux, ni par une affectation puérile d'expressions nouvelles & déplacées, de tours bizarres, en un mot par ce jargon qui commence à se produire dans tous les genres, & à défigurer tous les styles. Il est quelquefois un peu négligé, un peu diffus, mais toujours pur, toujours clair, toujours élégant, & ne s'écartant jamais de cette noble simplicité qui doit être le caractère de notre prose. Elle est devenue sauvage & barbare entre les mains de ceux qui ont voulu lui donner une sorte d'emphase & d'énergie outrée qu'elle ne comporte pas. C'est s'appauvrir que de s'enrichir ainsi. Tout ce qui s'éloigne en vers

du style de Boileau & de Racine , tout ce
qui ne se rapproche point en prose de celui
de Pascal ou de Bossuet , sera toujours désa-
voué par le goût.

M. Rollin a principalement écrit pour les
jeunes gens , & il a dû se proportionner à
leur intelligence. On ne doit donc pas lui
reprocher quelques réflexions qui paraissent
un peu trop simples quand on est mûri par
l'expérience. Il conservera toujours aux yeux
de la postérité le caractère d'un Ecrivain sage , rempli de connaissances & de goût, &
qui a fait passer jusques dans son style la douceur & l'aménité de ses mœurs. Ce caractère
devient aujourd'hui d'autant plus remarquable
qu'il est plus rare d'en retrouver un exemple. Nous avons saisi avec empressement cette
occasion de témoigner notre respect pour la
mémoire de cet homme utile & justement célèbre.

RONSARD (Pierre de) né dans le Ven-
dômois en 1525 , mort en 1585 , Poëte Français. Il eut de son vivant une si grande réputation, que mal écrire c'était, selon un proverbe du tems, donner des soufflets à Ronsard. Il fut honoré des bienfaits & de la familiarité de plusieurs de nos Rois. On a même conservé des vers que Charles IX. lui
adressa, & qui à notre avis, sont d'une verve infiniment plus heureuse que les meilleurs
vers de Ronsard. Cependant ce Poëte si célèbre avait pensé détruire le génie de notre
langue par la licence qu'il se donna d'y in-

troduire une foule de mots purement grecs, qui rendent sa Poésie presque toujours dure, bizarre & inintelligible. On peut en juger par cette Epitaphe singulière qu'il avait faite pour Marguerite de France & pour François I.

Ah! que je suis marri que la Muse Françoise
Ne peut dire ces mots comme fait la Grégeoise ;
Ocymore, Dyspotme, Oligochronien ;
Certes, je les dirois du sang Valésien, &c.

Cette affectation ne venait que de son érudition vraiment singulière, & dont il semblait vouloir faire parade. Mais il prétendait encore enrichir la langue d'une autre manière, en y faisant entrer indifféremment, toutes les espèces de Dialectes qui étaient alors, & qu'on voit de nos jours en usage en France. » Il ne faut se soucier, disait-il, si les » Vocables sont Gascons, Poitevins, Nor- » mands, Manceaux, Lyonnois ou d'autres » pays. « C'était entreprendre d'ériger le jargon de ces différentes Provinces en autant de langues régulières ; mais il ne prenait pas garde que ces Dialectes bizarres, sans règle, sans principes, sans caractère, ne pouvaient former qu'un assemblage barbare, une confusion anarchique, & qu'enfin par cette bigarrure étrange, il eût converti la langue Française elle-même en un pur jargon.

Ronsard avait d'ailleurs plusieurs des qualités qui font les grands Poëtes, une imagination vive, forte, hardie, de l'élévation dans l'esprit, & la connaissance des bornes

fources ; mais fon goût ne prit aucune fupériorité fur fon fiècle, ou plutôt il manqua
abfolument de goût. Voulant tout régler ,
comme le dit Boileau, il brouilla tout, fit
un art à fa mode,

> Et toutefois longtems eut un heureux deftin ;
> Mais fa Mufe en Français parlant Grec & Latin,
> Vit dans l'âge fuivant, par un retour grotefque,
> Tomber de fes grands mots le fafte pédantefque.

Ce fut , à ce que nous croyons , le premier de nos Ecrivains qui ofa débuter dans
la carriere de l'Epopée , par fon Poëme de
la Franciade , qui eft un de fes plus médiocres Ouvrages. A l'exception du genre dramatique , il avait tenté prefque tous les genres de Poéfie , & l'univerfalité prétendue de
fes talens augmenta encore fa réputation ;
mais elle n'était qu'apparente , & c'était à
notre fiècle qu'un pareil phénomène était véritablement réfervé. Nous avons vu dans Mr.
de Voltaire l'homme univerfel qu'on avait
cru voir fauffement dans ces commencemens
informes de notre Littérature.

ROUSSEAU (Jean-Baptifte) né à Paris
en 1669 , mort en 1740. On commence à
lui donner le nom de grand, & cette diftinction qu'il mérite, n'eft pas inutile pour empêcher de le confondre avec d'autres Auteurs
qui ont porté le même nom que lui. Il a été
l'Horace de la France.

Ses Odes , à l'exception d'un petit nombre, font-un des plus précieux monumens de Poéfie que nous ayons dans notre lan- gue, & demeureront à jamais le modèle de ce beau genre, le plus difficile de tous après le Poëme épique, parce qu'il exige à péu près les mêmes conditions, l'enthoufiafme & le génie. Auffi rien n'eft-il plus rare parmi nous qu'un bon Poëte lyrique, & peut-être ne fommes-nous tombés dans une efpèce d'in-différence pour ce genre fublime que par un jufte dégoût pour l'immenfe quantité de mau-vaifes Odes hazardées depuis Rouffeau par une foule d'Ecrivains médiocres.

Nous n'avons rien dans un genre qui eft à peu près le même, de plus achevé que fes Cantates, & elles attendent encore le Muficien de génie, qui faura s'immortalifer en affociant les richeffes de fon art à ces tréfors de Poéfie. Quelques-unes de ces Can-tates ne font que fublimes. Le plus grand nombre refpire la volupté, & tiendra lieu d'un reproche éternel à ceux qui ont accufé Rouffeau de n'avoir pas connu la délicateffe, le fentiment & les graces.

Ses Allégories, pleines de raifon & de faine philofophie, dépoferont de même con-tre ceux qui ont ofé dire que ce Poëte avait peu penfé.

Il eft étonnant que les Comédiens foient affez peu jaloux de la gloire d'un de nos plus Grands Hommes, pour n'avoir jamais fongé à remettre fa Comédie du *Flatteur*, & même celle du *Capricieux*, Pièces, mal-gré leurs défauts, fi préférables à toutes les rapſodies romaneſques dont ils ont avili leur ſcène depuis quelques années.

Nous n'avons pas d'Epigrammes comparables à celles de Rouſſeau par le ſel Attique, par la fineſſe ou la naïveté piquante , par la juſteſſe & l'énergie de l'expreſſion ; enfin , par cet art ſi peu commun de ne jamais employer un ſeul mot inutile. Du moins aucun Auteur n'en a-t-il fait un auſſi grand nombre qui rempliſſe toutes ces conditions.

On aurait les mêmes éloges à faire de ſes Epîtres , s'il n'y régnait quelquefois trop de recherche & d'affectation. La ſatyre y eſt plus amère , & par conſéquent moins enjouée & moins fine qu'elle ne l'eſt dans Boileau ; mais depuis la mort de ce dernier la Sottiſe reparaiſſait avec tant de ſuccès , les corrupteurs du goût ſe reproduiſaient avec tant d'audace , & la Littérature était livrée à tant d'innovateurs ſans mérite , que l'on doit peut-être pardonner à Rouſſeau d'avoir ſubſtitué le ton de Juvénal à celui d'Horace. Que n'eût-il pas oſé s'il eût vécu juſqu'à nos jours, & s'il eût vu la décadence entière de ces beaux Arts qu'il avait honorés ?

Boileau dans un ſiècle de gloire & de liberté , avait pu dire ſans conſéquence :

> Tous les jours à la Cour un ſot de qualité
> Peut juger de travers avec impunité.
> . . . .
> Notre ſiècle eſt fertile en ſots admirateurs.
> Il en eſt chez le Duc , il en eſt chez le Prince.

Mais il en coûta cher à Rousseau pour avoir parlé du Parnasse aussi librement que Boileau parlait de la Cour. L'esprit de cabale & d'intrigue s'était perfectionné chez les Ecrivains médiocres, & leur avait donné des moyens de nuire, inconnus jusqu'alors à leurs prédécesseurs. Quelques-uns d'eux, pour venger leur amour-propre humilié par les plaisanteries de Rousseau, imaginèrent de forger sous son nom des couplets scandaleux & horribles, qui avaient le double but, & de l'écarter de l'Académie, & de le rendre odieux à la société. Cette trame affreuse réussit, & Rousseau fut l'innocente victime de cette détestable invention.

Que ceux qui oseraient croire encore que ce Poëte fut véritablement l'Auteur de ces couplets, interrogent leur propre cœur ; & qu'ils pesent la persévérance généreuse avec laquelle Rousseau se refusa constamment à tous les moyens honteux de rentrer dans sa patrie. Qu'ils lisent ce qu'il écrivait avec tant d'énergie au Baron de Bréteuil : » vous savez » quels sont mes sentimens, & que des gra- » ces & des accommodemens ne convien- » nent qu'à des fripons, & non à un hon- » nête homme, injustement opprimé. J'aime- » rais mieux être mort que de sortir d'op- » pression par une honte qui serait irrépa- » rable.... J'aime bien la France, mais j'ai- » me encore mieux mon honneur & la vé- » rité. Quelque destinée que l'avenir me pré- » pare, je dirai comme Philippe de Com- » mines : Dieu m'afflige, il a ses raisons,

» mais je préférerai toujours la condition
» d'être malheureux avec courage, à celle
» d'être heureux avec infamie. «

Que ces mêmes perfonnes dont ici nous interrogeons le cœur, fongent que Rouſſeau a
tenu le même langage juſques dans ces momens terribles où l'homme n'ayant plus rien
à perdre, femble au-deſſus de toute crainte
& de tout déguiſement. Qu'enfin ces mêmes
perfonnes fongent encore qu'un des plus ir-
réconciliables ennemis de Rouſſeau, que Boindin, outragé lui-même dans les couplets, a
protefté juſqu'à fa mort que Rouſſeau n'en
était pas l'Auteur, & nous ofons croire que
nos Lecteurs n'en feront pas moins perfuadés
que nous.

Ce qui nous confirme encore dans cette
opinion, c'eſt que ces couplets fi maligne-
ment vantés, ne font en effet qu'un tiſſu
d'injures groſſières, preſque dénuées d'efprit
& qu'on y voit tout au plus une imitation
mal-adroite de cette fingulière richeſſe de rimes que Rouſſeau affectait quelquefois, &
qu'il eſt fi facile de contrefaire.

La cauſe qui a pu jetter fi longtems du
pyrrhonifme & de l'incertitude fur cette mal-
heureuſe hiſtoire, il faut l'avouer, c'eſt que
Rouſſeau intérieurement convaincu de fon in-
nocence, mais effrayé des fuites de l'accuſa-
tion répandue fourdement contre lui, crut
imprudemment qu'il ne pouvait fe laver du
foupçon d'avoir fait les couplets, qu'en faifant connaître celui que par un fentiment de
perfuafion intime & des vraiſemblances très-

fortes, il avait lieu d'en regarder comme l'Auteur. D'accufé il devint mal-à-propos accufateur ; il ne fentit point que les preuves légales lui manquaient , & dans l'impoffibilité où il fe trouva de les fournir , il fut juftement condamné , moins comme Auteur des couplets, que parce qu'il avait employé des moyens illégitimes pour les attribuer au plus violent de fes ennemis , & à l'homme qu'il foupçonnait le plus de les avoir faits.

Au refte , nous devons à la gloire de Mr. de Voltaire , reproduire ici ce témoignage de la juftice qu'il rendit enfin au grand Rouffeau après fa mort. Voici ce qu'il écrivit à Mr. de Séguy en 1743.

» J'ai reçu, Monfieur, la lettre que vous
» m'avez fait l'honneur de m'écrire , avec
» votre projet de foufcription pour les Œu-
» vres du célèbre Poëte dont vous étiez l'a-
» mi. Je me mets très-volontiers au rang des
» foufcripteurs, quoique j'aie été malheureu-
» fement au rang de fes ennemis les plus
» déclarés. Je vous avouerai même que cette
» inimitié pefait beaucoup à mon cœur. J'ai
» toujours penfé , j'ai dit , j'ai écrit que les
» Gens de Lettres devraient être tous frè-
» res.... Il femblait que la deftinée , en me
» conduifant dans la ville où l'illuftre & mal-
» heureux Rouffeau a fini fes jours , me mé-
» nageât une réconciliation avec lui. L'efpèce
» de maladie dont il était accablé m'a privé
» de cette confolation que nous avions tous
» deux également fouhaitée. L'amour de la

» paix l'eût emporté fur tous les fujets d'ai-
» greur qu'on avait femés entre nous. Ses
» talens, fes malheurs & ce que j'ai ouï dire
» ici de fon caractère, ont banni de mon
» cœur tout reffentiment, & n'ont laiffé mes
» yeux ouverts qu'à fon mérite.

Si Mr. de Voltaire, en parlant de ce grand
Poëte, s'eft depuis exprimé d'une manière
moins décente, & moins honorable pour lui-
même, cette variation ne peut être regardée
que comme une inconféquence, qui ôte à
fon jugement fur Rouffeau toute efpèce d'autorité.

ROUSSEAU (Jean Jacques) né à Genève en 1708. C eft un des plus beaux génies
de ce fiècle, un homme d'un naturel peu vulgaire, n'aimant à reffembler à perfonne, &
manifeftant peut-être un peu trop une forte de fingularité, foit dans fa conduite,
foit dans fes Ecrits, comme on n'a pas manqué de le lui reprocher. Mais fans nous arrêter à ce qui n'eft point du reffort de ces
Mémoires, effayons d'apprécier cet Auteur
célèbre, en nous préfervant à la fois d'une
critique outrée, & d'une admiration fanatique.

De tous nos Ecrivains modernes, il eft affurément un de ceux qui penfent avec le plus de
profondeur, dont les fentimens font les plus
mâles, les plus énergiques. La liberté, l'humanité, la patrie, la Religion même, au
moins la naturelle, (exception rare en fa faveur) voilà les grands objets qui ont allumé
fon

son enthousiasme, & qui font lire ses Ouvrages avec tant de plaisir. On ne peut l'accuser, comme beaucoup d'autres, d'avoir souvent répété, avec une emphase étudiée, le mot imposant de *Vertu*, plutôt que d'en avoir inspiré le sentiment. Quand il parle de nos devoirs, des principes essentiels à notre bonheur, du respect que l'homme se doit à lui-même & qu'il doit à ses semblables, c'est avec une abondance, un charme, une force qui ne saurait venir que du cœur. On voit qu'il s'est nourri de bonne heure de la lecture des anciens Auteurs Grecs & Romains. Ces vertus Républicaines qu'ils nous ont dépeintes le ravissent, le transportent, & paraissent souvent l'inspirer. Si son respect pour elles, n'allait pas quelquefois jusqu'à l'excès, nous avons presque dit jusqu'à l'idolâtrie, on partagerait plus volontiers ce noble enthousiasme de l'Auteur ; mais dominé par son imagination trop ardente, & par on ne sait quelle manie de rabaisser ses contemporains, il ne voit jamais dans ceux-ci que des Pygmées, & dans les autres que des géans par lesquels il semble vouloir nous humilier, & peut-être nous décourager.

On ne peut nier que son Discours contre les Sciences, couronné par une savante Académie, ne soit un chef-d'œuvre d'éloquence. Il n'a voulu (a-t-on souvent répété à cet égard comme à bien d'autres) que se jouer de sa plume & de ses lecteurs. Tel que certains sophistes de l'antiquité, il paraît se plaire à combattre toutes les opinions reçues, &

Tome II. P.

à défendre les paradoxes les plus bifarres ; mais nous croyons que fouvent on a mal faifi fa penfée , & que fouvent auffi la chaleur de la difpute l'a fait aller plus loin qu'il ne fe l'était d'abord propofé.

Son Difcours fur les caufes de l'inégalité parmi les hommes , & fur l'origine des fociétés , a étonné par la hardieffe , & difons-le franchement , par la bifarrerie des idées. Il nous paraît que c'eft pour avoir beaucoup trop élevé l'homme fauvage , & trop déprimé l'homme focial , qu'il s'éloigne ainfi en double fens de la vérité. En général , fon fyftême à cet égard repofe fur une bafe trop métaphyfique, trop déliée. Quelquefois, fi l'on ofe le dire , il fe plaît à tourner la pyramide fur fa pointe & à faire des prodiges de force pour la maintenir ainfi dans un violent équilibre. Mais, comme l'a dit Boileau, *rien n'eft beau que le vrai.* L'admiration qu'on accorde à des tours de force eft fatiguante, pénible , & bientôt épuifée.

Les idées de Mr. Rouffeau fur la Politique devaient avoir naturellement beaucoup d'adverfaires. Cette matière eft fi délicate , fi compliquée , elle réveille tant de préjugés , tant de paffions oppofées , il eft fi difficile de faifir ce jufte milieu , ce point prefque imperceptible qui fépare un extrême de l'autre , les Grands aiment fi fort à dominer , les Petits aiment fi fort l'indépendance, que c'eft principalement fur ces objets qu'il n'eft guères de lecteurs affez exempts de tout motif fecret de partialité, pour qu'on puiffe prendre dans leurs jugemens une entière confiance. Ce qui nous semble certain, c'est que Mr. Rousseau voit souvent les hommes trop en noir. Une santé délicate, un vif amour pour la vertu, une imagination forte & quelquefois sombre, une sensibilité exquise, mais exigeante & ombrageuse, quelques injustices, quelques persécutions qu'il a essuyées, tout cela, joint à l'orgueil du génie, lui a fait juger les hommes avec une excessive rigueur. Il a cru voir ce qu'ils devraient être, il s'est indigné de ce qu'ils font, & souvent de ce qu'il les a crus. Il ne s'est pas toujours rappellé que les hommes, comme il l'a dit lui-même, étant plus faibles que méchans, l'indulgence est la première vertu du sage. Quoi qu'il en soit, rien n'est plus désolant que le tableau que fait Mr. Rousseau des horreurs de la société. On ne peut imaginer de coloris plus sombre. Il ne tient pas à l'Auteur que nous ne soyons persuadés que les hommes ne sont que des bêtes féroces, destinées à s'entre-déchirer mutuellement. C'est-là de l'excès, sans doute. Avouons-le cependant, si ce tableau est infidèle, ce n'est guères que par ce que le peintre ne présente que le côté sinistre, tandis qu'il laisse dans l'ombre le côté consolant & favorable.

Le Roman d'Héloïse a fait beaucoup de bruit. On pourrait presque lui appliquer ce qu'on disait du Cid, que c'était un excellent Ouvrage, dont on avait fait une excellente critique. L'intrigue m'a paru mal conduite, l'ordonnance mauvaise. Les personnages sont trop uniformes, trop guindés, trop exagé

P ij

rés, quoique l'Auteur ait voulu les repréfenter dans la belle nature. Le Coftume y eft
bleffé fans ceffe. C'eft toujours Mr. Rouffeau
qui parle par la bouche de fes Acteurs. Il a
beau chercher à fe mettre à leur place, à fe
plier à leur génie, à leur condition, à leur
fexe, c'eft un grand homme qui, bien qu'il
fe baiffe, eft fouvent plus grand qu'il ne faut
pour la vraifemblance. Quelle Lettre, par
exemple, que celle de Julie fur les duels &
fur l'adultère ! Quoi de plus admirable en un
fens, & de plus déplacé dans un autre ! Le
perfonnage de Saint Preux, à quelques endroits près, eft faible & peu intéreffant. Celui de Volmar eft violent, c'eft-à-dire peu
naturel & contraint. Par conféquent celui
de Julie, qui aime tant à differter, eft un af-
femblage de tendreffe, de grandeur d'ame,
de piété & de coquetterie. Cet enfemble, il
faut l'avouer, eft défectueux ; mais malheur
à celui qui ne fentirait que les défauts ! Malheur à celui que les beautés de détail, dont
abonde ce charmant Ouvrage, ne tranfpor-
tent & n'affectent pas délicieufement, & qui
ne s'attendrit pas pour les vertus dans les admirables peintures que l'Auteur en a fçu tra-
cer ! Quelle différence entre la froide galan-
terie de la plupart de nos Romans, & l'amour
fi vivement reffenti & exprimé par Mr. Rouffeau ! Quel intervalle immenfe entre le feu du
fentiment & les glaces du bel efprit ! Quelle
ame, quelle véhémence n'a-t-il point fallu pour
exprimer, avec tant de chaleur & d'énergie,
les divers mouvemens des paffions qui nous
agitent !

On fait avec combien d'ardeur le Public a accueilli le *Devin de Village*, Paftorale remplie de graces & digne de l'âge d'or, s'il eût exifté. Rien de plus intéreffant, de plus délicat, de plus naïf que les paroles & la mufique de cet Opéra. On n'a pas l'idée ni d'un coloris plus frais, ni d'un meilleur ton de fimplicité champêtre. Combien de fois n'at-on pas répété ces jolies chanfons : *Tant qu'à mon* Colin *j'ai fçu plaire*, &c. *Je vais revoir ma charmante maîtreffe*, &c. ! Voilà ce qui doit toujours charmer. Voilà le langage qui va au cœur, parce qu'il en vient, langage bien préférable à ces petites bluettes frivoles, à ces pointes, en un mot à tous ces lieux communs doucereux & infipides, qui rendent nos chanfons à la mode fi puériles, fi ridicules, fi méprifables.

Quant au ftyle & à la forme des Ouvrages de Mr. Rouffeau, on peut dire en général, que cet Auteur a une manière qui eft toute à lui. Il paraît pourtant quelquefois, par une forte de rudeffe & d'âpreté affectée mais énergique, tenir du goût de Montagne, dont il eft grand admirateur, & dont il a adopté & rajeuni plus d'opinions qu'on ne penfe. Son ftyle d'ailleurs, fe plie merveilleufement bien à tous les objets qu'il traite. Il eft plus varié que celui de plufieurs Ecrivains célèbres, tour-à-tour nerveux, fublime, gracieux, délicat & pathétique, on n'a guères loué avec plus de fineffe que Mr. Rouffeau ; mais auffi l'on ne peut guères employer une ironie plus amère, & une fatyre plus piquante que la sienne. Quel nombre, quelle cadence, quelle harmonie dans ses périodes! Quelle marche aisée, noble & soutenue! Avec quelle véhémence &, si nous osons le dire, quelle tyrannie ne subjugue-t-il pas ses Lecteurs! Le premier effet qu'il produit sur eux est infailliblement de les séduire, de les entraîner par la magie de son style. Ce n'est qu'après l'impression affaiblie, que la réflexion le combat quelquefois, & pour peu qu'elle s'éloigne, on revient encore à lui.

Mais ce qui nous paraît le distinguer principalement, c'est son caractère d'énergie. Quand il s'élève, ou contre le despotisme, ou contre les préjugés & les vices de son siécle, c'est Périclès qui frappe & qui renverse. C'est Démosthène tonnant du haut de sa Tribune. On voit qu'un sentiment profond & souvent amer le domine, & qu'il ne peut pardonner aux hommes les maux qu'ils se font à eux-mêmes. Si vous en exceptez quelques hyperboles, qui ordinairement appartiennent moins au fond qu'à la forme, sa Morale est à beaucoup d'égards, vraie, sublime, favorable aux opprimés inexorable aux oppresseurs, très-fine, très-intéressante dans les détails. C'est ce qui paraît sur-tout dans son Héloïse. C'est-là qu'on voit combien il connaît les replis les plus cachés du cœur humain ; & l'on peut lui appliquer en Morale ce que disait Fontenelle d'un célèbre Naturaliste. » *Il prend* » *presque toujours la nature sur le fait.* «

De tant d'Auteurs qui ont tant écrit de choses vagues & communes sur les Femmes, qui ont fait de leur fauſſeté, de leur diſſimulation, de leurs caprices, de la légèreté de leur caractère, des petites ruſes de leur amour-propre, tant de ſatyres rebattues, & ſouvent ſi peu réfléchies, il eſt certainement celui qui a le mieux ſaiſi & apprécié ce ſexe, qui a le mieux trouvé dans les différences naturelles, la raiſon des différences morales. Voyez là-deſſus les premières pages du quatrième volume d'Emile. (Toute femme ſincère ne pourra que ſe reconnaître au bien & au mal qu'il dit de ſon ſexe. Au reſte, cet Ouvrage de Mr. Rouſſeau ſur l'Éducation renferme auſſi des beautés ſans nombre, des vues perçantes & hardies ; mais on y découvre toujours ſon ſecret penchant à s'éloigner de toutes les pratiques reçues.) Généralement parlant, ſon ſyſtême paraît aſſez bien calqué ſur celui de la nature, & c'eſt peut-être la principale raiſon qui le rend impraticable, quant à l'enſemble, dans l'état actuel des choſes. On peut ſuivre pourtant, avec quelques modifications, la plupart des préceptes qu'il nous y donne ; & l'Auteur aura toujours le mérite d'avoir réveillé les eſprits de ſon ſiècle ſur ce grand objet de l'éducation.

N'oublions pas d'obſerver que la partie d'Emile, où l'on traite de la Religion naturelle, eſt un des plus beaux morceaux de tout l'Ouvrage. Il peut y avoir quelques écarts ; mais les grands principes y ſont développés avec une force, une nobleſſe digne de Boſſuet. On a ſur-tout admiré dans la Profeſſion de foi du Vicaire Savoyard, un

P iv

portrait de Jefus-Chrift fait de main de maître. Heureux le Peintre, fi lui-même n'avait
quelquefois défiguré ce portrait digne en
quelque forte de fon divin modèle!

S'il peut nous être actuellement permis de
relever quelques fautes dans le ftyle de cet
Ecrivain célebre, nous remarquerons d'abord
qu'à l'exemple d'Ovide il ne fait pas toujours s'arrêter. Il tourmente fa penfée en la
préfentant fous trop de faces. Il a des phrafes
parafites, qui prifes à part font toujours belles, harmonieufes, bien cadencées, qui paraiffent même renforcer quelquefois la penfée de l'Auteur, mais de manière pourtant
que la dernière phrafe toute feule produirait
peut-être autant & plus d'effet en frappant
un coup plus fimple & plus rapide. Il n'eft
pas exempt d'expreffions négligées, il en a
même de triviales; & c'eft avec raifon qu'on
a remarqué celles-ci : » *La Mufique Françaife*
» *reffemble à une Vache qui galoppe, ou à une*
» *Oie graffe qui veut voler.* « Dans fon Difcours fur l'Œconomie politique, où il parle
de la proportion équitable qu'on devrait établir dans les impôts, » Un Grand, dit-il, pré-
» tendra qu'eu égard à fon rang, ce qui fe-
» rait fuperflu pour un homme inférieur, eft
» néceffaire pour lui ; mais c'eft un menfon-
» ge (ajoute Mr. Rouffeau) car un Grand
» a deux jambes ainfi qu'un Bouvier, & n'a
» qu'un ventre non plus que lui. « Il eft clair
que par ces tournures abjectes, l'intention de
l'Auteur eft d'avilir les grandeurs de préjugé,
& de rappeller nos idées à l'égalité primiti-

ve ; mais peut-être manque-t-il ainsi double-
ment son but : premièrement comme homme de goût, ensuite comme Philosophe qui
révolte trop par sa manière ceux qu'il voudrait réformer. Le vice heurté de front s'in-
digne & se roidit; pris de biais il temporise,
bat en retraite , & se rend quelquefois. Quoi
qu'il en soit, Mr. Rousseau sacrifie souvent la
précision au nombre & au rythme , au lieu
que Mr. de Buffon autre Ecrivain justement
célèbre, sait admirablement unir la précision avec l'harmonie.

Un autre défaut que nous avons entendu
reprocher encore au style de cet homme éloquent, c'est un peu de néologisme. Ce reproche n'est peut-être pas tout-à-fait sans fonde-
ment. Il nous semble cependant que c'est presque toujours si heureusement, & avec tant de
raison & de graces, que cet Auteur emploie
des mots nouveaux, ou qu'il donne à des mots
reçus des acceptions nouvelles, que nous ne
savons trop si l'on peut le blâmer d'une hardiesse qui embellit & enrichit la langue. *Cur
ego*, disait Horace, *si linguam Catonis & En-
ni, ditare valeo*, &c.

Dans le fonds, le langage n'est-il pas fait
pour l'homme, & non l'homme pour le langage? Voici, selon nous, les seules restric-
tions qu'il conviendrait de mettre à cette liberté pour éviter les abus. Jamais il ne faudrait employer une expression inusitée, que
lorsqu'elle donne plus de force au discours,
ou qu'elle peut servir à fixer une nuance délicate qui échapperait sans elle. Il faudrait

auſſi que le ſens en fût toujours très-clair ; & au moyen de cette double précaution, il ſe-rait permis de braver quelquefois une exacti-tude trop puſillanime, qui ne peut que rétré-cir & borner la carrière de l'art. Il eſt vrai que peut-être le génie ſeul a le droit d'en-freindre heureuſement certains uſages, com-me il n'appartenait qu'aux Dictateurs Ro-mains de faire taire les loix, en quelques oc-caſions, pour le bien même de ces loix & de la liberté. » Toutes les fois, dit Mr. Rouſ-» ſeau, avec le ton d'indépendance qu'on lui » connaît, toutes les fois qu'à l'aide d'un bar-» bariſme ou d'un ſoléciſme, je pourrai me » faire mieux entendre, ne croyez pas que » j'héſite. « A notre avis, il aura ſouvent raiſon. (*)

_____

(*) Nous avons préféré l'article qu'on vient de lire à celui que nous avions fait nous-mêmes ſur le célèbre Ecrivain qui en eſt l'objet. Cet article nous a paru très-intéreſſant, rempli d'obſervations également fines & judicieuſes, qui ſuppoſent dans le Rédacteur beaucoup d'eſprit, de ſagacité & de talent. Il nous a été envoyé par Mr. Romilly, Paſteur de l'Egliſe de Genève, le mê-me qui a fourni à l'Encyclopédie les articles _Tolérance_ & _Vertu._ Il ſerait à ſouhaiter, pour l'honneur de cette collection, qu'elle eût eu un plus grand nombre de coo-pérateurs de ſon mérite, & ſur-tout auſſi modeſtes, auſſi dignes du nom de ſage que ſes Concitoyens lui donnent à ſon inſçu, & qu'il ne perdra jamais, parce qu'il n'en a pas fait, comme tant d'autres, une affiche d'orgueil & d'oſtentation. Nous lui ſommes redevables auſſi de l'ar-ticle _Bonnet,_ page 41. L'amitié dont il nous honore eſt une preuve que l'eſprit de parti n'a ſur lui aucun empire.

Mr. Romilly eſt fils d'un homme très-diſtingué dans ſon art, qui a donné à Mr. Diderot, avec le déſintéreſ-ſement le plus noble, tout ce qui concerne l'horlogerie dans le Dictionnaire Encyclopédique.

ROY (Pierre Charles) né à Paris en 1683, mort en 1764. Il joignit à des talens très-diſtingués pour le genre de l'Opéra, un talent très-dangereux, celui d'une ſatyre ſouvent perſonnelle & amère, plus caractériſée par l'énergie que par les graces. Nous ne chercherons point à le juſtifier d'une licence que nous avons toujours condamnée. Nous devons dire ſeulement que ce tort de Mr. Roy fut peut-être le vice de ſon tems, plutôt que celui de ſon cœur. Les fameux couplets, fauſſement attribués à Rouſſeau, & dans leſquels Mr. Roy lui-même fut aſſez vivement outragé, ces couplets, & la triſte célébrité qu'ils eurent, excitèrent dans les eſprits, au commencement de ce ſiècle, une fermentation générale, & les montèrent à ce ton âcre d'une Satyre emportée & violente, ſi éloignée des jeux que notre Horace s'était permis dans le ſiècle précédent.

Depuis cette fatale époque, les rivalités entre les Gens de Lettres, devinrent à la fois plus cruelles & plus envenimées. Cette maladie a continué juſqu'à nos jours, tellement que s'il exiſtait un homme qui eût ramené la Satyre à ſes vraies limites, & qui en reſpectant les mœurs, la probité, l'honneur des Ecrivains les plus médiocres, ne ſe fût armé du ridicule qu'en faveur du goût, & aux dépens de la vanité, cet homme, loin d'être accuſé de malignité devrait être regardé comme le réformateur d'un abus odieux & barbare. Se fut-il même trompé dans quelques-uns de ſes jugemens, choſe très-poſſible & très-indifférente, on de-

vrait, en ne lui faifant aucune grace fur.fes
erreurs, & en ufant envers lui des mêmes
droits qu'il fe ferait arrogés fur les autres,
imiter les égards qu'il aurait eu pour eux,
c'eft-à-dire refpeéter fes mœurs en ne faifant
point de quartier à fon amour-propre.

Si Mr. Roy fe fût toujours contenu dans
ces limites févères que la décence prefcrit à
la fatyre, fa mémoire n'aurait aucun befoin
d'apologie. Quelque délicate que foit la fenfibilité des Gens de Lettres, & quelques
moyens qu'ils emploient pour intéreffer les
gens du monde aux querelles de leur orgueil, tant qu'on refpeétera en eux ce qui
conftitue le vrai mérite d'un citoyen, ils n'ont
aucune proteétion à réclamer, leurs talens
feuls doivent les défendre.

Qu'un artifan au contraire,

Ouvrier eftimé *dans un art néceffaire*:

fe trouve inquiété dans la paifible poffeffion
de fon état, il a droit de fe plaindre. D'a-
près des ftatuts que la légiflation elle-même
a prefcrits, d'après des titres d'apprentiffa-
ge fuffifans, & un examen dans lequel on
ne peut fuppofer de prévarication, il doit
exercer en paix fon métier. On ne pourrait
fans injuftice lui ôter les moyens de fubfifter
dans une condition honnête & d'ailleurs
avouée par les Loix. Il en devrait être de
même de quiconque eft aggrégé à un corps
après avoir rempli de certaines formalités éta-
blies par une adminiftration fage. Nous voyons

cependant tous les jours des Médecins s'accuſer réciproquement d'ignorance dans des
écrits publics, ſans que perſonne s'en forma-
liſe. Il eſt pourtant vrai qu'un Médecin igno-
rant ſerait non-ſeulement un homme digne
de mépris, mais un homme très-dangereux;
& toutefois on ne ſe paſſionne jamais contre
ce genre de querelle. On a eu le bon eſprit
de concevoir qu'elles peuvent tourner à l'a-
vantage des Sciences, & qu'il en eſt de ces
orages parmi les Savans comme des troubles
civils dans un Etat. *Ex privatis odiis Reſpu-*
blica quandoque creſcit. Pourquoi donc des
hommes raiſonnables ſe paſſionneraient-ils
davantage dans les querelles moins importan-
tes des Muſiciens, des Verſificateurs ou même des Philoſophes ?

Serait-ce donc un Etre ſi ſacré qu'un
Ecrivain, qui ſouvent ſans vocation, & toujours ſans un examen préalable, a pris le
métier de bel eſprit par le ſentiment intime
de ſon inutilité ? Nous le répétons encore,
ſi Mr. Roy n'avait eu rien de plus grave
à ſe reprocher, nous n'aurions pas même
ſongé à le défendre. Les Auteurs dont il ſe
fût moqué le lui auroient bien rendu, & au
pis aller toutes ces guerres de plume ſont
bien indifférentes à la tranquillité publique.

On a recueilli en un volume la plupart
des Poéſies de M. Roy ; elles ne paraiſſent
pas avoir fait une grande fortune. En général elles ſont dures, froides & recherchées;
mais on ſait par cœur pluſieurs morceaux de
ſes Opéra ; & l'on n'oubliera jamais ces

beaux vers qui commencent le Prologue du
Ballet des Elémens.

> Les Tems font arrivés. Ceffez, trifte Cahos,
> Paraiffez Elémens, Dieux, allez leur prefcrire
> · Le mouvement & le repos.
> Tenez-les renfermés chacun dans fon empire.
> Coulez, Ondes, coulez. Volez, rapides Feux;
> Voile azuré des Airs, embraffez la Nature :
> Terre, enfante des fruits, couvre-toi de verdure,
> Naiffez, Mortels, pour obéir aux Dieux (*).

Mr. Roy n'était pas né pour le genre
lyrique auffi heureufement que Quinault. Il
n'avait pas cette tendre fenfibilité qui rend
toujours la nature du ton le plus vrai & le
plus féduifant. Il y fuppléa par un ton de ga-
lanterie; quelquefois même il montra de la
hardieffe & de la force dans l'invention de
fes Poëmes. Dans celui de Philomèle, compofé avec beaucoup d'art, il donna le premier exemple d'introduire fur la fcène une
femme violée.

Dans le Ballet des Elémens, dont nous
avons déjà parlé, on eft frappé de l'énergie du
caractère d'Ixion, qui foudroyé par Jupiter,
ofe lui dire qu'il meurt du moins fon rival.

L'Opéra de Callirhoé eft une Tragédie très-
belle & très-régulière, qui peut-être fe fou-

(*) Cet article eft tiré en partie d'un Eloge que
nous avons fait de M. Roy, pour le Nécrologe
de 1764.

tiendrait avec la feule déclamation & fans le fecours du chant. Nous ne fommes pas éloignés de croire qu'Armide, Atys, Roland & Théfée pourraient foutenir auffi la même épreuve.

RULLIÈRE. (N. de) On connaît de lui une Epître intitulée *les Difputes*, qui paraît approcher beaucoup du caractère des Epîtres d'Horace, & plufieurs autres petites Pièces de vers d'un ftyle très-délicat & très-agréable.

On lui attribue une Hiftoire de la dernière révolution de Ruffie qui n'eft pas imprimée, mais que nous avons entendue avec le plus grand intérêt. Quelques morceaux hiftoriques auffi-bien traités fuffiraient pour donner à l'Auteur beaucoup de réputation dans ce genre d'écrire.

S

SABATIER (N.) né à Cavailhon. On a de cet Auteur un Recueil de Poéfies dont la plus grande partie confifte en Odes. On voit par fa Préface & par quelques Differtations qu'il a répandues dans fon Recueil, qu'il a des opinions faines en matière de goût, & qu'il a véritablement de la Littérature.

On doit lui favoir beaucoup de gré de s'être élevé avec force contre ce déluge de Poéfies Allemandes, dont des Traducteurs non moins Allemands que leurs originaux, ne ceffent de nous inonder.

Quoi qu'on en dife, la Poéfie n'eft aujourd'hui guères plus avancée en Allemagne qu'elle ne l'était en France du tems des Ronfard, des Garnier &. des Jodelle. Traductions pour traductions, il vaudrait encore mieux peut-être traduire en Français ces anciens Auteurs Gaulois, que de nous accabler de tous ces Effais de Poéfies Germaniques. Nous ne pouvons en excepter qu'un très-petit nombre, dont les Auteurs fe font formés fur nos plus grands Maîtres, & fur-tout les Ouvrages de l'illuftre & favant Mr. de Haller, qui a fu prendre Boileau pour fon modèle, qui honore véritablement fa Patrie, & qui eft très-digne en effet d'être connu du refte de l'Europe, non-feulement comme un très-bon Poëte, mais comme un vrai Philofophe.

Mr. Sabatier eft moins heureux en exemples qu'en préceptes. Ses Odes ne font guères que des amplifications incohérentes & ampoulées, & c'eft de ce genre fur-tout que Defpréaux voulait parler quand il a dit :

Il n'eft pas de degré du médiocre au pire.

On dit que M Sabatier s'eft dévoué à l'éducation de la Jeuneffe au Collège de Tournon. Nous en félicitons ce Collège. Il ferait à defirer que beaucoup de nos Auteurs, renonçant à la maladie des prétentions & au vain fanatifme d'une gloire qui leur échappe, euffent le courage de chercher comme lui à fe rendre vraiment utiles à la Patrie. Quelque ridicule qu'on ait jetté fur les prétendus Pédans de Collège, ils font très-fupérieurs à nos petits Pédans du beau monde. Il vaut

infiniment

infiniment mieux former des Citoyens que de
faire des Contes moraux, des Tragédies gothiques, des Drames bourgeois, de tristes
déclamations philosophiques, d'ennuyeux Discours, & en général des Ouvrages médiocres.
Quiconque n'enrichit pas la Littérature, l'appauvrit & la déshonore.

SAGE (Alain-René le) né à Ruys en Bretagne en 1677, mort à Boulogne sur-mer en
1747, Auteur du meilleur de nos Romans,
car *Télémaque* n'en est pas un. Cet homme
estimable n'ayant eu ni fortune, ni cabale,
ni manège, a été honteusement négligé par
tous les Biographes. Les Anglais, qui sur-tout
dans le genre des Romans paraissent n'être
sensibles qu'à l'imitation vraie de la nature,
& qui en cela sont très-raisonnables, font de
Gilblas la plus grande estime. Cet Ouvrage,
comme on l'a dit ailleurs, est peut-être supérieur au Roman de *Dom Quichotte*, qui
n'est qu'une satyre à la vérité très-ingénieuse,
d'un ridicule particulier à la Nation Espagno-
le. Ce ridicule n'existant plus, *Dom Quichotte*
perd nécessairement beaucoup de son mérite, & *Gilblas* demeurera toujours.

Aucune des aventures de ce Livre n'est au-
dessus de la sphère des événemens communs.
Ce n'est point une charge triste & sombre de
faits tragiques accumulés sans vraisemblance,
qui n'offrent au Lecteur qu'un tissu d'incidens
romanesques souvent dépourvus de caractères,
& qui enfin ne pourraient passer que pour
l'histoire bisarre de quelques individus. C'est

Tome II. Q

la peinture la plus fidelle & la plus naïve de l'homme dans tous les états de la vie. On croit en lifant *Gilblas*, en avoir connu tous les perfonnages. Molière lui-même ne l'eût pas défavoué.

Ce qui ajoute encore à la gloire de le Sage, c'eft qu'il a donné au Théatre l'excellente Comédie de *Turcaret*. Quoique la plupart des Financiers de nos jours ne reffemblent plus entiérement aux modèles que le Sage avait fous les yeux, cependant tant qu'il y aura des Parvenus infolens dont les richeffes auront achevé de corrompre les mœurs ; tant que l'on verra des Coquettes rufées mettre fans pudeur à contribution l'imbécille & vaine opulence, cette Pièce fubfiftera comme un des plus beaux monumens dont notre Scène comique ait à fe glorifier.

Cette Comédie fit beaucoup de bruit avant que d'être jouée, & donna lieu à une anecdote que nous rapporterons avec d'autant plus de plaifir, qu'elle prouve que le Sage avait un grand caractère, qualité qui accompagne prefque toujours le vrai talent. Les Financiers tentèrent toutes fortes de moyens pour empêcher la repréfentation de *Turcaret*. Madame la Princeffe de B********, qui avait chez elle un Bureau d'efprit, fit offrir à le Sage fa protection contre leur cabale, & lui fit demander une lecture de fa Pièce.

L'Auteur alla prendre fon jour, & la fupplia de vouloir bien lui faire la grace de raffembler fon monde avant midi, attendu qu'il ne lui était pas poffible de lire après avoir dî-

né. La demande était trop juſte pour être re-
fuſée, mais un accident imprévu empêcha
l'Auteur d'être exact. Il ne put arriver qu'une
heure plus tard. Un procès fort important
pour lui ſe jugeoit ce jour-là même, & il eut
le malheur de le perdre. En arrivant chez
la Princeſſe, il raconta ſa diſgrace & ſe confondit en excuſes. On les reçut avec hauteur.
On lui dit qu'aucune raiſon ne pouvoit juſtifier l'indécence de faire attendre ſi long-tems....
Le Sage interrompit cette leçon pleine d'aigreur en diſant à la Princeſſe : » Madame,
» je vous ai fait perdre une heure, je vais
» vous la faire regagner, car je vous jure
» avec tout le reſpect que je vous dois, que
» je n'aurai point l'honneur de vous lire ma
» Pièce. « Il lui fit une profonde révérence
& ſe retira. On courut après lui, mais il ne
voulut jamais rentrer.

On ſait que *Turcaret* eſt reſté au Théatre ;
la petite Comédie de *Criſpin rival de ſon
Maître* ne lui eſt pas inférieure en ſon genre. Regnard n'a rien produit de plus gai ; &
il nous ſemble que cette Pièce charmante devrait être le plus ſûr contrepoiſon de ces
dolentes rapſodies, dont on a voulu déſho-
norer la ſcène. Le Sage avait parfaitement
ſenti que le Théatre n'eſt point une Chaire,
qu'il ne faut pas y prêcher faſtidieuſement
une morale froide, monotone & inanimée ;
mais que l'art, comme l'a dit un de nos plus
grands Poëtes, conſiſte à nous inſtruire *par
gracieux préceptes, & par ſermons de joie anti-
dotés.* Ce dernier vers nous paraît la défini-

tion la plus jufte qui ait été donnée de la Comédie.

Un mérite qui diftinguera toujours le Sage parmi les Auteurs dramatiques, c'eft la
vérité de fon Dialogue. Jamais on n'y trouve une plaifanterie, un trait qui ne foit ame-
né par le fujet même. Jamais l'Auteur n'a-
bandonne la fcène pour courir après une
épigramme, ou une faillie déplacée. Perfonne, en ce genre, ne s'eft plus approché de
Molière.

On doit encore à la gaîté de cet Ecrivain
l'origine de la Comédie en vaudevilles, refte
encore précieux de la bonne plaifanterie Fran-
çaile, auquel on a fubftitué de nos jours de
triftes Opéra Bouffons & de honteules Parades, comme fi dans tous les genres on eût
confpiré pour avilir le goût de la Nation.

Le Sage ne fut point de l'Académie Françaife; & c'eft une chofe affez plaifante que
cette exclufion femble avoir été précifément
réfervée à nos meilleurs Auteurs comiques.

SAINT-EVREMOND (Charles de SAINT-
DENYS, Seigneur de) né à Saint-Denys le
Guaft en Normandie en 1613, mort à Londres en 1703. Il eut quelques parties de l'efprit de Voiture, perfectionné par des connaiffances plus étendues, & par une teinte
de philofophie.

C'était un homme de goût, lié avec des
perfonnes illuftres, qui écrivit poliment en
profe, & très médiocrement en vers. Il jugea, dès la Tragédie d'Alexandre, que Ra-

cine méritait d'être comparé à Corneille ;
mais il eut toujours en faveur de ce dernier
une prévention qui lui ferma les yeux sur
toute l'étendue du mérite de Racine , qu'il
ne regardait que comme un infiniment bel esprit.

On trouve dans les Œuvres de Saint-Evremond , des réflexions fines sur l'Histoire, des
observations bien faites sur l'Art du Théatre ,
& enfin quelques Lettres agréables , la plûpart
adressées à la belle Madame de Mazarin , ré-
fugiée comme lui en Angleterre , & à la
célèbre Ninon de l'Enclos , qu'il appellait la
moderne Léontium , & pour laquelle il fit
ces vers heureux :

> L'indulgente & sage nature
> A formé l'ame de Ninon
> De la volupté d'Epicure
> Et de la vertu de Caton.

Ce fut un des fruits du progrès de la raison en France, que d'avoir introduit , même
à la Cour, l'amour & le goût des Lettres.
Le siècle de Louis XIV offre parmi les gens
de qualité beaucoup d'exemples de cette
louable émulation qui les portait à signaler
leurs noms par des talens agréables : un Duc
de la Rochefoucauld , par ses pensées fines ,
& quelquefois profondes sur le cœur de
l'homme dont il a fait la satyre ; un Duc de
Nevers , dont nous avons parlé ; un Bussy , par
ses Lettres ingénieuses , quoique trop remplies
d'égoïsme ; un la Fare , un Saint-Aulaire , si

recommandables par les graces de leur efprit ; enfin un Hamilton , Ecoffais naturalifé parmi nous , & très-fupérieur à Saint-Evremond lui-même , par la légéreté de fa profe & l'agrément de fes vers.

SAINT-FOIX. (Germain-François POUL-LAIN de) né à Rennes ; géne délicat & gracieux qui s'eft fait un genre particulier & qui a enrichi nos différens fpectacles de plufieurs petites Pièces, qui forment des tableaux agréables dans le goût de l'Albane. Il ne s'eft pas borné à ces charmans Ouvrages. Ses Effais fur Paris prouvent qu'il a étudié notre Hiftoire en Philofophe.

SAINT GELAIS (Mélin de) né à Angoulême , mort à Paris en 1554 , Poëte Français très-ingénieux , contemporain de Marot & fon ami , beaucoup plus inftruit que ce dernier , & cependant n'ayant pas eu comme lui un caractère original qui lui ait mérité l'honneur d'être en aucun genre réputé modèle. C'eft dans l'Epigramme qu'il s'eft le plus aproché du génie de Marot ; & il nous en eft refté de lui quelques-unes qui méritaient véritablement de paffer à la poftérité. Le nom d'Ovide Français qu'on lui donna de fon tems, prouve qu'on a toujours abufé de la manie de faire des parallèles. Quel trait de reffemblance pouvait avoir avec Ovide , un homme qui n'a écrit que des Sonnets, des Rondeaux, des Dixains , des Epigrammes , &c. &c. ? Son vrai mérite eft qu'on ait retenu jufqu'à

nos jours , quelques-uns de ſes vers , tandis
que nous avons de prétendus Poëtes , abſolument morts de leur vivant , & qui n'en
ſont pas moins orgueilleux , & qui dans leur
néant ſe croient très - ſupérieurs à tous ces
Ecrivains du ſeizième ſiècle qu'ils n'ont jamais lûs. S'ils daignaient cependant les lire ,
ils feraient effrayés de la multitude de leurs
connaiſſances , & peut-être ils en devien-
draient plus modeſtes. La plupart des Poëtes
du tems de François I , & Saint Gelais lui-
même avaient étudié la Philoſophie , le Droit,
la Théologie, les Mathématiques. Ils joignaient
à ces études celles des langues anciennes , &
preſque tous ſavaient encore l'Italien , l'Eſ-
pagnol, &c. Il faut avouer qu'il y avait loin
d'une pareille éducation à l'orgueilleuſe ignorance de nos petits Pédans du beau monde,
qui font des vers légers pour les Dames de
leurs Cercles, qui ſe diſent quelquefois Philoſophes, pour ſe diſpenſer d'avoir une exiſtence , & qui parlent d'une manière ſi déci-
ſive & ſi tranchante de choſes, dont en les
pouſſant juſqu'à deux queſtions , on verrait
qu'ils n'ont pas même les premières idées.

SAINT HYACINTHE (N.) mort au commencement de ce ſiècle, Auteur du *Chef-d'œu-*
vre d'un inconnu , plaiſanterie pleine de ſel
contre les Commentateurs, mais qui a pu contribuer à jetter du décri ſur l'érudition.

On ignore communément que l'idée de cette plaiſanterie eſt tirée de la Préface du *Dom*
Quichotte de Miguel de Cervantes , qui avait

Q iv

eu le bon efprit de la faire infiniment plus courte. Moliére d'ailleurs dans la Comédie des *Précieufes*, a donné l'exemple d'un commentaire ridicule fur une chanfon impertinente , ce qui pourrait encore avoir fervi de modèle au badinage de Saint Hyacinthe. Cet homme de Lettres n'a paffé pour le fils de Mr. de Boffuet , que fur des bruits populaires qui ne méritaient aucune attention.

SAINT LAMBERT (N. de) de l'Académie Françaife , né en Lorraine en 1717.

Quoique nous n'ayons pas diffimulé dans notre Edition précédente, qu'on reprochait à fon Poëme des Saifons, non feulement de la froideur , mais le vice de l'enfemble , la monotonie des épifodes, & d'autres défauts encore que nous l'invitions à faire difparaître , cependant on nous a foupçonné d'avoir déféré, dans le jugement que nous en avons porté, à ce fentiment de partialité dont il eft fi difficile de fe défendre lorfqu'on parle d'un compatriote. Si le public nous a trouvé trop indulgens, nous lui fommes trop redevables de l'accueil qu'il a fait à ces Mémoires, pour vouloir difputer contre fon opinion. Seulement nous perfiftons à croire qu'on ne peut refufer des éloges au but véritablement moral de l'Auteur qui nous avait principalement affeétés. Nous répétons encore qu'il nous paraît très-louable d'avoir tâché d'infpirer aux perfonnes opulentes le defir d'habiter leurs terres, pour y répandre la profpérité par leur préfence , & pour s'y procurer un bonheur digne de l'homme, en foulageant du moins la mifere des cultiva-teurs.

Nous avions obfervé le grand tort qu'avait eu Mr. de Saint-Lambert de dire, en parlant de Racine, que ce grand Poëte n'avait peint que les Juifs. Nous ajoutons que cette ligne feule pouvoit lui fufciter beaucoup d'ennemis, & qu'il n'eût pas fallu fe la permettre, quand même on eût fait la Henriade.

En effet, pouvait-il être bien flatteur pour Mr. de Voltaire, de n'être loué qu'aux dépens d'un Grand-Homme & de la vérité ? Nous avons tâché de donner un autre exemple dans nos Mémoires, & de lui prouver l'admiration raifonnée qu'il nous infpire (*) fans lui facrifier Corneille, Racine, ni Crébillon. Nous nous fommes apperçus en lifant à M. de Voltaire lui-même fon article, qu'il en était plus flatté que de ces hyperboles d'adulation qui déplaifent à tout le monde, fans honorer celui à qui elles font adreffées.

Mr. de Saint-Lambert ne s'eft pas attiré moins d'ennemis par les moyens un peu violens qu'il a employés pour armer l'autorité contre la critique modérée que Mr. Clément avait fait de fon Poëme. Cette fenfibilité ombrageufe n'était ni d'un homme fupérieur, ni d'un Philofophe.

_____

(*) Voyez, à la fin du Volume, l'article *Voltaire.*

Il lui reste pour se consoler cependant le succès mérité de ses Pièces fugitives. Le fonds n'en est pas toujours de son invention; souvent même il se réduit à peu de chose ; mais elles sont pleines d'agrément , & l'on ne peut disputer à leur Auteur la réputation d'un très-bel esprit.

SARRASIN (Jean-François) né à Germanville , près de Caen en 1605 , mort en 1694. Elève & imitateur de Voiture , Bel esprit très-agréable dans la société & dans ses Ouvrages.

Il y a des tours fort ingénieux & des plaisanteries très-heureuses dans un poëme satyrique qu'il a fait sous le titre de *Dulot vaincu* , ou *la défaite des Bouts-rimés*. Boileau , dans son Lutrin, & Pope dans sa Dunciade, paraissent en avoir tiré quelque parti.

On trouve , dans son Ode de Calliope sur la bataille de Lens , des strophes très-belles & dignes de Malherbe , ce qui suppose à Sarrasin un enthousiasme que Voiture n'avait pas.

M. le Brun a retrouvé une Eglogue de ce Poëte que l'on croyait perdue , & qui est un chef-d'œuvre dans un genre où nous ne pouvons pas nous flatter d'en avoir beaucoup.

Les Grands ne savent peut-être pas assez jusqu'où peut aller la sensibilité d'un homme de génie. Sarrasin mourut de chagrin pour avoir cru déplaire au Prince de Conti dont il était Secrétaire ; & Racine depuis eut le même sort , persuadé qu'il avait eu le malheur d'indifpofer contre lui Louis XIV.

Cette fenfibilité prouve, quoi qu'en ait dit l'envie, qu'une ame reconnaiffante & fublime fe trouve prefque toujours alliée à des talens fupérieurs. Hainault, Péliffon, la Fontaine demeurèrent fidèles à Fouquet difgracié, tandis que tous fes favoris l'abandonnaient, ou même infultaient à fon malheur, foit par cette indifférence froide que la Philofophie appelle prudence, foit par ambition, foit enfin par lâcheté. Hainault ofa venger Fouquet de la dureté de Colbert, par un Sonnet qui honore la mémoire du Poëte, & qui a paffé à la poftérité. Péliffon le défendit par fon éloquence, comme Cicéron avait défendu Milon fon ami. La Fontaine entreprit de fléchir Louis XIV. Il eut le courage de lui préfenter une Ode, dans laquelle on ne fait ce qu'on doit le plus admirer, ou de fa noble hardieffe, ou du fentiment généreux qui la lui dicta. Auparavant il avait exhalé fes regrets dans une Elégie que tous les Poëtes devraient favoir par cœur, & qui eft pour eux en quelque forte un titre de nobleffe.

SAURIN (N.) de l'Académie Françaife, né à Paris. Il a débuté par deux Ouvrages aujourd'hui abfolument ignorés, la Comédie des *Rivaux* & la Tragédie d'*Aménophis*.

Quoique fes Tragédies de *Spartacus* & de *Blanche & Guifcard* aient eu quelques repréfentations, elles ne font guères plus connues ni plus dignes de l'être. Il y a cependant quelques traits de force dans la première , & une forte de grandeur dans le perfonnage de *Spartacus* , auquel tous les autres font facrifiés ; mais le ftyle en eft dur , profaïque , incorrect & affligeant pour quiconque a l'amour de la Poéfie. Pourquoi vouloir forcer la nature ? Quand on a eu le malheur de naitre avec fi peu de vocation pour l'art des vers , il femble qu'il vaudrait mieux écrire tout fimplement fes Tragédies en profe , ou plutôt ne pas faire de Tragédies.

La petite Comédie *des Mœurs du tems* eft jufqu'ici le feul des Ouvrages de Mr. Saurin qui foit agréable : auffi le jour de fa réception à l'Académie Françaife , cette favante Compagnie lui témoigna par ces paroles l'eftime qu'elle faifait de cet Ouvrage : » Sans » doute nous rendons juftice à ces Comédies » que la pureté de Térence caractérife , & » que le fel âcre d'Ariftophane ne déshono- » ra jamais. «

Voilà , felon toute apparence , la raifon fecrette pour laquelle le divin Molière , & après lui Regnard , Dufrefny , Bruéys , le Sage , Piron , & quelques autres Auteurs d'un fel un peu trop corrofif , n'ont point été de l'Académie , tandis que cet illuftre Corps s'eft empreffé d'accueillir les la Chauffée , les Boiffy , & Mr. Saurin lui-même. Ces derniers ont eu l'avantage de n'employer qu'un fel plus doux , & d'une faveur précifément académique. C'eft un avis pour les jeunes gens qui voudront fe ménager à la fois les faveurs de Thalie & les honneurs du Louvre.

Quoi qu'il en foit, le fuccès mérité de la petite Comédie *des Mœurs du tems* que l'Auteur a écrite en profe, achève de prouver qu'il n'eft pas appellé à la Poéfie. Nous croyons que fon *Orpheline léguée* qu'il a écrite en vers, & qui n'a pas eu plus de fuffrages à la lecture qu'aux repréfentations, en eft encore une preuve. Nous ofons même y ajouter fa Traduction en rimes du Drame Anglais de *Béverley*, malgré la réuffite momentanée dont ce dernier Ouvrage a été redevable à l'art fingulier d'un des principaux Acteurs.

SAUVIGNY (N.) Auteur de la *Mort de Socrate*, Tragédie dans laquelle il y avait un perfonnage muet, & ce perfonnage était l'éloquent Platon. Cette Pièce, qui était plutôt un panégyrique de Socrate qu'une Tragédie, contenait des invectives amères contre Ariftophane, qui n'avaient été placées dans l'Ouvrage que pour faire une allufion maligne à la Comédie des *Philofophes*; mais qui ne paffèrent point à la cenfure.

L'enthoufiafme foudain dont Mr. de Sauvigny s'était échauffé pour Socrate était fi factice, qu'en 1757, il avait écrit des Philofophes en général : » qu'ils n'étaient que des » Charlatans & des Fanatiques, & que leurs » Ouvrages ne pouvaient fervir que de tro- » phées à l'extravagance humaine. «

La Melpomène de Mr. de Sauvigny s'eft

enfuite tranfportée d'Athènes dans l'Améri-
que Septentrionale au pays des Iroquois, au-
deffus du lac Ontario, précifément à la Cataraĉte de Niagara. On a trouvé que fa verfification avait un peu l'air fauvage du lieu
de la fcène, & que par une forte d'harmonie imitative, fon ftyle, inégalement am-
poulé, bondiffait comme la Cataraĉte. Il y
a loin de ce ftyle recherché à la fimplicité
avec laquelle Mr. de Sauvigny a écrit *les*
Amours innocens de Pierre le Long & de Blan-
che Bazu. C'eft peut-être à ce genre tempéré
que cet Auteur doit fe fixer. Ce n'eft pas
(car il faut être jufte) que fes Tragédies
n'annoncent plus de verve que celles de beaucoup de nos Écrivains dramatiques; & qu'*Hir-*
za, dont il a changé trois ou quatre fois le
dénouement dans le cours des repréfentations, ne foit réellement fupérieure à *Aftar-*
bé, à *Califte*, à *Guillaume Tell*, &c. &c.

Mr. de Sauvigny paraît avoir plus d'imagination & d'invention que Mr. Colardeau.
Il a comme lui le talent de faire des vers,
mais il ne fait pas faire de Pièces. Sa Comédie du *Perfiffleur* qui eft fans nœud, fans intrigue, fans dénoûment, & dans laquelle on
ne trouve pas même une fcène bien faite,
en eft une nouvelle preuve.

SCARRON (Paul) né en 1598, mort
en 1660, le premier qui ait fait parler aux
Mufes le langage des Halles. Il a travefti
Virgile, mais non pas avec le projet de le
rendre ridicule, comme Marivaux a travefti

depuis Homère & Télémaque, ce qui ne fait pas honneur au goût de cet Académicien. Le burlesque de Scarron est fort au-dessous de la gaîté de Rabelais. Celui-ci est plaisant dans les choses, l'autre ne l'est que dans les mots. Rabelais avait d'ailleurs une érudition immense, & Scarron n'avait que très-peu de Littérature. Aussi n'est-il rien resté de lui que son *Roman comique*, Ouvrage très-comique en effet, & toujours digne de plaire à ce Public choisi

Qui laisse à la Province admirer le Typhon.

Mais ce qu'on n'a point assez observé à la gloire de Scarron, c'est qu'il fut véritablement un des précurseurs du bon goût dans le genre de la Comédie. Il eut le mérite de sentir que ni la fadeur des Pastorales, ni le merveilleux des aventures Romanesques ne convenaient point à ce genre. Cette observation si naturelle & si vraie le rendit infiniment supérieur à tous les Auteurs dramatiques de son tems ; souvent même il rencontra la gaîté du bon comique. Il sut mettre de l'art & de la clarté dans ses expositions. On peut en juger par celle de son *Jodelet, Maître & Valet*, qui est en cela très-remarquable encore. Il est singulier que Scarron ait en quelque sorte ouvert la bonne route à Molière, & qu'il ait eu infiniment plus de goût que certains beaux Esprits de nos jours, qui semblent avoir tous conspiré pour ramener sur la scène le goût barbare dont il l'avait purgée.

SCUDÉRY (George de) de l'Académie Française, né au Havre-de-Grace en 1601, mort en 1667. Un des plus feconds & des plus mauvais Ecrivains de l'autre fiècle, quoiqu'il y ait eu des Portiers de Comédie tués par l'affluence du monde à la repréfentation d'une de fes Pièces. C'était l'*Amour tyrannique*, Tragédie, qui eut un fuccès incroyable, à la faveur de quelques fituations romanefques, & de quelques-unes de ces furprifes de Théâtre, que les Scudéry de nos jours effaient de remettre en faveur.

A l'humeur d'un Capitan, l'Auteur de l'*Amour tyrannique* joignait une vanité qu'il ne décéla jamais d'une manière plus plaifante, qu'en fe faifant graver à la tête de cette Pièce avec les attributs d'Apollon & de Mars; & cette ridicule infcription :

Et Poëte & Guerrier,
Il aura du Laurier.

Il ofa être jaloux de Corneille, & ce fut lui qui déféra le *Cid* au jugement de l'Académie Française, qui depuis n'a jamais jugé un procès de cette importance. Boileau vengea Corneille, en rendant le nom de *Scudéry* méprifable. Mais le Cardinal de Richelieu qui n'était pas moins jaloux de la gloire du *Cid*, récompenfa Scudéry en lui donnant le Gouvernement

De Notre-Dame de la Garde,
Gouvernement commode & beau ;

A

A qui fuffifait pour fa garde,
Un Suiffe avec fa hallebarde,
Peint fur la porte du Château.
Chapelle.

Scudéry dédia à la Reine Chriftine fon Poëme d'*Aluric*, fi connu par ce début ridiculement faftueux :

Je chante le Vainqueur des Vainqueurs de la Terre.

Il eft fingulier qu'alors l'Epopée, c'eft-à-dire, le chef d'œuvre de l'efprit humain, fut précifément en proie aux tentatives malheureufes des Ecrivains les plus médiocres. On pouvait compter autant de mauvais Poëmes Epiques que nous avons vu depuis de fades héroïdes. C'eft une preuve que les ridicules beaux Efprits de l'autre fiècle avaient cependant plus de connaiffances & plus de nerf que nos petits Ecrivains doucereux & efféminés.

La fœur de Scudéry eut plus de réputation que fon frère & le méritait, non par fes énormes & faftidieux Romans, mais par quelques Eloges délicats de Louis XIV, par quelques vers heureux, & fi l'on veut par un Difcours fur la vraie gloire, qui pourtant n'eut guères d'autre célébrité que de remporter le prix de l'Académie Françaife, pour être enfuite éternellement oublié. Mademoifelle de Scudéry mourut à Paris en 1701.

Tome II. R

SEDAINE (N.) maître Maçon , &
Auteur d'un Recueil de Poéfies & de plufieurs Opéra bouffons. Il a mis à la tête de
quelques-unes de ces Bouffonneries, des Préfaces de la plus grande prétention , & non
moins ridiculement férieufes que celles dont
Mr. Poinfinet fon émule enrichiffait auffi fes
Parades.

Du préau de la foire, Mr. Sedaine fit tout-
à-coup une apparition éclatante au Théatre
Français par la Pièce du *Philofophe fans le
favoir*, qui fut fifflée très-juftement à la première repréfentation, en qualité de Comédie;
mais qui eut le lendemain un fuccès prodigieux en qualité de Drame. Ce nom qui autrefois fignifiait généralement toute efpèce
d'action théatrale, s'applique aujourd'hui plus
particulièrement à ces Romans dialogués qui
prétendent à l'intérêt. Il fe donne encore aux
Tragédies que Mr. Diderot appelle domefti-
ques, & Mr. Sedaine vient d'en décorer auffi
je ne fais quelle farce lugubre en ariettes &
en profe, intitulée *le Déferteur*.

Mr. Saurin, dans l'Epître qui précède fa traduction de *Béverley*, dit que le *Philofophe fans
le favoir*, eft un Drame très-original. Nous
n'appellerons pas de fa décifion ; mais nous
obferverons que la *Gageure*, autre Pièce de
Mr. Sedaine, d'un genre incompréhenfible,
eft bien plus originale encore.

Qu'on nous permette ici une dernière di-
greffion fur les fuccès qu'obtiennent de nos
jours au Théatre ces mauvais Romans pathétiques, dont nous avons déjà parlé tant de

fois. Au jugement de leurs Auteurs, ces fuccès femblent confirmés par les larmes qu'ils
voient répandre aux repréfentations. Ces
Meffieurs ne fe doutent pas encore que les
mêmes marques de fenfibilité n'annoncent pas
toujours une impreffion femblable ; qu'il ne
faut pas comparer par exemple les pleurs que
fait verfer aux ames délicates l'éloquente douleur de Phèdre, à ceux qu'arrache à quelques
Lecteurs une fituation intéreffante quelconque, fût-elle amenée fans aucune vraifemblance, & préfentée par l'Ecrivain le plus
mal-adroit. On peut reffentir quelque émotion involontaire à certaines aventures de la
Payfanne parvenue de Mr. le Chevalier de Mou-
hy ; & cet attendriffement n'a certainement
rien de commun avec celui qu'on éprouve en
lifant *Clariffe*. D'ailleurs, il eft bien plus aifé
encore d'intéreffer au Théatre qu'à une fimple lecture : car lorfque les hommes font raf-
femblés, ils ont tous, comme l'a très-judicieu-
fement obfervé Mr. de Saint Lambert, une
fecrette difpofition à fe communiquer tous
les mouvemens qui les affectent. » Je ne fais
» quel enthoufiafme, dit-il, paffe rapidement
» de l'un à l'autre ; & alors le Philofophe le
» plus ferme eft du plus au moins, comme cet
» homme fenfé qui rougiffait de mêler fes
» larmes à celles d'un auditoire que faifait
» pleurer un mauvais Prédicateur. Il répé-
» tait fouvent : *il ne fait ce qu'il dit, il ne fait
» ce qu'il dit*, & n'en pleurait pas moins. «
　Voilà le mot de l'énigme des grands fuccès
dont ces Meffieurs fe vantent. En effet, il n'eft

pas impoſſible, qu'entraînés par l'art des Acteurs, quelques perſonnes raiſonnables n'aient
larmoyé au *Philoſophe ſans le ſavoir*, & même
au *Déſerteùr* de Mr. Sedaine ; mais à la réflexion elles n'ont pas dû être moins éton-
nées que ne l'eſt un homme d'eſprit qui ſe
ſurprend à rire d'un mauvais jeu de mots,
ou d'un pitoyable calembour.

Ce qui démontre ce que nous venons d'a-
vancer, c'eſt que toutes ces Pièces ſi applau-
dies au Théatre, tombent régulièrement à
l'impreſſion, pour ne ſe relever jamais ; & que
Mr. Sedaine qui a eu le bonheur d'aſſembler
quelquefois une foule ſi tumultueuſe de ſpec-
tateurs, n'a peut-être pas encore trouvé un
lecteur.

Ce n'eſt pas que cet Auteur ne ſe ſoit pro-
digué autant qu'il a pu à tous les ſpectacles. Il
a hazardé malheureuſement ſur la ſcène lyrique *Aline* ou *la Reine de Golconde*, d'après
un badinage charmant de Mr. le Chevalier de
Bouflers. Jamais on n'a traveſti en vers plus
durs & plus lourds un ſujet auſſi agréable. On
croirait voir un ſinge contrefaire devant un
miroir les attitudes élégantes d'une jolie femme.

SEVIGNÉ (Marie de RABUTIN, Marqui-
ſe de) née en 1626, morte à Grignan en
1696. Immortelle par ſes lettres charmantes,
qu'elle écrivit ſans prétention, & ſans prévoir qu'on dût jamais les rendre publiques.
Elles ont le double mérite de contenir des
anecdotes curieuſes, & d'être écrites avec

cette aisance naïve, familière & cependant élégante, qui les rend dignes de servir de modèles dans le genre épistolaire. Ses décisions sur le goût seraient quelquefois dangereuses; mais par-tout son style a des graces animées qu'elle doit à la seule nature, & que l'art voudrait en vain imiter.

Ce fut encore une des particularités remarquables du beau siècle de Louis XIV, que cette fleur d'esprit que le bon goût de sa Cour répandit sur des femmes aimables, qui sans être ni précisément lettrées, ni ce qu'on appelle savantes, firent les délices de la société par les seuls charmes d'une raison cultivée. C'est alors que l'on vit avec surprise éclorre les productions légères & délicates des la Fayette, des la Suze, des Deshoulières, des Muralt, des Villedieu, des Chéron, des d'Aulnoi, des Lambert, &c, &c., &c Nous ne parlons pas de Madame Dacier, parce qu'elle fut moins une femme d'esprit qu'un véritable savant.

SIVRY (Louis POINSINET de) de la Société Royale de Lorraine, né à Versailles en 1735. Il a traduit en vers naturels & faciles Anacréon, Moschus, Bion & quelques autres Poëtes Grecs. Dans sa Tragédie de *Briséis*, qui fut représentée avec succès, il avait eu l'art de resserrer en un seul Drame tout le plan de l'Iliade, & de faire un usage très-heureux des plus beaux détails d'Homère. Aux yeux des Connaisseurs éclairés, il ne s'est pas moins distingué sur les traces d'Ovide, dans la Tragédie d'*Ajax*, Pièce dans laquelle nous croyons cependant qu'il a été trop peu secondé par son sujet. La dispute des armes d'Achille n'a plus pour nous le même intérêt que certainement elle aurait eu pour les Grecs.

De tous les imitateurs de Racine, Mr. de Sivry est celui qui nous paraît avoir le plus souvent approché dans ses vers de la noble simplicité de son modèle. L'Ecrit qu'il a intitulé *Appel au petit nombre*, est une sortie pleine de vigueur & d'éloquence, contre le mauvais goût de la multitude ; mais on aimerait mieux que l'Auteur n'eût point quitté la carrière du Théatre. Cependant si la scène a perdu quelque chose à sa retraite, il nous en a dédommagés en s'adonnant à d'autres genres de littérature, & sur-tout en consacrant ses veilles à des recherches laborieuses & profondes sur l'antiquité. On sait qu'il s'occupe d'une Traduction de Pline le Naturaliste. C'est une entreprise immense, attendue depuis long-tems dans notre littérature, qui avait effrayé les Ecrivains les plus capables de la remplir, qui pour la gloire de la Nation, ne saurait être trop encouragée par le Gouvernement, & qui fera le plus grand honneur à l'érudition & aux talens de Mr. de Sivry.

T.

THOMAS (N.) de l'Académie Française, ancien Professeur au Collège de Beauvais. Il s'était d'abord signalé contre la nouvelle Philosophie & les prétendus Esprits forts qui voudraient aujourd'hui donner le ton à la nation, en fappant à la fois toute autorité & toute morale. Son zèle l'avait même emporté trop loin, & jufqu'à lui faire méconnaître les beautés du Poëme de Mr. de Voltaire fur la Loi Naturelle, Ouvrage dont il n'avait parlé qu'avec mépris.

Mr. Thomas s'eft depuis dévoué au genre des panégyriques. Si l'éloquence n'eft qu'une convulfion perpétuelle, fi l'enflure de Brébœuf peut s'appliquer avec fuccès à la profe, fi les maximes, les fentences, les réflexions multipliées jufqu'au dégoût, peuvent devenir les ornemens naturels du Difcours, enfin fi un ftyle toujours tendu, toujours guindé, doit prévaloir fur la fimplicité majeftueufe du ftyle de Boffuet, M. Thomas doit fans contredit être regardé comme un des plus rares modèles de ce nouvel Art de parler. Nous croyons que c'eft à lui qu'on a voulu faire allufion dans ces vers d'une Satyre connue :

> D'un fatras emphatique un autre enflant fa voix,
> Vient régenter les Grands, les Miniftres, les Rois,
> Et dans l'Académie, empefé pédagogue ;
> Voit, malgré d'Olivet, fon faux fublime en vogue.

Ce fatras emphatique & ce faux fublime nous femblent caractérifer très-bien le ftyle hydropique & bourfouflé de notre ancien Profeffeur.

Le dernier Ouvrage de Mr. Thomas eft une compilation galante en faveur des Da-

mes, pour leur prouver par une foule d'au-
torités , que leur organisation ne différant
point de la nôtre , elles peuvent, aussi-bien
que nous, prétendre à tous les genres de gloire.
L'Auteur , dans cette bagatelle , paraît ac-
coucher de ses idées d'une manière un peu
moins laborieuse ; mais l'intention qu'il a eue
de plaire aux Dames lui donne je ne sçais
quelle afféterie mignarde qui n'est point dans
son caractère, & qui d'ailleurs vise beaucoup
au néologisme. On voit qu'il ne sait pas tenir un juste milieu. Peut-être un degré de
feu de plus ou de moins en eût fait un bon
Orateur ou un grand Poëte.

On assure que Mr. Thomas travaille depuis long-tems à un Poëme épique dont
Pierre-le-Grand sera le sujet. Nous ignorons
si ce monument sera digne ou non du héros
du Nord. Nous n'avons lu que très-peu de
vers de l'Auteur, par le sentiment de répu-
gnance invincible que nous avons pour le froid
& pour l'ennui.

T.

TOUSSAINT (François Vincent) né à
Paris. Il a débuté par des hymnes à la louange du bienheureux *François de Paris.* Ensuite
il s'est fait Philosophe & on lui attribue le
Livre *des Mœurs.* C'est à cet Ouvrage du moins
qu'il a dû une sorte de célébrité. Comme il
y débite avec assez d'onction, une morale
plus épurée & moins fastueuse que celle de
la plupart de nos sophistes modernes , & qu'il

a felon eux, la faiblelle d'admettre un Dieu rémunérateur & vengeur, ils l'ont appellé le Capucin de leur feéte.

TRESSAN (Louis Elizabeth , Comte de) connu par de jolis vers , & par fon goût éclairé pour l'hiftoire naturelle. Mais ce qui lui alfure à la confidération publique plus de droit encore que fes talens & fa naiflance, c'eft l'exemple unique qu'il a donné à tous les Gens de Lettres, en réparant, avec autant de noblelle que de courage , une injuftice qu'il avait commife , à l'inftigation de quelques Philofophes, envers l'Auteur de cet Ouvrage. Ce dernier, dans une Comédie qui fut repréfentée à Nancy , le jour d'une cérémonie à jamais mémorable , s'était permis quelques plaifanteries, non contre la perfonne, mais contre les paradoxes du célebre Citoyen de Genève. Ces mêmes Philofophes, qui déchirent aujourd'hui fi fcandaleufement M. Roulfeau, depuis qu'en leur témoignant fon mépris il a mortifié leur amour-propre , paraiffaient alors animés pour lui de l'enthoufiafme le plus·violent. M. le Comte de Treffan, livré à leurs féduétions, & entraîné par cet efprit de fociété dont il eft fi difficile de fe défendre, adrefla au Roi de Pologne un Mémoire , dans lequel il traitait d'*attentat* la liberté que l'Auteur de cette Comédie avait prife , & demandait vengeance au nom de M. Roulfeau & de la Philofophie. Ce Mémoire n'eut point d'effet. L'Auteur de la Comédie fe contenta , pour fa défenfe, de pu-

blier *ses petites Lettres sur de grands Philoso-*
phes ; & quelque tems après, il fit son apologie au Théatre même par cette Pièce connue, qui sembla déconcerter enfin les ennemis de sa tranquillité & de la raison. Le succès de cet Ouvrage lui donna la confiance
de l'adresser à M. de Tressan, qui ouvrit
alors les yeux, & jugea digne de lui de témoigner à l'Auteur le repentir qu'il avait de
s'être livré à des conseils violens, qui en
effet étaient si éloignés de son caractère. Il
eut la politesse de lui écrire *qu'il ne s'était*
montré dans cette affaire qu'avec regret, que le
souvenir l'en affligeait, & qu'enfin, il n'avait
su que trop tard bien des choses qui s'étaient
passées, & qui avaient animé justement l'Au-
teur à défendre une cause que tout homme qui
pense se ferait honneur de soutenir.

L'Auteur fut sensible, comme il le devait,
à un procédé aussi rare, & sa reconnaissance lui fit un devoir de le publier. La Lettre
de M. le Comte de Tressan fut consignée en
1763 (*) dans plusieurs papiers publics; &

(*) REMARQUE DES ÉDITEURS.

Nous avons trouvé cette Lettre importante dans
le Journal Encyclopédique, & nous croyons devoir
la reproduire en entier.

Lettre de Mr. le Comte de TRESSAN *à Mr.*
PALISSOT.

M. le Procureur Général de Lorraine m'est té-

depuis l'Auteur reçut de nouvelles marques de son estime, dont il avait toujours été très-jaloux.

Mais avec quelle indignation Mr. de Tressan n'a-t-il pas dû apprendre que pour se venger de son abandon, les mêmes Philosophes ont osé dans un recoin de leur vaste compilation Encyclopédique, insérer sous son nom un article *Parade*, rempli d'indécences, d'injures grossières & qui pis est d'absurdités ? On renouvelle dans cet article, avec

---

moin, Monsieur, que je n'ai reçu que depuis peu de jours la Lettre que vous m'avez fait l'honneur de m'écrire, & l'exemplaire de vos Ouvrages que vous avez bien voulu m'envoyer. Je ne peux, Monsieur, qu'être extrêmement sensible à la politesse & aux sentimens avec lesquels vous avez traité d'une affaire *dans laquelle je n'ai paru qu'avec regret, & dont le souvenir m'afflige.* Je vous jure, Monsieur, que personne ne rend plus de justice que moi aux talens aimables & à l'esprit qui règne dans tous vos Ouvrages. Il faudrait avoir une ame insensible pour n'être pas touché jusqu'aux larmes des vers sublimes & pathétiques que vous avez faits sur la Dame la plus respectable & la plus digne d'être regrettée. (*Madame la Princesse de* Robecq) *je n'ai su que trop tard bien des choses qui se sont passées, & qui vous ont animé justement à défendre une cause que tout homme qui pense se ferait honneur de soutenir.* Vos Lettres à M. de Voltaire sont, comme tout ce que vous écrivez, Monsieur, pleines d'esprit, de politesse ; & tout ce qui est discussion y est traité d'une manière aussi sage qu'agréable. Soyez persuadé qu'en toute occasion je me ferai honneur & plaisir de répondre aux sentimens dont vous voulez bien m'assurer. La première fois que j'irai à Paris, je serai charmé de vous

ne espèce de fureur , toutes ces calomnies honteuses que la haine philosophique répandit dans une foule de Libelles méprisés, pendant qu'on jouait la Comédie *des Philosophes* & long-tems encore après cette époque.

Ces Messieurs s'étaient flattés sans doute que cet article, enseveli dans l'immensité de leurs volumes, échapperait à tous les yeux : car avec quelle apparence pouvaient-ils penser qu'on prêterait sur leur parole à M. le

_____

y assurer moi-même de tous ceux d'estime & de considération avec lesquels j'ai l'honneur d'être , &c.

N. B. C'est en 1756 que M. le Comte de Tressan avait injustement persécuté M. Palissot, à l'instigation de quelques Philosophes , & c'est en 1763 qu'il lui a écrit la Lettre qu'on vient de lire. Il lui avait donné en 1764 à la Cour de Lunéville , de nouveaux témoignages d'amitié à l'occasion de la Dunciade. Nous en avons la preuve par une Lettre écrite cette année-là même à M. Palissot par M. le Chevalier de Solignac ; & c'est en 1765 qu'on a inséré dans l'Encyclopédie le Libelle dont il s'agit sous le nom du même M. de Tressan. De deux choses l'une. Ou ce Libelle est véritablement de lui , & alors quel nom donner à une pareille inconséquence ! Ou les Editeurs de l'Encyclopédie le lui ont faussement attribué , & c'est une injure dont M. de Tressan & M. Palissot ne sauroient être trop vengés. Ce qui pourrait nous laisser quelque doute , c'est le singulier silence qu'a gardé M. le Comte de Tressan sur cette affaire après une Brochure que nous avons vue intitulée : *Dénonciation aux Honnêtes Gens d'un nouveau Libelle Philosophique , &c.* & sur-tout après une Lettre que lui écrivit M. Palissot au commencement de 1769 , Lettre qui a été imprimée & qui semblait exiger une réponse.

Comte de Treſſan un procédé de cette nature ? Comment perſuader qu'un homme de
ſon rang & de ſon mérite ſe ferait abaiſſé
juſqu'à écrire ſur les Parades, & juſqu'à com-
poſer l'article le plus abject de tout leur Dictionnaire ? M. de Treſſan peut-il même être cen-
ſé ſavoir ce que c'eſt qu'une Parade ? &
n'eſt-il pas fort étrange que dans le prétendu
dépôt des connaiſſances humaines, on ait
conſacré pluſieurs pages à diſſerter gravement
ſur ce genre de poliſſonnerie, rebuté aujour-
d'hui même de la livrée ?

Ces Meſſieurs avaient donc en effet eſpéré
que cette indignité reſterait dans les ténèbres.
Cependant leur propre expérience devrait
leur avoir appris que tout ſe découvre.

Le public judicieux & impartial ſentira la
néceſſité où nous étions de nous étendre ici
malgré nous. Il fallait juſtifier & Mr. de Treſſan & nous-mêmes. Il fallait ſur-tout apprendre aux honnêtes gens l'exiſtence d'un Libelle qu'ils auraient été ſi loin de ſoupçonner
dans une compilation prétendue philoſophique. Cette indécence n'eſt pas la ſeule que
renferme ce Dictionnaire ; & les perſonnes
qui ſe piquent de juſtice ſont actuellement à
portée de connaître toute la vérité de ce
vers de la Comédie des *Philoſophes* :

Ce ſont eux que l'on doit nommer perſécuteurs.

TRISTAN l'Hermite (François) de l'A-
cadémie Françaiſe, né à Soliers dans la Province de la Marche en 1601, mort à Paris

en 1655. Sa *Mariamne* dut sa grande réputation aux talens du célèbre Comédien Mondori, & au rare mérite qu'elle avait pour le tems. Le grand Rousseau ne dédaigna point de la retoucher en 1751, quoiqu'il fût persuadé que le sujet en était malheureux.

On a de Tristan beaucoup d'autres Ouvrages dramatiques qui sont tombés dans l'oubli. Il balança comme Mairet & Scudéry, la réputation naissante de Corneille, qui ne trouva parmi les Poëtes ses contemporains, que le seul Rotrou qui rendit justice à ses talens, parce que lui-même en avait de supérieurs. L'Auteur de *Venceslas* devait être l'ami de Corneille ; & cette belle Tragédie ne devait pas être inutilement rajeunie par Mr. Marmontel.

TRUBLET (l'Abbé Nicolas-Charles-Joseph DE LA FLOURIE) né à Saint-Malo en 1697.

> L'Abbé Trublet alors avait la rage
> D'être à Paris un petit personnage.
> Au peu d'esprit que le bonhomme avait ;
> L'esprit d'autrui par supplément servait.
> Il entassait adage sur adage.
> Il compilait, compilait, compilait.
> On le voyait sans cesse écrire, écrire,
> Ce qu'il avait jadis entendu dire,
> Et nous lassait sans jamais se lasser.   *Voltaire.*

Ces vers sont très-plaisans ; mais il ne faut pas les prendre à la rigueur. L'Abbé Trublet ne manquait ni d'efprit, ni même d'une certaine fineffe. S'il eût eu le manège & l'intrigue que nous voyons à beaucoup de gens; au lieu de marquer du refpect pour la Religion & pour les Mœurs, s'il fe fût jetté dans le parti de la nouvelle Philofophie, il eût eu fon brevet de célébrité comme tant d'autres. Peut-être même en eût-on fait un homme de génie. Cette dénomination ne coûte rien à la fecte; & elle a été fi prodiguée de nos jours, qu'elle eft prefque devenue ridicule.

TURPIN (N.) ancien Profeffeur de l'U-niverfité de Caen, Continuateur des Vies des Hommes illuftres de France, commencées par feu Mr. l'Abbé Pérau. Il a déjà donné celles du Maréchal de Choifeul & du grand Con-dé. A la tête de cette dernière, on lit une Epître dédicatoire pleine de nobleffe qui fait eftimer l'Auteur, & qui honore les Lettres.

Mr. Turpin a rendu à la Mufe de l'Hiftoire fon énergie & fa dignité. On ne peut que l'in-viter à fuivre une carrière dans laquelle il a débuté d'une manière fi honorable.

V.

VAYER (François de la Mothe le) de l'Académie Françaife, né à Paris en 1588, mort en 1665. Philofophe fceptique comme Montagne, mais qui n'en a ni la fagacité, ni l'imagination, ni les graces. Il eft au contraire prolixe, diffus, embarraffé dans fon ftyle. Ce n'était pas moins un homme très-favant,

qui partage avec Montagne, Charron & Bayle, l'honneur d'avoir été fouvent mis à contribution par la Philofophie moderne. Il avait
été Précepteur du Duc d'Orléans, frère de
Louis XIV. Il ferait à defirer que l'éducation
des Princes fût ordinairement confiée à des
Philofophes; mais il faudrait bien fe garder
de prendre pour tels tous ceux qui s'en donnent le nom. La vraie philofophie ne met
point d'enfeigne; elle n'attaque les préjugés
mêmes & les abus qu'avec circonfpection. Elle
n'eft point turbulente, audacieufe, fanatique.
Elle ne s'attache pas uniquement à détruire.
Elle n'ôte pas aux criminels un frein néceffaire, aux méchans leurs remords, & enfin
aux ames honnêtes les efpérances confolan-
tes qui les fortifient dans la vertu. Le nom
de Philofophe eft aujourd'hui très-commun ;
mais la chofe peut-être n'a jamais été plus
rare.

VERNES (Jacob) Pafteur de l'Eglife
de Genève, le même à qui nous avons
adreffé ces Mémoires. Notre amitié pour lui
ne nous permettra pas de nous étendre autant que nous le fouhaiterions fur fon article. Nous l'avons peint tel qu'il eft dans la
Lettre qu'on peut lire au commencement de
ce volume ; mais alors nous ne connaiffions
pas un très-bon Ouvrage qu'il vient de publier fous le titre de *Confidences Philofophiques.*

Cet Ouvrage eft divifé par Lettres. Celles
qui terminent le volume & l'idée générale
du

du Livre nous ont paru un badinage digne
de Swift. La nouvelle Philosophie y est écra-
sée sous le ridicule de ses propres maximes
mises en action, & rapportées avec la plus
scrupuleuse fidélité.

Si le style d'un Etranger pouvait être celui
de Pascal, ce Livre, mieux fondé en preuves que les Lettres Provinciales, n'eût pas
été moins redoutable aux Philosophes du jour
que celles-ci ne le furent aux Jésuites. On y
trouve, sous le nom d'un prétendu Capitai-
ne Anglais, une Lettre pleine de raison &
de vigueur où tous les sophismes de l'irréligion philosophique nous ont paru foudroyés.
L'Ouvrage venait à peine de se répandre,
qu'il a été traduit en Allemagne & en Angleterre. L'Auteur se propose d'en donner
une nouvelle édition qui ne peut devenir
que meilleure encore ; nous l'invitons à y
mettre toute l'attention dont il est capable
& nous osons lui répondre des suffrages de
tous ceux qui ont conservé quelque respect
pour la Religion dégagée des superstitions humaines, & pour la saine morale.

VERNET (JACOB) Pasteur & Professeur en Théologie à Genève, né dans cette
Ville en 1698. L'un des hommes les plus
modestes & en même-tems un des plus judicieux Critiques & des plus savans Littéra-
teurs qui aient honoré la Patrie. Ce n'est
point à nous de le juger comme Théologien. Nous nous contenterons de dire qu'il
a dans toutes les Eglises Protestantes la ré-

putation d'être un de ceux qui ont le mieux
faifi dans le Chriftianifme cette fimplicité fublime qui le caractérife, & qui ont fu le préfenter fous le point de vue le plus propre à
le faire aimer.

Ses Dialogues Socratiques font écrits avec
goût & remplis d'intérêt. Cette marche de
Socrate, fi admirable pour l'inftruction, y
eft fidèlement fuivie. On fait que ce Philofophe, par une fuite de queftions propofées
avec art, cherchait à conduire infenfiblement, & comme d'eux-mêmes, fes difciples
à la Vérité. Tel eft dans l'Ouvrage eftimable
dont nous parlons l'art du Profeffeur Genevois.

Ses Lettres Critiques, fous le nom d'un
Voyageur Anglais, ne lui font pas moins
d'honneur. Elles femblent juftifier & étendre
ce que nous avions dit nous-mêmes quelques années auparavant dans les *Petites Lettres fur de grands Philofophes*. Nous fentons
tout le prix de ce rapport, & nous reconnaiffons que dans cet Ouvrage, Mr. Vernet
a développé avec beaucoup de fineffe le manège de quelques-uns de nos Philofophes modernes, la guerre ouverte, ou mal adroite-
ment cachée qu'ils font depuis long-tems à
la Religion, leur fanatifme d'incrédulité, leur
vaine oftentation de Philofophie avec fi peu
de Philofophie, enfin leur defpotifme Littéraire dont l'autorité commence pourtant à
décliner, parce qu'ils ont allarmé même les
Gouvernemens, par leur Maladie de tout
détruire, & par le ton d'audace qu'ils ont
fubftitué par degrés à celui de la féduction.

On trouve dans ces mêmes Lettres un tableau plein de vigueur & d'énergie des anciens abus de la politique ultramontaine, de cette politique tantôt souple, tantôt audacieuse, & toujours profonde, par laquelle, dans de certaines circonstances, la Cour de Rome s'était arrogé un empire plus absolu que celui des anciens Césars.

Il ne manquait à la gloire que Mr. Vernet s'est acquise par cet Ouvrage, que d'être confirmée par les injures de nos prétendus Philosophes. Leur caractère ne s'est pas démenti. Ils ont vengé leur étrange Philosophie par des libelles calomnieux auxquels cet homme respectable n'a opposé que l'évidence & la modération. Il est à présumer que ces Messieurs se désabuseront enfin d'une méthode qui rendrait la vérité même exécrable, si par hazard ils l'avaient annoncée dans leurs Écrits. C'est dans un mouvement d'indignation pareil au nôtre que l'éloquent Citoyen de Genève s'est écrié avec sa véhémence ordinaire : » Oui, si pour être Phi- » losophe il faut noircir la réputation de mes » semblables, publier aux yeux de l'Univers » des choses qui devraient rester ensévelies » dans un éternel silence, tramer & con- » duire de sourds complots, y présider ; en » un mot, si pour être Philosophe il faut » renoncer à l'humanité, à la justice, à la » bonne foi, je renonce à la Philosophie » & à la dénomination de Philosophe, *& » j'en laisse le titre à tant de fourbes dignes de* » *le porter.* «

S ij

M. Vernet doit être bien confolé des calomnies de nos Sophiftes par l'accueil diftingué que lui firent en Italie des hommes du
premier mérite & de la plus grande confidération, tels que les Cardinaux de Poli-
gnac, Albéroni, Corfini, depuis Souverain
Pontife, le Marquis Scipion-Maffei, &c.,
&c. Il ne fut pas accueilli moins honorable-
ment en France par le célèbre Dom Mont-
faucon, le Père le Courayer, l'Abbé de
Saint-Pierre, Mr. de Fontenelle, & Mr. de
Voltaire lui-même qui n'aurait pas dû l'oublier.

Ce fut à Rome que le Préfident de Montefquieu prit en Mr. Vernet, une confiance
qui ne s'eft jamais démentie. Il lui adreffa
plufieurs années après fon manufcrit de l'Efprit des Loix ; & la première Edition de
cet excellent Ouvrage eft due aux foins du
Profeffeur de Genève. On trouve, au fujet
de cette édition, plufieurs méprifes fort étranges dans un Recueil de prétendues Lettres
familières du Préfident de Montefquieu, publiées par Mr. l'Abbé de Guafco. Selon lui
ce fut par un nommé Mr. Sarrafin, Réfident de
Genève à Paris, que le manufcrit de l'Efprit
des Loix fut remis à l'Imprimeur Barrillot ;
& Mr. le Profeffeur Vernet qui fe chargea
de préfider à l'édition, fe permit d'y changer quelques mots qu'il ne croyait pas Français, parce qu'ils n'étaient pas du Français
de Genève : ce qui donna (dit Mr. l'Abbé de Guafco) beaucoup d'humeur à Mr.
de Montefquieu. Ces petits détails contien-
nent autant d'erreurs que de mots. Il n'y

eut jamais de Mr. Sarrafin, Réfident de Genève en France. C'eſt Mr. Muſſard, l'un des Conſeillers d'Etat de la République, qui fut chargé du manuſcrit, non pour le remettre à Barillot que l'Auteur de l'Eſprit des Loix ne connaiſſait point ; mais pour être rendu à Mr. Vernet. Il eſt faux que ce dernier ſe ſoit permis de corriger la moindre choſe au ſtyle de Mr. de Monteſquieu, quoique celui-ci l'eût autoriſé à lui faire librement les obſervations qu'il croirait convenables. Mr. Vernet uſa quelquefois de cette permiſſion, non ſur des mots, mais ſur des choſes. Cependant rien ne fut imprimé que de l'aveu & ſur les ordres de l'Auteur. Loin d'avoir eſſuyé de ſa part aucun reproche, Mr. Vernet n'en reçut que des remercimens que nous avons vus. Enfin Barillot fit à Genève une ſeconde édition du même Livre, & Mr. de Monteſquieu n'y fit rien changer, preuve évidente qu'il était content de la première.

Les moindres particularités ſur un Ouvrage tel que celui de l'Eſprit des Loix, ont leur prix, & nous avons cru ne pas déplaire aux Amateurs des Lettres, en nous arrêtant un moment ſur ces détails, qui ſervent d'ailleurs à prouver le peu de confiance que méritent certaines anecdotes littéraires, publiées avec autant d'indiſcrétion que de légéreté.

Nous terminerons cet article en reſtituant à Mr. Vernet une petite Pièce très-ingénieuſe qui a été attribuée dans pluſieurs Dictionnaires, tantôt à Mr. l'Evêque de Rocheſter,

tantôt à Mr. de Boze , Secrétaire de l'Académie des Belles-Lettres. C'eſt l'Epitaphe du
fameux Père Hardouin , Jéſuite, que ſa briè-
veté & l'infidélité des copies qu'on en a faites nous engage à tranſcrire ici :

> *Hic jacet hominum* Παραδοξότατος ,
>
> *Natione Gallus , Religione Jeſuita.*
>
> *Orbis litterati portentum ,*
>
> *Doctè febricitans ,*
>
> *Antiquitatis cultor , idem atque depredator,*
>
> *Commenta inaudita vigilans ſomniavit ,*
>
> *Scepticum piè egit ,*
>
> *Crédulitate puer ,*
>
> *Audaciâ juvenis ,*
>
> *Deliriis ſenex ,*
>
> *Verbo dicam : Hic Jacet* HARDUINUS.

VERTOT (l'Abbé René Aubert de) né
à Bennetot en Normandie en 1655 , mort à
Paris en 1735. Ses *Révolutons de Portugal*
celles de Suède , & ſur tout ſes Révolutions
Romaines font regretter qu'il n'ait pas écrit
l'hiſtoire de la Nation. Il était digne de cette
glorieuſe & difficile entrepriſe. Son ſtyle a
la majeſté , l'élégance , l'agrément & le feu
néceſſaires à un excellent Hiſtorien. Le ſeul
reproche qu'on ait à lui faire c'eſt d'avoir
embelli quelquefois ſes récits aux dépens de
la vérité ; mais il ne la défigure ni par le
goût puéril des antithèſes , ni par une vaine
oſtentation de maximes ſententieuſes & phi-

lofophiques, ni enfin par cette manière d'é-
crire tranchante, brufque & hachée qui réunit l'obfcurité à la féchereffe, & qui eft auffi
fatiguante pour le Lecteur, que contraire à
la dignité de l'Hiftoire.

VOISENON (l'Abbé Claude-Henri de
FUSÉE de) de l'Académie Françaife. On eft
fâché que cet Auteur ingénieux & plein de
graces, n'ait pas donné au Théatre de la nation fes Comédies des *Mariages affortis* &
de la *Coquette fixée*. Elles en étaient dignes
& par leur mérite, & parce que l'Auteur a
toujours eu le bon efprit de regretter l'excellent comique de Molière ; ce qui lui a
même fourni l'idée d'une très-jolie Pièce
donnée avec fuccès à la Comédie Françaife,
intitulée, *le Retour de l'Ombre de Molière*.

C'eft un malheur pour la fcène que Mr.
l'Abbé de Voifenon, né avec une fanté faible & délicate, n'ait pas été à portée de
donner plus de momens à une carrière qui
lui promettait des fuccès diftingués.

Indépendamment du mérite reconnu de fes
Comédies & de fes autres Ouvrages, il a
plus que perfonne tous les charmes de l'efprit
de fociété, & M. de Voltaire l'appelle avec juftice un des confervateurs de la gaîté Françaife.

VOITURE (Vincent) de l'Académie
Françaife, né à Amiens en 1598, mort à
Paris en 1648. On recommande encore aux
jeunes gens la lecture des Lettres de Voiture, fans penfer qu'il n'eft pas d'Ouvrage

peut-être plus capable de leur gâter le goût. Elles étincellent à la vérité de traits d'efprit; mais en gén ral elles font défigurées par des pointes & des jeux de mots continuels. On devrait du moins en faire un choix, & en effet on pourrait en trouver une vingtaine qui feraient dignes de fervir de modele à l'enjoûment & à la familiarité épiftolaires.

Boileau avait dit étant jeune qu'à *moins d'être au rang d'Horace ou de Voiture, on rampait dans la fange avec l'Abbé de Pure.* Mais dans un âge plus mûr, il caractérifa beaucoup mieux ce bel efprit par ces vers adreffés à l'Equivoque :

Le Lecteur ne fait plus admirer dans Voiture
De ton froid jeu de mots l'infipide figure.
C'eft à regret qu'on voit cet Auteur fi charmant,
Et pour mille beaux traits vanté fi juftement,
Chez toi toujours cherchant quelque fineffe aigue
Préfenter au Lecteur fa penfée ambigue.
Et fouvent du faux fens d'un proverbe affecté,
Faire de fon Difcours la piquante beauté.

On trouve dans Voiture quelques Poéfies de très bon goût, entre autres une Epître pleine de graces adreffée au grand Condé. On y remarque fur-tout avec plaifir cette familiarité décente & noble qu'un Homme de Lettres qui a de l'ufage peut prendre même avec un grand Prince. Depuis Voiture perfonne n'a mieux faifi ces convenances délicates que Mr. de Voltaire.

La *Pompe funèbre de Voiture*, Ouvrage de Sarrafin, mêlé de profe & de vers, eft digne encore d'être lue par les gens de goût. Sarrafin était en état d'apprécier tout le mérite de Voiture, qui n'était pas précisément un homme de génie, mais un infiniment bel efprit.

VOLTAIRE (Marie-François AROUET de) de l'Académie Françaife, né à Paris le 20 Février 1694. Le plus beau génie qui exifte actuellement en Europe. Cet illuftre Ecrivain s'eft plaint tant de fois de la hardieffe des fauffaires qui ont ofé lui attribuer des productions indignes de lui, que dans la crainte de mériter de fa part les mêmes reproches, nous commençons par déclarer que nous ne reconnaiffons pour fes Ouvrages que ceux qui portent véritablement fon nom, & qu'il a formellement avoués. C'en eft bien affez pour fa gloire.

Les nations voifines s'énorgueilliffaient de leurs Poëmes Epiques, tandis que nous n'avions rien à leur oppofer en ce genre. Mr. de Voltaire a vengé l'honneur de la France par fon immortelle Henriade. Nous nous fommes élevés trop fouvent contre la manie des parallèles, pour comparer ce Poëme, ni à ceux d'Homère & de Virgile, ni à ceux du Taffe & de Milton. Cette fureur de comparer ce qui n'eft fufceptible d'aucune comparaifon, eft un abus de l'efprit qui n'a guères donné que des réfultats ridicules.

Henri IV. n'a rien de commun ni avec Achille, ni avec Enée. Le merveilleux que pouvait fournir la Mythologie antique, & dont on pouvait orner des fujets fabuleux,

n'eſt plus le même qui conviendrait aujour-
d'hui. Uſages, Mœurs, Coutumes, Religion,
tout a changé. Il ſuffit, pour l'honneur de
Mr. de Voltaire, qu'il ait traité ſon ſujet
auſſi-bien qu'il pouvait le faire dans les cir-
conſtances où il a écrit; & du moins avant
de le juger, il faudrait peſer les difficultés
qu'il avait à vaincre, ſoit dans le génie de la
langue, ſoit dans le caractère de la Nation à
qui il a voulu plaire, ſoit enfin dans le choix
qu'il a fait d'un héros réel, & pour ainſi
dire, contemporain de ſon Poëme. Alors
peut-être on ſentirait que Mr. de Voltaire
ayant lutté glorieuſement, avec des armes
inégales, contre les plus grands maîtres de
l'Epopée, on ne peut ſans injuſtice, le placer au-deſſous d'eux; & l'on n'aurait pas la
faibleſſe de diſputer contre la gloire de la
Patrie, en cherchant à lui dérober la ſienne.
On ſait que cet illuſtre Poëte ne s'eſt pas acquis moins d'honneur dans la carrière de l'A-
rioſte que dans celle du Taſſe, & cette riche fécondité a peu d'exemples, même parmi les anciens.

La perte des Corneille & des Racine ſem-
blait irréparable pour la ſcène Françaiſe. Mr.
de Voltaire fit à dix-neuf ans ſa Tragédie
d'Œdipe, & ces Grands Hommes eurent un
ſucceſſeur. Aucun début ne mérita plus d'attention. Il était réſervé à cet Ecrivain célèbre de parvenir tout-à-coup à la maturité du
génie. Quand après avoir lu une des plus
belles Pièces de Racine, on paſſe ſans intervalle aux trois derniers actes de la Tragédie

d'Œdipe , on croirait n'avoir pas changé d'Auteur. Nous ne pouvons donner à Mr. de Voltaire une plus grande louange , & il eſt le ſeul Poëte qui l'ait méritée.

Son Théatre paraît l'emporter par la variété , ſur tous ceux que nous connaiſſons. On trouve dans le ſtyle de *Brutus* , & de la *Mort de Céſar*, la manière de Corneille perfectionnée. Celle de Racine ne pouvait être qu'égalée. La Muſe Tragique n'inſpira rien à Crébillon de plus mâle & de plus terrible que le quatrième acte de *Mahomet*. Semblable à cet ordre d'architecture qui emprunte les beautés de tous les autres , & qui eſt lui-même un ordre à part , Mr. de Voltaire s'eſt approprié les genres différens des Poëtes qui l'ont devancé ; mais il ne doit qu'à lui ſeul cette belle Tragédie de *Mahomet* dont nous parlions , & le chef d'œuvre d'*Alzire*.

Ce qui diſtingue le plus particulièrement encore les Ouvrages dramatiques de Mr. de Voltaire (& nous ne parlons ici que de l'élite de ſes Pièces) ce ſont les grandes vues morales , & les ſentimens d'humanité dont ils ſont remplis. L'Auteur a ſenti que c'était donner au Théatre un nouveau degré d'importance & d'utilité ; mais il a ſu preſque toujours s'arrêter où il le fallait , & il s'eſt bien gardé d'affaiblir par des tirades ambitieuſes , & par des déclamations d'une Philoſophie ſéche & aride , l'intérêt preſſant qui réſulte des ſituations vives où il place ſes perſonnages. Cette ſobriété , dictée par le goût , ſe manifeſte encore dans cet appareil

de fpectacle dont il a le premier orné la fcène. Il a fçu le ménager de manière que cet
appareil n'eft qu'un acceffoire à l'art , &
que le tableau n'eft jamais facrifié à la bor-
dure. C'eft en quoi fes imitateurs ont bien
prouvé qu'ils ne devinaient pas fon génie. Ils
ont fini par nous donner, au lieu de Tragédies, d'ennuyeux Sermons philofophiques , &
pour nous faire voir au Théatre , comme Mr.
de Voltaire lui-même l'a dit très-plaifam-
ment , *la rareté* , *la curiofité.*

Qui croirait qu'ayant épuifé tant de genres
de gloire , le même homme dût s'attendre
encore à de nouveaux lauriers dans la carrière de l'hiftoire ? Ce fera fans doute une
circonftance de la vie de Mr. de Voltaire,
digne de l'attention de la poftérité, qu'après
avoir célébré Henri IV en Poëte , il ait eu
l'avantage d'être l'Hiftorien de Louis XIV ,
celui de Charles XII , & de Pierre-le-Grand.
On doit d'ailleurs à cet Auteur célèbre de
nouvelles vues fur l'Hiftoire qu'il a eu la fatisfaction de voir adopter par les Ecrivains
qui de nos jours fe font le plus diftingués ,
en ce genre d'écrire. C'eft moins l'Hiftoire
particulière des Souverains que l'on nous
donne aujourd'hui , que celle des Nations ,
de leur caractère , de leurs mœurs , de leurs
ufages , & fur-tout celle de l'efprit humain.
Ce font ces vues véritablement philofophiques qui ont dirigé Mr. de Voltaire dans fon
Effai fur l'Hiftoire générale , Ouvrage qui n'eft
pas exempt de défauts fans doute ; mais très-
digne de la grande réputation de fon Auteur.

N'oublions pas qu'aucun homme de Lettres n'a possédé comme lui le double talent d'écrire en prose & en vers, avec une égale supériorité. Racine, celui de nos Poëtes dont la gloire ne vieillira jamais, est le seul peut-être qui eût partagé avec lui ce mérite, s'il nous eût laissé plus d'Ouvrages en prose.

Personne n'a excellé, comme Mr. de Voltaire, dans l'art de cacher une philosophie souvent profonde sous des fictions ingénieuses & riantes, qui forment une classe particulière de Romans, dont le modèle n'existait pas avant lui. Ses Mêlanges de Littérature joignent à une variété de connaissances qui étonne le mérite de plaire, & sont écrits avec cette clarté continue, ce coloris brillant, cette magie séduisante qui caractérise la plupart de ses Ouvrages, & qui nous a rendus avec raison si difficiles sur les productions des autres.

Toutes ses Pièces fugitives sont charmantes, & d'une poésie très-supérieure à celle des Chapelle & des Chaulieu, dont il semble que la réputation avait été un peu exagérée. Aucun Poëte n'a porté plus loin que Mr. de Voltaire la finesse, la plaisanterie, & quelquefois la véhémence & l'âcreté de la satyre, en affectant toujours avec assez d'adresse peut-être, de blâmer le genre satyrique. Mais quoi qu'il en ait dit, on n'en regardera pas moins comme un des traits dominans de son caractère le penchant à la satyre, annoncé par sa physionomie, & confirmé d'ailleurs par une grande partie de ses

Ouvrages. Enfin, ce génie singulier réunit à lui seul ce qui suffirait pour assurer à beaucoup d'Ecrivains une célébrité durable ; & peut-être dans un avenir éloigné, croira-t-on qu'il y a eu plusieurs Voltaires, comme on a cru, dans les tems postérieurs à l'antiquité qu'il y avait eu plusieurs Hercules. Il n'y a pas jusqu'aux Lettres familières de ce grand Poëte, quoi qu'il en ait écrit une prodigieuse quantité qui ne méritent d'être recueillies, & il n'est point d'Auteur qui ne se fût acquis par elles seules, une réputation distinguée.

Les Philosophes de nos jours n'ont pas manqué de vouloir attirer à leur parti un homme d'un mérite si supérieur. Ce sont des Corsaires, comme nous l'avons dit à Mr. de Voltaire lui-même, qui ont cru se rendre imposans en arborant un pavillon respectable. Tous ont affecté de parler après lui de tolérance & d'humanité ; mais les convulsions de leur style décèlent la fausseté de leur enthousiasme, au lieu que celui de Mr. de Voltaire paraît être dans son cœur. Il fait aimer ses vertus : il fait mieux, il en a montré l'exemple. Les secours généreux qu'il a donnés à la famille des Calas & à celle des Sirven, sont un monument de gloire qu'il s'est érigé dans toute l'Europe, & qui peut-être ne l'honore pas moins que ses immortels Ouvrages.

Quels que soient d'ailleurs les sentimens philosophiques de cet Ecrivain fameux, son respect pour le dogme d'un Dieu rémunérateur & vengeur, son attachement à la Reli-

gion naturelle fe manifeftent par-tout. Il a
fait même dans fa Henriade, dans *Zaïre*, &
fur-tout dans *Alzire*, les éloges les moins fuf-
pects du Chriftianifme. Toutes les vertus morales de *Zamore* ne font-elles pas en un inftant éclypfées par la mort chrétienne de
Gufman ? Le même *Zamore* a-t-il donc un
caractère auffi fublime que celui d'*Alvarès* ?
Si Mr. de Voltaire avait le malheur de dou-
ter d'une Religion, dont lui-même a fi parfaitement connu l'efprit, il ne faudrait le
combattre qu'avec fes propres armes, & que
lui répéter ces beaux vers :

> Des Dieux que nous fervons connais la différence.
> Les tiens t'ont commandé le meurtre & la vengeance,
> Et le mien, quand ton bras vient de m'affaffiner,
> M'ordonne de te plaindre, & de te pardonner.

Que ces nouveaux Philofophes qui ont fap-
pé les fondemens de cette divine morale,
ceffent donc de regarder Mr. de Voltaire
comme leur chef, & que ce grand homme
n'ait pas la faibleffe de fe croire intéreffé à
prendre leur querelle. Nous le lui avons dit,
il doit reffembler au Jupiter d'Homère, &
n'époufer dans la Littérature aucune faction.
Il doit fonger fur-tout que fa réputation eft
très-indépendante des fuffrages de ces Philofophes, que loin d'en augmenter, elle pourrait même en être affaiblie, & qu'enfin il
jouiffait déjà d'une gloire coloffale, tandis
que la plupart de ces Pygmées philofophiques, indignes de fervir de piédeftal à fa fta-
tue, étaient abfolument ignorés.

Si l'on voulait apprécier Mr. de Voltaire avec une entière exactitude, il faudrait l'analyser successivement dans les différens genres qu'il a traités, étudier l'homme & l'Auteur, découvrir en lui le principe de cette émulation infatigable, la source de sa vaste renommée ; peser les avantages & les inconvéniens qui ont pû résulter de ce même principe, & de l'inconcevable facilité de son génie ; observer les contrastes de son caractère & de son esprit, le suivre enfin dans tous ses progrès, & déterminer ses limites Il faudrait se défendre également de l'enthousiasme & de la jalousie, distinguer les richesses qui ne sont qu'à lui, de celles qu'il a naturalisées, pour ainsi dire, avec son propre fonds ; décomposer ses meilleures Pièces de Théatre, & comparer les moyens dramatiques dont il s'est servi, soit pour établir ses plans, soit pour amener ses situations, aux moyens que Corneille & Racine avaient employ s avant lui, examiner si c'est au génie de l'invention, autant qu'à la richesse de son coloris, qu'on doit attribuer l'effet principal de ses Tragédies, & quelles sont les parties de son art où l'on peut le regarder comme modele. Il ne serait pas moins important de calculer avec précision le degré d'influence qu'il s'est acquis, par sa longue carrière, sur l'esprit de son siècle ; & ce ne serait que par le résultat de ces différentes discussions, qu'on pourrait parvenir à bien connaître jusqu'à quel point il a véritablement contribué à la gloire des Lettres, aux progrès du Goût, & à

ceux

ceux de la raifon. Mr. de Voltaire eft très-
digne de cet examen férieux & approfondi,
comme un des hommes les plus rares qui
aient exifté. Nous fentons combien il ferait
honorable de réfoudre tous ces grands pro-
blêmes. C'eft une entreprife que *nous pour-
rons tenter un jour*, & pour laquelle nous
avons déjà raffemblé les matériaux les plus
effentiels ; mais ce travail demanderait beaucoup plus d'étendue que n'en permettent les
bornes de ces Mémoires.

Puiffe cet Ecrivain célèbre jouir encore
long-tems de toute fa renommée ! On ne
faurait penfer qu'avec douleur au vuide immenfe que laifferait fa perte dans l'empire
des Arts, & l'on eft indigné d'avance de l'orgueilleux acharnement avec lequel de petits
Defpotes littéraires oferaient fe difputer les débris de fa Monarchie.

Soldats fous Alexandre, & Rois après fa mort.
Voltaire. *Artémire.*

Fin des Mémoires.

LISTE

Des Écrivains dont on a parlé dans ce Volume (*).

A.

B.

(*) Les Caractères italiques indiqueront les Auteurs vivans.

C.

D.

F.

G.

H.

J.

L.

M.

Fin de la Table.

www.ingramcontent.com/pod-product-compliance
Lightning Source LLC
Chambersburg PA
CBHW071904020726
47502CB00003B/894